AF220665

»George«

Martina Reimann

»George«

Der Mann, der sich selbst verlor

Bibliografische Information der Deutschen Nationalbibliothek:
Die Deutsche Nationalbibliothek verzeichnet diese
Publikation in der Deutschen Nationalbibliografie; detaillierte
bibliografische Daten sind im Internet über dnb.dnb.
de abrufbar.

Neuauflage
© 2021 Martina Reimann
Satz, Herstellung und Verlag: BoD – Books on Demand,
Norderstedt
ISBN978-3-7526-6166-8

Kapitel 1

»Okay, wenn ich Ihnen die Geschichte erzählen soll, dann müssen Sie mir ganz genau zuhören«, sagte George bestimmend. Seine Augen waren voller Dringlichkeit. Er schaute seine Therapeutin an, die seit 30 Minuten aufmerksam zugehört hatte, als würde es gleich um Leben und Tod gehen. Seine Sitzung war fast rum. Das wusste er.

Dr. Manville sah, wie immer, äußerst gut aus. Sie trug stets diese femininen Kleider, die sie mit großem schwer aussehendem Schmuck dekorierte. Georges Meinung nach brauchte so eine Naturschönheit wie sie eigentlich keinen auffälligen Schmuck. Das lenkte ohnehin nur von ihrem eigenen Glanz ab.

»Natürlich werde ich Ihnen ganz genau zuhören«, säuselte Dr. Manville mit ihrer Therapeutenstimme. »Was ist es, George? Sie können mir vertrauen. Das wissen Sie.«

»Ja, ich weiß. Und das weiß ich auch zu schätzen«, sagte er nun mit deutlich gedämpfter Stimme. George wollte ihr das schon so lange erzählen. Jedoch wusste er bisher nie, wie er eigentlich beginnen sollte. Seit Wochen hatte er sich die Sätze dafür zurechtgelegt. Immer wieder überlegt, mit welchem Detail genau er anfangen wollte, zu erzählen. Jedes Mal, wenn Dr. Manville gefragt hatte, ob da noch *irgendetwas* sei, dass er ihr erzählen wolle, das wichtig wäre, wich er jedoch von seinem Plan ab. George zog sich wieder in sich zurück. So war er nun einmal.

Eine Frau wie Dr. Manville war leider so gar nicht meine Liga, dachte er. Sie war unglaublich gut gebaut, hatte wunderschöne rote Haare und ein beeindruckendes Gesicht. Ihre grünen Augen erinnerten an Bernstein und lenkten von ihrem gleichermaßen schönen Mund ab. Obwohl ihr Mund etwas kleiner war, musste er die Männer wahnsinnig machen.

George Sugarman, seines Zeichens ein recht fülliger 35-jähriger Londoner, hatte eines der wärmsten und freundlichsten Gesichter. Auch er hatte wunderschöne, aber kastanienbraune Haare. Im Vergleich zu denen seiner Therapeutin ließen sich seine jedoch in keiner Weise bändigen. Seine Locken wuchsen wild und unkontrolliert auf seinem Kopf. Einmal hatte er sich sogar fast eine ganze Tube Gel auf den Kopf geklatscht, in der Hoffnung, dass sie dadurch schwerer und somit *kontrollierbarer* würden. Es war vergebens.

Die einzige Frau, die George aufrichtig liebte, war seine Mutter. Dolores Sugarman. Eine willensstarke, aber stets liebevolle Frau, die niemals etwas Schlechtes über ihren Jungen sagen würde. Da George allerdings auch einer der freundlichsten Menschen diesseits und jenseits der Themse war, hatte sie auch recht damit, wenn sie ihn *einen guten Jungen* nannte.

Eine der wenigen Frauen, die George auch körperlich geliebt hatte, war eine beherzte pummelige Bedienung aus einem Café in der Nähe der King`s Cross Tube-Station gewesen. Nachdem dieser bärige Mann, wie *Geny* ihn zu nennen beliebte, ihr das erste Mal ins Gesicht gesehen hatte, war es um sie geschehen. Und als sie ihm die Rechnung für eine Tasse Kaffee und zwei Stücke von *Tante Mariannes Kirschkuchen, dem besten auf der ganzen Welt,* überreichte, ging sie aufs Ganze. Geny fragte ihn nach einem Date. Noch am selben Tag trafen sie sich zum Essen und anschließend schauten sie einen alten Streifen im CinePerplex – Georges Lieblingskino. Dass die Nacht ein voller Erfolg war, merkte Geny drei Wochen später, als ihre Periode ausblieb.

Geny wurde die Mutter von Georges einzigem Kind: Molly. Jedoch machte Geny ihn mit der Geburt ihrer Tochter leider auch zeitgleich zum Witwer. Seit diesem Tag hatte George sein komplettes Leben seiner Tochter gewidmet. Was, wie er stets dachte, ihn ausfüllen würde. Er lag jedoch falsch, denn sein scheinbar erfülltes Leben hatte ihn hierhergebracht und zu Dr. Manvilles Patienten gemacht.

»George?« Dr. Manville hatte bemerkt, dass sich George langsam wieder zurückgezogen hatte. Als jemand, die ihren Job verstand, wusste sie, dass da etwas war, über das er reden wollte, jedoch nicht konnte. Ein fehlendes Puzzlestück. Aber jedes Mal, wenn sie ihn direkt fragte, ob es da noch etwas gebe, über das er sprechen wolle, sah sie diesen bestimmten Ausdruck in seinem Gesicht. Und dann verneinte er ihre Frage.

»Denken Sie nicht, es könnte eine Erleichterung sein, wenn Sie mir davon erzählen, George?«

»Weiß nicht. Schon möglich.« George antwortete fast flapsig, obwohl er verzweifelt nach innerer Erleichterung suchte. »Habe ich Ihnen von meinem Nachbarn erzählt?«, begann er plötzlich.

»Ja, er ist einer der Gründe, warum wir hier sind. Mit ihm hatte ja alles begonnen.«

»Ich meine nicht Harry.«

»Ah, okay! Tut mir leid, George.« Dr. Manville hatte plötzlich das Gefühl, George ungünstig unterbrochen zu haben. »Dann fahren Sie fort! Welchen Nachbarn meinen Sie?«

»Tschuldigung, *Nachbarin*. Elisabeth. Oder Lizzy, wie die meisten Leute sie nennen.«

»Warum haben Sie bisher noch nicht von ihr erzählt?«, fragte die Therapeutin.

»Weil, ... weil ich in sie verliebt bin.« Als er seine Liebe zu Lizzy gestand, senkte er verschämt den Kopf. Als wäre es etwas Schlimmes.

»George, schämen Sie sich dafür, in Lizzy verliebt zu sein?«, fragte sie ihn liebevoll.

»Ja!«

»Aber warum denn?« Dr. Manville klang aufrichtig interessiert und auch ein wenig besorgt. Wie eine Mutter, die ihr Kind beruhigte und ihm erzählte, dass alles wieder gut werden würde. George, der nun aussah wie ein Häufchen Elend, sagte jedoch kein Wort. Dr. Manville lehnte sich zurück und entschied, ihm alle Zeit der Welt zu geben. Er war an diesem Tag ihr letzter Patient, und da sie das Gefühl hatte, er wäre kurz davor, ihr vielleicht das ominöse Puzzlestück zu geben, das sie seit ihrem ersten Termin vergeblich gesucht hatte, entschied sie sich, die Stunde nicht planmäßig zu beenden. Außerdem platzte sie gleich vor Spannung. Letzten Endes dauerte es noch weitere zehn Minuten, bis George endlich wieder anfing zu sprechen. »Für gewöhnlich bin ich traurig, wenn ich ins Bett gehe. Aber wenn ich traurig bin, weiß ich wenigstens, dass das Gefühl danach wieder Freude sein wird.«

»Okay?« Dr. Manville wunderte sich ein wenig über Georges Einstieg. Für sie hatte es ein wenig so geklungen, als würde er das jemand anderem als seiner Therapeutin erzählen oder vielleicht sogar sich selbst. Aber manchmal half es Patienten, an einem scheinbar unwichtigen Punkt einer Geschichte zu beginnen. Deshalb wartete sie und übte sich wie immer in Geduld. »Hmm, wie fühlen Sie sich denn, wenn Sie Lizzy sehen?«, fragte sie deshalb, um die Unterhaltung in eine Richtung zu lenken.

»Weiß nicht«, begann George. »Es ist nicht so einfach. Erst macht es mich total glücklich. Aber später ist es einfach nur schmerzhaft.«

»Warum, George?«

»Weil ich sie nicht haben kann.« Jetzt wurde George energisch. Er klang genervt. Wollte Dr. Manville ihn ärgern? Hatte sie nicht seine verdammte Akte gelesen? Dr. Manville auf der anderen Seite wusste nicht, woher Georges Umschwung seiner Gefühle plötzlich herkam. Sie hatte seine Akte gelesen. Allerdings bei einer äußerst spannenden Folge von Broad Church, während sie nebenbei auch noch bei Tinder unterwegs war. »Ich werde sie niemals haben können«, fing er nun an, zu weinen. Sein Wimmern wurde schnell lauter und stärker. »Er hat sie mir weggenommen, dieser Bastard«, schrie er jetzt fast. Die Therapeutin wurde hellhörig. Hatte sie was verpasst? War Lizzy das fehlende Puzzlestück? Der Schlüssel? Die Antwort auf all ihre Fragen? George jammerte und es schien mit jeder Sekunde schlimmer zu werden.

»Beruhigen Sie sich, George!«

»Nein!«, weinte er. »Er hat sie mir genommen und ihr wehgetan. Dieser Bastard hat ihr und mir wehgetan. Er hat ihr wehgetan«, schrie er nun.

KAPITEL 2

Lizzy sah in dieser Nacht einfach umwerfend aus. George war so froh, als sie eingewilligt hatte, ihn zu Harrys Dinnerparty zu begleiten. Lizzy trug Georges Lieblingskleid. Das rote mit den großen schwarzen Punkten. Ihr goldenes Haar hatte sie zu einem lockeren Zopf gebunden. Eine einzelne Strähne fiel ihr in den Nacken. Wenn Lizzy sich bewegte, bewegte sich auch die Strähne und kitzelte sie ein wenig. George liebte es, der Strähne dabei zuzusehen, wie sie ihren Nacken berührte. Das hatte etwas Leichtes und zudem war es sexy.

Harry war an jenem Abend auch in Begleitung einer Frau, obwohl George bisher nicht wusste, dass sein Nachbar eine Freundin oder Geliebte hatte. Zudem hatte er sie zuvor nie gesehen. Er konnte nicht wirklich sagen, ob sie schön war oder nicht. Und überhaupt, es war irgendwie schwer, etwas über ihr Äußeres zu sagen. Hatte sie dunkles Haar? Braunes? Helles? Rotes? Gelockt oder glatt? War sie größer oder kleiner als Lizzy? Wie sah ihr Gesicht aus? Auf eine Art war Harrys Begleitung mehr wie eine vage Halluzination; wie eine verschwommene Erscheinung.

»Möchtest du etwas trinken?«, fragte Harry Lizzy und lächelte sie dabei an, als wäre sie seine Begleitung und nicht diese andere Frau. George merkte, wie er eifersüchtig wurde. Harry nahm liebevoll Lizzys Arm und führte sie ins Esszimmer. Sie legte ihre Hand in seinen Nacken und folgte ihm ganz selbstverständlich. George beobachtete von hinten, wie die beiden das riesige Esszimmer betraten. Es war wirklich enorm. *Warum zum Teufel ist es so riesig?*, wunderte er sich. Es glich in vielerlei Hinsicht einem Tanzsaal aus dem 19. Jahrhundert. Harrys Apartment war zwei Stockwerke unter dem von Georges. Die Apartments auf dieser Seite des Hauses hatten alle denselben Grundriss. Drei beinahe winzige Räume, eine mittelgroße – wenn man das so nennen konnte – Küche und ein größeres Bad. Harrys Apartment konnte also nie im Leben wirklich so groß sein, resümierte er.

Nachdem die vier gegessen hatten, wobei George sich nicht daran erinnern konnte, überhaupt etwas gegessen zu haben, verkündete Harry, dass er vor dem Dessert noch eine kleine Überraschung habe. Wie Harry Lizzy dabei anschaute, während er das bekannt gab, gefiel George gar nicht. Hatte die Überraschung mit ihr zu tun? Mit ihr und Harry? Innerlich tobte er bereits vor Eifersucht. In dem Moment jedoch, in dem Harrys Begleitung, deren Namen er glaubte, bisher nie erfahren zu haben, sich aus ihrem Stuhl erhob, wurde er etwas ruhiger. Nun konnte es nichts mehr sein, glaubte George, was nur mit Lizzy und Harry zu tun hatte.

Plötzlich waren sie in Harrys Keller, der ungefähr zehnmal so groß war, wie jede Kellerparzelle, die einem als Mieter in diesem Haus zustand. Mit einem Mal stieg Panik in George auf. Er bekam ein ungutes, beklemmendes Gefühl. Welche Art von Überraschung könnte es denn bitte in einem Keller geben? Harry war kein Handwerker. Weshalb die Option, dass er hier etwas wie einen alten seltenen Schrank lagern, wiederaufbereiten und nun vielleicht ihnen vorführen würde, wegfiel. Nein, George war sich sicher, dass diese Überraschung etwas Schockierendes, etwas Gruseliges sein müsste.

»Seid ihr bereit für etwas *wirklich* Überraschendes?« Als er das fragte, grinste Harry einfach nur furchteinflößend. George hatte eine dicke Gänsehaut, Lizzy und Harrys Begleitung jedoch lächelten selig und schauten gleichermaßen unbeeindruckt. Die vage Erscheinung von Harrys Begleitung öffnete eine alte rostige Stahltür. Zunächst war es absolut dunkel hinter der Tür. Doch da war ein Geräusch. Was war es? Es klang vertraut, dennoch unklar. War es ein Wimmern? Ein Wimmern vor Schmerz? Vor Angst? In dem Moment, als das Licht anging, erkannte er, was für eine Art Geräusch dies war. Zu seinem Erschrecken erblickte er vier Menschen, die Augenbinden und Knebel trugen. Sie waren gefesselt und hatten sich wie verängstigte Tiere zusammengekauert. Diese vier Menschen, zwei Männer und zwei Frauen, trugen nur Unterwäsche und waren mit Blut bedeckt. Ihrem eigenen Blut. George verfiel in Panik, er würgte. Er wollte sich bewegen, wollte schreien. Aber er konnte nicht. Was hatte Harry diesen Menschen bloß angetan? Wie lange hatte er sie hier schon festgehalten? Und warum war Lizzy immer noch so unbeeindruckt? Konnte sie nicht sehen, wie grausam das alles war?

Der Raum wurde plötzlich zu einer Lichtung. Alles war nun hell erleuchtet, wie beim Sonnenaufgang. Während ein Mann und eine Frau knieten, standen die anderen beiden. Ihre Beine zitterten und sie krümmten sich. Die zwei Knienden versuchten, etwas durch ihre Knebel zu schreien, während die anderen beiden anfingen, zu laufen. Harry schrie etwas in ihre Richtung. Etwas wie: »Lauft! Lauft, wenn ihr überleben wollt!« Aber sie waren zu schwach, um zu laufen. Harry lachte diabolisch. Er sah absolut furchteinflößend aus. George schaute Lizzy und Harrys Begleitung an. Aber sie sahen beide aus, als würde gerade nichts dergleichen passieren. Eigentlich schauten sie sogar etwas gelangweilt drein. Im Zuge von Harrys diabolischem Lachanfall erschoss er die beiden Geiseln, die versucht hatten, zu laufen. Georges verzweifelte Schreie vermischten sich mit denen der verbleibenden Geiseln. Die Angst, der Schock, schienen ihn zu lähmen.

George schrie sich die Seele aus dem Leib, bis er endlich – gebadet in kaltem Schweiß – aufwachte. Es dauerte einen Moment, bis er begriff, dass er nun wach war und alles glücklicherweise nur ein Traum gewesen war. Er ging ins Badezimmer, um sich das Gesicht zu waschen. Er wollte einmal vollständig wach werden und nicht Gefahr laufen, beim nächsten *Wegdösen* den gleichen Traum oder eine Fortsetzung erleben zu müssen. *Aber warum nur habe ich so was geträumt?*, wunderte er sich. Warum träumte er, dass Harry ein psychopathischer Mörder war? Auch wenn George Harry aufrichtig für sein gutes Aussehen beneidete, beinahe hasste, musste er dennoch zugeben, dass sein Nachbar vom Grunde her ein netter Kerl war. Da war nichts Angsteinflößendes an Harry. Die einzige Gefahr, die es gab, bestand darin, dass er bei Lizzy landen könnte. Da, wo er selbst doch so schrecklich gerne landen würde.

»Daddy?«, sagte plötzlich Molly, die ihren Vater über den Badewannenrand hängend entdeckte.

»Was?«, schrie George völlig verschreckt und drehte sich ruckartig über den Badewannenrand. Der Traum schien ihm immer noch in den Knochen zu stecken. Molly fing augenblicklich vor lauter Schreck an, zu weinen. So hatte die Sechsjährige ihren Dad noch nie erlebt.

»Molly!« George schnappte nach Luft und versuchte sich wieder zu beruhigen. »Molly, Süße, komm her! Es tut mir leid! Daddy hatte einen schlimmen Albtraum«, sagte er mit einer leiseren warmen Stimme, die Molly dazu brachte, zu ihm zu kommen. Sie weinte noch ein paar Minuten, bis auch sie ihren Schrecken verdaut hatte. Solange saßen sie noch in dem alten Badezimmer, das, wenn man sich die vergilbten Fliesen und den welligen roten PVC-Boden genauer anschaute, wahrscheinlich das letzte Mal vor Georges Geburt renoviert worden war. Ganz zu schweigen von der Badewanne, deren Farbe im Laufe der Jahrzehnte eine gewisse Dreifarbigkeit erhalten hatte, sodass sie aussah wie ein wenig appetitlicher Cocktail. Immerhin hatte ihre Nasszelle ein Fenster. Nachdem sich Molly einigermaßen gefangen hatte, nahm er sie auf den Arm und brachte sie zurück ins Bett. »Na, wie wärs mit einer Geschichte, hm?« Molly war hoch erfreut und nickte eifrig. »Damit wir unseren Badezimmer-Horror vergessen können, was meine Süße?« George lächelte sie an und zückte ihr Lieblingsbuch, Yogi Bär und Bubu. Er wusste nicht genau, wer die Geschichte gerade mehr brauchte, er oder sein kleines Mädchen.

George war schon immer jemand gewesen, der sehr lebhaft und plastisch träumte. Dies jedoch war neu. Aber es war auch nicht das erste Mal, dass er so intensiv träumte. In letzter Zeit waren seine Träume zunehmend realistischer und grausamer geworden. Mit diesem Traum jedoch fing es irgendwie an. Seine Obsession von Harry, seinem charmanten, gut aussehenden Nachbarn. Mit diesem Traum fing es an, dass sich George zunehmend veränderte. Dass er langsam glaubte, den Verstand zu verlieren.

Kapitel 3

»Hatten Sie zuletzt irgendwelche Albträume, George?«, fragte ihn Dr. Manville.

»Nein. Tatsächlich nicht einen einzigen. Nein.« George klang fast ein wenig erstaunt über diese Erkenntnis. »Es ist irgendwie komisch«, fügte er hinzu.

»Oder vielleicht gut?«, schlug die Therapeutin vor. Aber George zuckte nur mit den Schultern. »Weiß nicht«, nuschelte er. »Ich weiß es wirklich nicht. Ich war einfach so an sie gewöhnt.« Als er das sagte, klang er fast ein wenig enttäuscht. »Irgendwie fühle ich mich jetzt ... leer.«

»Nun ja, sie waren halt ein ständiger Begleiter. Außerdem haben Ihre Albträume Ihnen so einiges über Ihre tiefsten und schlimmsten Ängste verraten.« George zuckte wieder mit den Schultern. »Weiß nicht. Mag sein.«

»Es ist wahr, George. So grausam sie auch waren, konnten wir doch eine Menge von ihnen lernen.«

»Mag sein«, wiederholte er und klang dabei ein wenig bockig.

Dr. Manville merkte, dass es Zeit war, das Thema zu wechseln. Heute war George mal wieder äußerst unkommunikativ. Wenn sie jetzt weiter auf dem Thema herumreiten würde, ginge das mit an hoher Wahrscheinlichkeit grenzend nach hinten los. Während die Therapeutin durch ihre Notizen blätterte, dachte sie über ein passendes Thema für die heutige Sitzung nach. Welche Themen gab es noch, die sie besprechen sollten? Und welche davon definitiv nicht jetzt? Bei unbeliebten Themen – den meisten – zog George sich bekanntermaßen schnell zurück. Aber da war ein Thema, das ihr unter den Nägeln brannte: seine Eltern. Über Georges Vater, Ray Susniak, der die Familie verließ, als George sechs Jahre alt war, zu reden, hatte die Therapeutin fürs Erste aufgegeben. Mit einer Mischung

aus tief sitzendem Hass und bitterer Enttäuschung hatte
George ihr jedes Mal einen Blick zugeworfen, als hätte sie
ihm ein Messer in den Rücken gerammt. Und jedes Mal,
wenn sie das Thema anschnitt, drehte er sich, so weit das
Sofa dies zuließ, von ihr weg und machte keinen Mucks
mehr. Bis sie resignierte und die Sitzung für beendet erklärte. Immerhin war Ray nicht sein einziger Elternteil.

»Wie läuft es denn mit Ihrer Mutter, George? Ist Ihr Kontakt weiterhin gut?« Da George und Dolores stets eine sehr
gute Beziehung zueinander hatten, konnte dies nun von
großer Hilfe sein. Wie in so einigen Mutter-Sohn-Bezie-
hungen war George ein *guter Junge*, der sich stets am Rat-
schlag seiner Mutter orientierte. Einmal hatte sie Dolores
Sugarman zufällig im Supermarkt getroffen. »Sie sind
doch die Seelenklempnerin meines Sohnes«, hatte sie ihr
ganz unverblümt, aber dennoch freundlich, an den Kopf
geknallt. Dolores war eine äußerst attraktive Frau in ihren
Sechzigern, die jedoch locker zehn Jahre jünger aussah.
Dr. Manville nahm an, dass George vielleicht nach seinem
Vater kommen musste. Auch wenn Mutter und Sohn die
gleiche Augen- und Mundpartie hatten, hatten sie äußer-
lich doch wenig gemeinsam. Jedoch hatten beide Sugarmans diese besondere Art, ihren Kopf zu halten, wenn sie
jemandem zuhörten. Mutter und Sohn neigten ihren Kopf
leicht schief, zogen eine Augenbraue hoch und schauten
ihr Gegenüber an, als wäre er oder sie ein Betrüger. *Was
zum Teufel erzählst du da?*, schien die Mimik der Sugarmans
zu sagen. Ob Molly wohl auch so schaute? Unwillkürlich
stellte sich Dr. Manville die drei als skeptisches Trio vor.

Dolores Sugarman war eine gut gebaute Blondine, die
sich im Vergleich zu ihrem Sohn an strikte Essensregeln
sowie an ein regelmäßiges Work-out hielt. Zudem verpasste sie nie einen Termin beim Friseur oder der Kosme-
tikerin. Ganz im Gegenteil zu ihrem Sohn. Georges wilder
Haarschopf wurde, wenn es hochkam, viermal im Jahr

gebändigt. Aber nicht, weil er seine Haare gerne länger mochte. Es war vielmehr so, dass er fast nie in den Spiegel schaute. *Als würde er sein eigenes Gesicht nicht sehen wollen*, dachte Dr. Manville.

Als die Therapeutin Dolores zufällig im Supermarkt traf, trug diese einen ihrem Alter absolut angemessenen kurzen Rock, der ihre makellosen Beine präsentierte. In dem Moment, als Dr. Manville die Makellosigkeit der Beine bemerkte, wurde sie neidisch. *Ich muss unbedingt wieder mehr zum Sport gehen*, dachte sie beschämt.

»Wie macht sich mein Sohn, Dr. Manville?« Dolores riss sie aus ihren Gedanken. »Ich bin wirklich sehr besorgt um ihn. Er war doch immer so ein guter Junge.« *Ah, das ist es wieder – der* gute Junge, dachte die Therapeutin. »Ich weiß, er kann sehr introvertiert und träge sein«, sagte die Mutter auf eine liebvolle Art. »Aber in dem Moment, in dem er leider Gottes ein alleinerziehender Vater wurde, wurde er auch zu einem der verantwortungsbewusstesten Menschen, die man sich vorstellen kann.« *Das stimmt*, dachte Dr. Manville. In jeder Sitzung – in der er redet – erzählte George von seiner Tochter und wie sehr er sie liebte. Die Sechsjährige mit dem rotbraunen Bob konnte sich glücklich schätzen, einen Vater wie George Sugarman zu haben. »Es kann manchmal wirklich sehr schwer sein, zu meinem Jungen durchzudringen.« *Allerdings*, dachte die Therapeutin. »Wissen Sie, Dr. Manville, deshalb hatte ich ihm geraten, mal Yoga zu machen. Damit er sich ein wenig öffnet.«

»Wissen Sie was? Das ist tatsächlich eine gute Idee, Mrs Sugarman.«

»Oh bitte, nennen Sie mich Dolores. Bei Mrs Sugarman fühle ich mich immer so alt, wissen Sie?«, flirtete Dolores.

»Aber natürlich!« Für die Therapeutin war Dolores eine äußerst interessante Persönlichkeit. Auf der einen Seite war sie recht eitel und stolz. Auf der anderen Seite jedoch war sie sehr liebevoll und aufrichtig um ihre Mitmenschen bemüht. Was war es nur gewesen, das Dolores in ihrer Erziehung getan haben könnte, das dazu geführt hatte, dass George so geworden war? Dass er so introvertiert und verschlossen war? Dass er sich jahrelang aus allem raushielt? Dass er jahrelang so auffallend friedfertig war? Dass es dann jedoch so dermaßen aus ihm herausbrach?

»Dolores, hätten Sie etwas dagegen, nächste Woche mal in meinem Büro vorbeizuschauen?«

»Oh nein, ganz und gar nicht. Sehr, sehr gerne!«

»Super, vielleicht können Sie mir ja bei ein paar Fragen helfen?«

»Mit dem größten Vergnügen.«

»Aber … nun ja … es ginge dann um seinen Vater. Nur, dass Sie vorgewarnt sind.«

»Natürlich«, antworte Dolores nun etwas zögerlicher. Der Gedanke an Ray schmerzte nach wie vor, aber sie musste jetzt an ihren Jungen denken. »Natürlich! Ich wette, dass er bei dem Thema wahrscheinlich eher … ähm … verschwiegen ist, was?«

»Unglücklicherweise, ja.«

»Okay, ich verstehe. Haben Sie vielleicht so was wie eine Visitenkarte, damit ich Sie anrufen kann, Dr. Manville?«

»George? Haben Sie gehört, was ich Sie gefragt habe?« George schien mit den Gedanken abgeschweift zu sein. Für einen kurzen Moment schaute er seine Therapeutin an, als hätte er sogar vergessen, wo er war.

»Ihre Mutter? Wie läuft es denn so mit Ihrer Mutter?«

»Oh ja. Richtig. Mutter. Ja.« Er schien langsam wieder in der Realität angekommen zu sein. »Wie eh und je«, antwortete er salopp. Dr. Manville war enttäuscht. *Das ist hier kein Kaffeekränzchen*, dachte sie sich. Obwohl ein Kaffeekränzchen beinhaltet hätte, dass *beide* redeten. Die heutige Sitzung war mal wieder reine Zeitverschwendung gewesen, und da sie fast rum war, beendete Dr. Manville sie lieber gleich früher.

»Lassen wir es für heute gut sein«, sagte Dr. Manville und stand auf, um ihren Patienten zu verabschieden. Auch wenn beide erleichtert waren, dass die Sitzung nun endlich vorbei war, waren beide jedoch auch gleichermaßen enttäuscht. Die Therapeutin, weil sie schlicht und ergreifend nicht weiterkam, und George, weil er sowieso nicht mehr weiterkam.

KAPITEL 4

Es war 07:30 Uhr und wie jeden Morgen saßen George und Molly auf einer Bank und warteten auf den Bus, der Molly zur Vorschule bringen würde. Die Sechsjährige saß auf dem Schoß ihres Vaters und lehnte sich dösend an ihn. Die jüngste Sugarman war nicht unbedingt ein Morgenmensch. Für gewöhnlich war sie noch im Halbschlaf, während George sie anzog und ihr die Zähne putzte. Erst wenn er sie an den Tisch der alten Küche, deren Schränke noch aus den Achtzigern zu stammen schienen, setzte, öffnete sie die Augen, um eine Banane zu essen und etwas warmen Tee zu trinken. Immerhin war die Küche recht groß und das Fenster hatte Westseite. So konnten sie abends beim Dinner immer noch etwas Sonne genießen. George hatte zusätzlich zu den alten Küchenschränken, die irgendein Vormieter mit Tausenden von Sammelbildern wild – als er hätte er dabei die Augen verbunden gehabt – beklebt hatte, noch zwei große Vorratsregale aufgestellt. Es konnte vieles passieren, verpennter Putzdienst, verspätete Zufuhr von gewaschener Kleidung. Eines jedoch durfte nie geschehen: kein Essen im Haus. Schmutz konnte übersehen werden, eine Waschladung rasch noch angeworfen werden, aber für Essen müsste man im Notfall bei Wind und Wetter rausgehen. Zudem gab es in ihrer Nachbarschaft keinen Off-Licence in direkter Nähe.

In jenem Moment eines Sugarman-Morgens, in dem Molly ihre Schuhe und Jacke in dem engen Flur, der zudem noch voll mit Bücher- und Zeitungsstapeln war, angezogen bekam, bettelte sie stets darum, dass ihr Vater sie trug, damit sie wieder etwas dösen konnte.

Sie kam so sehr nach ihrem Vater, und da sich die beiden so ähnlich waren, kamen sie ganz wunderbar miteinander aus. Mit ihrer Wohnung hatte George eine kleine Höhle der Gemütlichkeit erschaffen, in der sie aßen, Bücher lasen und alte Filme schauen konnten – auch wenn sie sich beim Genre schmerzlicherweise kaum einig waren – und das taten, was sie am liebsten taten: schlafen.

»Ihr seid wie zwei Bären«, sagte Dolores mit hoher Regelmäßigkeit. »Und wer bin ich? Goldlöckchen?« An den Wochenenden aßen Molly und George beim Sugarman-Familienoberhaupt. Da George alles andere als kochen konnte, aßen sie ungesund viel Fertigessen. Darum waren die Essen bei Dolores wichtig, um Molly mal etwas *Richtiges* zu servieren.

Es war einer dieser Samstage oder Sonntage, als Dolores versuchte, George vorzuschlagen, es mal mit Yoga zu versuchen.

»Was ist Yoga, Omi?«, wollte Molly sofort wissen. »Kann ich das essen?«

»Nein, meine Süße. Das kann man nicht essen. Es ist vielmehr so eine Art ... ähm ... *Sport*.« Dolores traute sich nicht so recht, das Wort *Sport* in Gegenwart von ihren zwei bärigen Liebsten zu benutzen.

»Oh nein!«, sagte Molly und legte schockiert ihre Hände auf ihren Mund.

»Jetzt wartet doch mal! Es ist ja nicht so, dass du dabei rennen müsstest oder so was.« Dolores versuchte, ihren Vorschlag noch irgendwie zu retten. »Es ist eher so, dass man ..., ach, wem mache ich hier eigentlich was vor?« Sie gab auf. »Ja, es kann sehr anstrengend sein. Allerdings ...«

»Ist schon gut, Mom«, unterbrach sie George. »Ich versuche es mal, okay?«

»Was? Wie bitte?« Dolores traute ihren Ohren nicht. »Wirklich? Oh, mein Süßer!« Auch wenn sie froh darüber war, dass ihr Junge sich dazu entschied, auch mal etwas Dynamisches zu machen, wunderte sie sich doch insgeheim, warum das jetzt so einfach war. Was Dolores an dieser Stelle noch nicht wusste, war, dass George sich scheinbar in jemanden verliebt hatte.

Elisabeth Alexandra Cook, die von ihren Freunden, ihrer Familie und nun auch ihren Nachbarn Lizzy genannt wurde, war vor einem Monat in die Wohnung gegenüber von George und Molly eingezogen. Die meisten Menschen waren freundlich zu George. Lizzy jedoch brachte ihm diese ganz besondere Freundlichkeit entgegen. Oder vielleicht bildete er sich das auch nur ein. Hatte er sich doch just in dem Moment, als er sie das erste Mal sah, in seine neue Nachbarin verliebt, und da sie ihm eine Woche zuvor erzählt hatte, dass sie ein Yogastudio betrieb, klang Dolores' Vorschlag doch irgendwie ganz attraktiv.

Die Vorstellung davon, wie sich Lizzy in diversen Positionen dehnte und streckte, erregte George. Er war ein Mann, der unschuldig daherkam. Dennoch, er war ein Mann. Auf eine nicht-schräge Art wollte er ihr nahe sein. Etwas zu tun, was Lizzy wichtig war, fühlte sich für ihn an, als wäre er ihr nahe. Wenigstens ein wenig. Noch in derselben Woche meldete sich George in Dolores' Lieblingsstudio an und seitdem gab er jeden Dienstag, wenn Molly bei ihrer Omi war, sein Bestes, beim »Helden« nicht zu fallen. Auch wenn er steif wie ein Besenstiel war, er würde nicht aufgeben.

Es war drei Tage nach dem letzten Albtraum, als George wieder einen hatte, der ihn fast wahnsinnig machte, und er war mal wieder über Harry. Harry, der bisher einfach nur nett gewesen war. Nett und überaus hilfsbereit. Das war überhaupt das Schlimmste am gut aussehenden Harry – er schien wirklich ein feiner Kerl zu sein. Neulich half er George, einen neuen Schrank für Molly durch das Treppenhaus hoch in ihre Wohnung zu tragen. Harry widmete sich dieser Aufgabe so mühelos, er trug das Möbelstück fast allein. Er schob das schwere Möbelstück, und gleich auch George, die Treppen hoch. Oben angekommen, sah er aus, als hätte er nichts anderes als einen Apfel getragen, während George äußerst verschwitzt war. »Kann ich sonst noch etwas für dich tun?«, fragte er, nachdem er den Schrank anschließend auch noch an seinen vorgesehenen Platz in Mollys »Dora the Explorer«-lastigem Zimmer bugsiert hatte. Interessanterweise war George nie in den Sinn gekommen, dass dies die Ursache dafür war, weshalb seine sechsjährige Tochter seit Jahren auf einen Bob als Frisur bestanden hatte.

In Georges zweitem Traum war Harry wieder das komplette Gegenteil eines feinen Kerls. Er war furchteinflößend. Wieder befand sich George im Keller des Hauses, in dem sie alle lebten. Und auch diesmal widersprach der Traum der Realität. Es war dunkel, jedoch nicht die Dunkelheit, wie es sie nun einmal in fensterlosen Räumen gibt. Diese Dunkelheit würde nicht verschwinden, wenn man das Licht anmachte. Es war eine Dunkelheit, von der man Gänsehaut bekam. Es war eine emotionale, psychische Dunkelheit. Durch diese Dunkelheit vom großen Keller aus beschritt George Harrys persönlichen Keller. Obwohl es immer noch stockdunkel war, kannte er scheinbar den Weg. Er wusste, was er tat, wo er hinging. Als er die Tür öffnete und auf die Schwelle trat, begann er, sich ganz elend zu fühlen. Als würde gleich etwas sehr Unheimliches passieren. Seine Angst lähmte ihn. Doch dann ging das Licht an.

In dem Raum befand sich eine Werkbank mit allerlei Werkzeugen; Sägen, einem großen Hammer, eine Schraubzwinge, diverse Zangen. Sie sahen alle zunächst lediglich recht verdreckt aus. Als George jedoch näher hinschaute, bemerkte er, dass sie mit Blut verschmiert waren. Überall waren Blut und kleine Knochenstücke sowie Fetzen von Fleisch. Er wusste sofort, worum es hier ging. »Das ist der Ort, wo er all die Menschen gequält hat«, flüsterte er zu sich selbst. Die Angst davor, dass Harry auch hier war, vielleicht sogar direkt hinter ihm stehen könnte, lag George wie eine kalte schwere Hand im Nacken. Dann jedoch hörte er eine Stimme hinter ihm, die das Gegenteil von Bedrohlichkeit ausstrahlte.

»Ja, das wissen wir.« Diese Stimme klang warm und gut. Plötzlich wusste er einfach instinktiv, dass es die Stimme einer Polizistin war. Wie die meisten seiner Träume hatte auch dieser keine Struktur, keine Logik. Die Polizistin hinter ihm war plötzlich einfach da gewesen, und obwohl er sie nie gesehen hatte, wusste er um ihre Funktion und dass sie gut war. Obwohl George immer noch angeekelt und verängstigt war, fing er nun langsam an, sich gut zu fühlen.

»Ich bin so froh, dass Sie endlich da sind«, weinte er. Es war ein Weinen der Erleichterung. »Ich bin so froh, dass Sie hier sind«, flüsterte er wieder. »Endlich glaubt mir jemand.«

Zunehmend verwandelten sich Georges Ekel und Angst in tiefe aufrichtige Erleichterung. Er wurde fast euphorisch. George begann zu lachen. Ein glückliches Lachen. Pure Glückseligkeit. Als wäre nun endlich etwas geschehen, auf das er schon so lange gewartet hatte. Als wäre eine Last von ihm genommen worden. Er wachte von seinem eigenen Lachen auf. George hatte sich seit einer gefühlten Ewigkeit nicht so erleichtert gefühlt wie nach diesem Albtraum.

Kapitel 5

»Haben Sie jemals einen Mann getroffen, bei dem Sie dachten, er wäre das, worauf Sie immer gewartet haben, Dr. Manville?« Zu Dr. Manvilles Überraschung hatte sich Dolores bereits einen Tag nach ihrem Zusammenstoß im Supermarkt bei ihr gemeldet. Sie schien wirklich helfen zu wollen. Die Therapeutin hatte das Gefühl, dass Dolores sehr besorgt um ihren Sohn sei und dass sein mentaler Zustand sie stark belasten würde. Anstatt Dr. Manville eine Nachricht bezüglich möglicher Zeitfenster auf dem Anrufbeantworter zu hinterlassen, hinterließ Mrs Sugarman jedoch mehr so etwas wie ein Geständnis.

»Ich denke, das alles ist meine Schuld«, sagte sie unter anderem. »Ich denke, es ist alles meine Schuld, weil ich diese Affäre mit seinem Vater hatte. Diesem absolut verantwortungslosen Mann. Diesem absolut gut aussehenden charismatischen Mann. Der in keiner Weise wie mein süßer George ist.« *Hatte sie gerade gesagt, dass ihr Sohn nicht gut aussehend und charismatisch ist?*, wunderte sich Dr. Manville. Eine Mutter, wie Dolores sie war, würde ihrem Kind normalerweise nur positive Attribute zuschreiben.

»Es ist alles meine Schuld, weil ich dachte, dass Ray mich lieben würde. Ich naive Kuh hatte dann aber schnell den Eindruck, dass er nur ein Frauenaufreißer war.« Den letzten Satz fügte sie ein wenig bockig hinzu. »Ich nahm an, dass er mich wahrscheinlich schon betrogen hatte, als ich noch nicht mal schwanger war. Ich dachte mir, wer weiß, was er alles getrieben hat, als ich rund wie eine Kugel war? Letzten Endes verließ er uns, als unser kleiner George sechs Jahre alt war. Ich denke, es brach dem Jungen das Herz. Ja, ich bin mir sicher. Es hat dem Jungen das Herz gebrochen.« An diesem Punkt hatte Dolores einen Weinkrampf bekommen. Nachdem sie eine ganze Minute in den Hörer geschluchzt hatte, nannte sie endlich ein paar mögliche Termine.

»Ray war ein unglaublich charmanter Mann«, begann Dolores sofort, nachdem Dr. Manville die Sitzung offiziell begonnen hatte. *Georges Mutter sieht mal wieder umwerfend aus*, dachte die Therapeutin neidisch. Sie trug klassische eng anliegende Bluejeans und dazu eine schlichte coralfarbene Bluse. Nichts Aufdringliches. Einfach, elegant und deshalb sexy. Ihr Outfit hatte sie mit cadillacrotem Lippenstift und Schuhen, in denen sich Dr. Manville nicht vorstellen konnte, länger als fünf Minuten zu laufen, kombiniert. Ihre Absätze waren ganze zehn Zentimeter hoch. Auch jetzt fühlte sie sich von der Ausstrahlung der 65-jährigen Dolores irgendwie ausgestochen.

»Warum denken Sie, dass alles Ihre Schuld wäre?«, fragte Dr. Manville, nachdem sie sich ein wenig gesammelt hatte.

»Nun ja, ich denke, das ist recht offensichtlich.« Dolores klang äußerst überzeugt. »Ray hat mir einen wunderbaren Sohn geschenkt. Nach allem, was passiert ist, bin ich für George dennoch unsagbar dankbar. Nichtsdestotrotz, ich habe George wohl scheinbar einen furchtbaren Vater beschert. Glauben Sie nicht, dass das bei George einen schlechten Eindruck hinterlassen hat? Dass sein Vater ihn verlassen hat? Oder dass er jetzt denkt, dass alle Männer schlecht seien?«

»Hm, glauben Sie, dass Sie George irgendwie das Gefühl vermittelt haben könnten, Ray hätte *ihn* verlassen?« Eigentlich konnte sich Dr. Manville das nicht wirklich vorstellen. Wirkte Dolores doch recht vernünftig.

»Meinen Sie?« Dolores, die ohnehin schon ein schlechtes Gewissen gehabt hatte, schien nun der Schlag zu treffen.

»Nein! Dolores, bitte! Das kam jetzt falsch rüber«, versuchte Dr. Manville sie zu beruhigen.

»Ich weiß, einem Jungen zu erzählen, dass sein Vater verantwortungslos sei, weil er die Familie verlassen hat. Weil er nicht willens war, sich selbst zurückzunehmen, um für seine Familie zu sorgen, muss bei George der Eindruck entstanden sein, dass Ray wegen ihm gegangen sein muss.« Dolores schlug ihre Hände vor ihrer Brust, ihrem Herzen zusammen. Sie stand auf, aber setzte sich augenblicklich wieder hin. Dolores war aufgebracht. Zu realisieren, was sie vielleicht unbewusst, ungewollt getan hatte, traf sie schwer.

»Dolores! Es war nicht Ihre Schuld«, versuchte die Therapeutin Dolores zu beruhigen. Georges Mutter war jedoch völlig in ihren Gedanken und Erinnerungen verloren. Sie konnte sich immer noch sehr gut daran erinnern, wie ihr schüchterner, introvertierter Junge noch lange nach seinem Vater gefragt hatte. *Wann kommt Daddy wieder nach Hause?* Diese Erinnerung brach ihr noch immer das Herz. »Dolores? Dolores!«

»Ja?«, antwortete sie nun endlich. Nun sah sie aus wie ein kleines Kind – unsicher und verletzlich.

»Dolores. Es war nicht Ihr Fehler, okay? ES WAR NICHT IHR FEHLER!«

»Okay«, flüsterte Georges Mutter.

»Ihre Gefühle wurden auch verletzt. Und Sie hatten jedes Recht, sauer auf Ray zu sein. Außerdem wäre es falsch gewesen, George nicht zu zeigen, dass das Verhalten seines Vaters nicht richtig war.«

»Okay.« Langsam schienen Dr. Manvilles Worte wahrhaftig zu Dolores durchzudringen.

»Ihr Sohn selbst wurde doch zu einem äußerst verantwortungsbewussten Vater, richtig?«

»Mein Junge ist ein großartiger Vater«, erwiderte Dolores mit Nachdruck. Nun saß sie kerzengerade und mit erhobenem Kopf. Sie war stolz auf ihn. »Er ist ein guter Mann.«

Dolores Sugarman und Ray Susniak trafen sich zum ersten Mal ein Jahr, bevor Dolores schwanger wurde. Bis zu diesem Zeitpunkt führte Dolores ein unabhängiges Leben. Ein kleiner Flirt hier, eine kleine Affäre da. Sie liebte ihren Job als Immobilienmaklerin, und am Wochenende pflegte die 29-Jährige, mit ein paar Freunden die Clubs unsicher zu machen. Nach eigener Aussage war sie bis zu dem Zeitpunkt, als sie Ray traf, nie wirklich verliebt gewesen. Jede Affäre startete mit kurzfristiger Heißblütigkeit, endete jedoch schon bald nach ein paar vergnüglichen Wochen. In der Regel von Dolores beendet. Nachdem sie so einige Herzen gebrochen hatte, war sie davon überzeugt, dass es Karma war, dass sie an Ray geraten war. Jetzt schien *sie* nur eine vergnügliche Affäre zu sein und nun wurde *ihr* Herz gebrochen.

Ray wurde von vielen Frauen verehrt. Und schon allein aus dem Grund, da er Dolores auserwählt hatte, fühlte sie sich besonders. Georges Vater war ein Mann mit Beziehungen. Überall, wohin Ray Dolores ausführte, kannte er *jemanden*. Einen Kellner, der ihnen den besten Platz zuteilte. Einen Koch, der sie auf Kosten des Hauses essen ließ, und wenn sie durch die Clubs zogen, kannte er stets einen der Türsteher oder manchmal sogar den Inhaber. Mit einem so respektierten Mann unterwegs zu sein, fühlte sich für Dolores immer an, als sei sie eine First Lady, ganz zu schweigen vom Sex. Nach einem guten Essen in einem feinen Restaurant oder einer wilden Nacht in einem guten Club war Rays Liebeskunst noch das i-Tüpfelchen. Laut Dolores Aussagen wusste er, wie man eine Frau richtig lieben musste.

»Manchmal, wenn ich mich beim Zähneputzen übers Waschbecken beugte, kam er von hinten, nahm meine Hüften und ...«

»Okay, Dolores, ich denke, ich habe es verstanden«, unterbrach Dr. Manville sie. Beim ersten Mal, als Dolores eine Sexszene, oder wie sie es nannte, *Rays sexuelle Sternstunden*, beschrieb, hatte die Therapeutin noch nichts gesagt. Sie hatte jedoch auch nicht erwartet, dass Dolores so sehr ins Detail gehen würde. Diesmal war sie jedoch schlauer.

»Es tut mir leid, Dr. Manville. Sie haben recht, ich sollte aufhören. Ich werde schon ganz rot«, kicherte Dolores.

»Wir sollten wieder zum wichtigen Teil zurückkommen. Auch wenn Ray mich augenscheinlich betrogen hatte und, wie ich herausfand, nur ein einfacher Tagelöhner war, war er nie mental grausam zu mir gewesen. Als er George das erste Mal sah, hatte er Tränen in den Augen. Er war nicht oft zu Hause. Besonders nachts war Ray fast immer unterwegs. Dennoch, wenn er zu Hause war, verbrachte er immer Zeit mit George. Der kleine Junge schaute zu seinem Daddy auf. Dennoch musste George gemerkt haben, dass es mir schlecht ging. Auch wenn ich immer versucht hatte, es vor ihm zu verbergen. Er musste aber auch gemerkt haben, wie charmant und hilfsbereit Ray war. Besonders zu den Frauen.« An dieser Stelle wirkte Dolores wieder etwas verärgert. Ihr Frohsinn bezüglich der Erinnerung an Rays talentierte Hüften war nun vollständig verschwunden. »Wenn ich darüber nachdenke, wird mir ganz schlecht.«

»Wissen Sie was, Dolores? Ich glaube, wir sollten hier aufhören«, sagte Dr. Manville und platzierte die Fingerspitzen ihrer rechten Hand fürsorglich auf Dolores Knie.

»Okay.« Dolores versuchte, sich ein wenig zu sammeln. »Sie waren äußerst hilfreich. Und vielleicht habe ich nun ein weiteres Puzzlestück.«

»Ach ja?«

»Es tut mir leid, dass ich noch nicht mehr sagen kann. Aber ja, Sie haben mir sehr geholfen.«

Dr. Manville brauchte weitere 30 Minuten, um Dolores loszuwerden. Sie hatte ihr so viel über George zu erzählen. Als wäre sie seine Anwältin und müsste George vor Dr. Manville vertreten.

Kapitel 6

Es war mehr Zufall. George hatte nicht geplant, seinen charmanten Nachbarn auszuspionieren. Es war Montagabend direkt nach dem Abendessen, als er den vollen Küchenmüll in den Hof brachte. Als er die Mülltonne öffnete, fiel ihm auf, dass er von dort aus direkt in Harrys Wohnzimmer schauen konnte. Immerhin standen die Mülltonnen ja auch direkt unter dessen Fenster.

Als George noch ein kleiner Junge war, war das Wohnzimmer immer sein Lieblingsraum gewesen. Wenn er sich in diesem Zimmer befunden hatte, war er stets der Erste, der von seinem Vater begrüßt wurde, als er nach Hause kam. Ray hatte immer ein breites Lächeln auf den Lippen, wenn er George sah. Aber warum kam er dann nicht öfter nach Hause? George hatte seinen Vater tatsächlich nur selten gesehen, insbesondere im letzten Jahr, bevor er ging. Wenn Ray nach Hause kam, hatte er jedoch immer ein kleines Spielzeug für George. Mit dem sie nach dem Essen für gewöhnlich noch gemeinsam spielten.

Harrys Wohnzimmer und insbesondere die Anordnung seiner Möbelstücke erinnerte George an das Wohnzimmer seiner Kindheit. Obwohl Harrys Wohnzimmer ganz klar das weibliche Etwas fehlte. Er benutzte Backsteine und Bretter als Regal, in dem auffallend wenige Bücher standen. Er schien wohl er der sportliche Typ zu sein. Die unteren zwei Reihen dieses Regals enthielten vorwiegend Hanteln. Der Fernseher stand direkt unter dem Fenster. So konnte die Sonne nicht auf dem Bildschirm reflektieren. Auch das war seinem Kindheitswohnzimmer gleich, und natürlich stand gegenüber dem Fernseher ein Sofa, auf dem man es sich bei einem Westernfilm-Marathon gemütlich machen konnte.

Früher, wenn er als kleiner Junge Fernsehen geschaut hatte, konnte er immer hören, wie seine Mutter in der Küche das Abendessen zubereitete. Er konnte hören, wie sie das Gemüse – das er nie essen wollte – schnitt und dabei summte. Was er damals nicht wusste, war, dass Dolores summte, um sich zu beruhigen. Damals summte sie sehr oft. Den Zweck des Summens verstand er erst Jahre später; Schritt für Schritt.

Das nächste Mal, als George den Müll runterbrachte, sah er, wie Harry, nur mit einer kurzen Trainingshose bekleidet, sein Work-out machte. Als George durchs Fenster schaute, war Harry schon in vollem Gange mit seinen Push-ups, aber er würde noch mindestens 20 weitere machen. Was würde er wohl als Nächstes tun? George blendete alles andere um ihn herum aus. Er war so fokussiert auf Harry. Draußen war es schon sehr dunkel, und da Harry das Licht anhatte, konnte er George nicht sehen, wie der durch sein Fenster starrte, denn der Nachbar war zu sehr auf sein Training fokussiert. Als Nächstes nahm Harry ein paar schwer aussehende Hanteln aus seinem Regal, um ein paar Bizeps-Übungen zu machen. Zumindest dachte George das. Hatte er doch keine Ahnung von so etwas. Er hatte bis auf seinen aktuellen Yogakurs nie wirklich Sport betrieben. Wie sein Nachbar so die Hanteln schwang, machte er ein gequältes, schmerzverzerrtes Gesicht – wie eine sterbende Kuh sah er aus.

Sein Vater war auf seine Art auch muskulös, aber nicht trainiert gewesen. Er hatte das, was man Arbeitermuskeln nannte. Da er vorwiegend auf Baustellen arbeitete, hatte Ray einen ganz ordentlichen Bizeps. Allerdings hatte George seinen Vater nie dabei beobachten müssen, wie er mit so einem dümmlichen Gesicht irgendwelche Übungen machte. Auch Dolores hatte stets ihr Work-out verfolgt. Da sie aber Gymnastik als Sport präferierte, sah sie auch bei ihren Sportübungen noch anmutig aus. George wusste, dass viele Frauen auf muskulöse Männer standen. *Aber standen sie auch darauf, dass sie bei ihrem Work-out so bescheuert aussahen?*, fragte er sich.

In dieser Nacht beobachtete George Harry recht lange bei seinen Übungen. Dabei blendete er alles aus. Er bemerkte gar nicht, wie lange er dastand. Ohne es zu merken, entwickelte er eine Obsession für Harry. Für diesen Nachbarn, der ihn so sehr an seinen Vater erinnerte. George wusste nicht, was er über seinen Nachbarn denken sollte. Was er bezüglich Harry fühlen sollte. War er gut oder böse? Gab er George ein gutes oder ein schlechtes Gefühl? Oder hatte er wegen Harry ein zunehmend schlechteres Gefühl, schlicht, weil er ihn an seinen Vater erinnerte, der gegangen war, ohne seinem Jungen eine Nachricht zu hinterlassen? Nicht eine einzige Geburtstagskarte hatte er George geschickt. Nicht ein einziges Lebenszeichen.

In dieser Nacht fand George nur mühsam Schlaf. Er dachte hin und her. War Harrys Freundlichkeit vielleicht auch einfach nur eine Maske? War er ein Betrüger, genau wie Ray? Sein Daddy war stets freundlich und respektvoll gewesen. Dennoch, auf seine Art war er schwach und egozentrisch gewesen. George wusste, dass er differenzieren musste, und dass es Harry gegenüber unfair war, ihn mit seinem treulosen Vater zu vergleichen. Wahrscheinlich würden sich die beiden nie in ihrem Leben treffen. *Also reiß dich jetzt mal zusammen*, befahl George sich. Es half und eine Stunde später schlief er endlich ein.

Diese Einstellung bezüglich Harry hielt solange, bis George am nächsten Morgen das Haus verlassen wollte. Bis er zufällig sah, wie sich Harry mit einem der Nachbarn unterhielt – mit Lizzy. Während sich George noch seine Jacke und Schuhe anzog, machte Molly bereits die Tür auf, und da standen sie – lachend und plaudernd. Einmal berührte Harry sogar Lizzys Schulter. Sie hatten nicht mitbekommen, dass neben ihnen eine Tür aufgegangen war. Worüber redeten sie? Georges Puls raste. Er war so laut in seinen Ohren, dass er kein Wort verstehen konnte. Bevor sie George und Molly sahen, gingen sie plaudernd und lachend die Treppe hinunter.

Für den Rest des Tages war George so richtig launisch. Nichts, aber auch gar nichts, konnte ihn aufmuntern. Und ganz unwillkürlich kamen die Vergleiche mit seinem Vater – seinem verantwortungslosen, egozentrischen Vater – zurück. George konnte es nicht aufhalten. All seine aufgestaute Frustration, Wut, Scham und Traurigkeit schienen die Kontrolle zu übernehmen.

Kapitel 7

Ihr Daddy schien nicht mehr der alte zu sein. Sogar eine Sechsjährige konnte das sehen. Obwohl Molly ihre Morgen für gewöhnlich halb schlafend verbrachte, merkte sie recht bald, dass etwas nicht stimmte. Wie jeden Morgen putzte er der kleinen Schlafmütze die Zähne, zog sie an und machte ihr Frühstück. Nur dass er dabei so auffallend still war. Für gewöhnlich summte er dabei – bei George ein Indikator für Zufriedenheit – und besprach schon mal den Tag mit Molly. Nun jedoch wirkte er sehr in Gedanken verloren, und diese Stille brachte Molly irgendwie dazu, *aufzuwachen*. Sein Summen und leises Sprechen hatten sie immer beruhigt. Diese Stille jedoch machte ihr Angst.

Beim Abendessen war es das Gleiche. Als er Molly wie immer von der Schule abholte, war er wie gewohnt redselig. George wollte wissen, was sein kleines Äffchen bisher erlebt hatte. Hatte sie etwas Neues gelernt? Hatte sie eine gute Zeit mit ihren Freunden? Was war der neueste Gossip? Wer schubste wen? Oder wer hatte als Zeichen der Zuneigung jemand anderem einen Pudding an den Kopf geworfen? Für gewöhnlich brachten Mollys Erzählungen über den Schultag George zum Lachen.

»Jetzt hat Eleonor mehr Glitzerstifte als ich«, hatte Molly einmal ganz aufgebracht verkündet. »Ich habe vier und sie hat fünf. Das ist nicht fair, Daddy. Überhaupt nicht fair!«

Neben dem amüsierenden Teil solcher Geschichten wollte er auch einfach wissen, was bei seiner Tochter so los war. Dolores hatte das mit ihm, als er noch ein Kind war, auch immer so gemacht, und es war stets der beste Teil des Tages gewesen. Er hatte sich dabei von Dolores immer ernst genommen gefühlt, und ihre Kommentare bezüglich der Streitereien mit Freunden hatten ihm nicht nur einmal geholfen. Seine Mutter konnte äußerst diplomatisch sein.

Als Molly und George wieder zu Hause waren, zog sich George allerdings wieder in sich zurück. Als hätte sein Verhalten etwas mit der Wohnung oder dem Haus zu tun. Jede Nacht brachte George nun den Müll runter, auch wenn sie gar nicht so viel davon produziert hatten. Molly kannte ihren Vater auch eher als Chaoten. Warum also brachte er jetzt ständig den Müll runter? Eine weitere Auffälligkeit war die Zeit, die er dafür brauchte. George war alles andere als sportlich. Eigentlich sogar recht ungesund unfit. Aber nicht mal ein 120-Kilo-Mann braucht 40 Minuten, um vom vierten Stock in den Hof und zurück zu gehen.

In den ersten beiden Tagen dachte sich Molly noch nicht viel dabei. Am dritten Tag jedoch passierte etwas Seltsames. Als die Kleine ihre Spielsachen aufräumen wollte, schaute sie beiläufig aus ihrem Fenster und entdeckte dabei, wie ihr Vater unten im Hof stand. *Wo schaut er denn hin?*, fragte sie sich. Dann jedoch fiel ihr ein, dass man von da aus in Harrys Wohnung schauen konnte. Neulich, als sie im Hof gespielt hatte, hatte Harry seine Fenster geputzt und ihr dabei »Hallo« gesagt.

Molly stellte sich auf einen Stuhl, um einen besseren Ausblick zu haben. Irgendetwas an ihrem Vater war ungewöhnlich, ja sogar ein bisschen gruselig. Ihr Daddy stand da, starr wie eine Salzsäule, und starrte in die Wohnung des netten Nachbarn. *Warum starrte er denn in Harrys Wohnung?*, wunderte sie sich. Beobachtete er ihn bei seinen Übungen? *Möchte Daddy vielleicht selbst ein paar Übungen machen?*, dachte sie weiter. *Warum fragt er dann Harry nicht einfach nach Hilfe? Schräg!*

Woran sich die Sechsjährige in diesem Moment nicht erinnern konnte, war eine äußerst merkwürdige Begegnung zwischen ihrem Vater und Harry vom letzten Wochenende.

»Ich habe gehört, du hast mit Yoga angefangen?«, fragte Harry ohne Hintergedanken und aufrichtig interessiert.

»Hm?«, hatte George nur geantwortet und sich gleichzeitig gefragt, woher Harry das wusste.

»Lizzy hat es mir erzählt.« Die Antwort kam prompt. *Aha*, dachte George sauer. Harry wusste es von Lizzy. Sie hatten sich also wieder unterhalten. Wie oft taten sie das eigentlich? In ihm stieg langsam Wut auf. *Blöder Schnösel!*

»Ich mag Lizzy sehr«, sagte Molly plötzlich, und zwar mehr zu Harry als zu ihrem Dad. »Sie ist immer so lieb zu mir und gibt mir Süßigkeiten.«

»Ich mag Lizzy auch sehr«, antworte Harry und lächelte Molly an. Das haute George um. Was ist, wenn Lizzy Harry auch sehr mochte?

»Molly, wir müssen los!«, kommandierte er die Kleine. »Wir wollen Harry nicht von ... ähm ... was auch immer er vorhat, abhalten.« Den letzten Teil seines Satzes grummelte George nur noch.

»Tschüss, Harry!«

»Tschüss, Süße!«

Harry hatte bestimmt gemerkt, wie unangenehm insbesondere das Ende dieses Treffens verlaufen war. Molly allerdings nicht. Deshalb hatte sie auch gedacht, dass ihr Vater durch Harrys Fenster schaute, weil er sich für dessen Work-out interessierte. *Aber warum nur war er in letzter Zeit so anders? Er konnte ja unmöglich die ganze Zeit über Sport nachdenken*, überlegte sie.

Als George wieder in die Wohnung kam, war es eigentlich eher ein Hereinstürmen. Es hörte sich an, als wolle er die Tür auftreten. Danach knallte er sie heftig hinter sich zu. Molly hatte gesehen, wie ihr Dad, der erst wie versteinert dastand, sich plötzlich ruckartig in Bewegung gesetzt hatte. Als hätte er gerade einen Schockmoment erlebt. Mollys Vater trampelte ins Wohnzimmer und machte den Fernseher an. Normalerweise sagte er immer so etwas wie: »Süße, Daddy ist wieder da.« Aber diesmal nicht.

Er schaltete einfach den Ton auf richtig laut. Molly verstand nicht, was los war. Solche Wutanfälle kannte sie von ihrem Daddy nur, wenn es um Fußball ging. Wenn sein Lieblingsteam verlor, konnte George richtig emotional werden. *Hatte er durch Harrys Fenster Fußball gesehen?*, wunderte sich die Kleine.

Als sie zu ihm ins Wohnzimmer ging, fand sie ihn auf dem Sofa sitzend. Sein Kopf lag in seinen Händen und er sah sehr traurig aus. Molly kletterte zu ihm aufs Sofa und umarmte ihren Vater ganz fest.

»Nächstes Mal gewinnen sie wieder«, sagte sie und küsste ihn auf die Wange. »Nächstes Mal ganz bestimmt!«

KAPITEL 8

Was er gesehen hatte, war wirklich unglaublich. Hatten sie sich wirklich geküsst? Hatte Harry wirklich diese Frau geküsst? Diese Frau, die ihm so viel bedeutete? In der Nacht träumte George einen der grausamsten Albträume. Er wachte mit einem Schreck auf. Es war 01:00 Uhr nachts, und eine Stunde später konnte George immer noch nicht wieder einschlafen. Durch den Türschlitz von Mollys Tür schauend, sah er sie, wie sie tief und fest schlief; zusammengerollt wie ein Baby. Leise zog er Schuhe und Jacke an. Er musste hier raus; raus aus diesem Haus voller Betrug. Er brauchte ganz dringend frische Luft.

Wie ein Streuner lief er durch die Straßen und auch, wenn er langsam müde wurde, wollte er in keinem der Diner Rast machen, geschweige denn nach Hause gehen. George war wirklich kurz davor, sich seine Kleine zu schnappen und die Stadt für immer zu verlassen. Jetzt war Molly das Einzige in seinem Leben, das noch gut war. Während er durch die Straßen lief, kamen immer wieder Fragmente seines letzten Traumes hoch. Wieder handelte er von Harry. In diesem Traum küsste Harry sie zunächst. Dann jedoch begann er, sie zu strangulieren. Als er sie küsste, lächelte sie ihn voller Liebe an. Sie schien wahrhaftig glücklich zu sein und er lächelte zurück, aber auf eine sehr diabolische Art. Eine Art, die Georges Blut gefrieren ließ. Harry lächelte in ihr wunderschönes liebevolles Gesicht. Dann jedoch legte er seine Hände um ihren Hals und begann langsam, sie zu würgen. Ihr ursprüngliches Lächeln kippte in Verwunderung und anschließend in Angst. Harry aber lächelte weiter diabolisch. Diese schreckliche Szene spielte sich immer und immer wieder in seinem Kopf ab. Doch er wusste, dass dies noch nicht der schlimmste Teil des Traumes war.

George kam an einem schlafenden Bettler vorbei, der Schutz unter einem ausgeklappten Karton gesucht hatte. Er kramte in seiner Jackentasche nach Kleingeld. Ganz vorsichtig, ohne den Mann wecken zu wollen, legte er das Geld in den Pappbecher neben ihn. Für den Mann war es wahrscheinlich das Beste, wenn er schlief. Als George sich herunterbeugte, kam eine weitere Erinnerung an den Traum hoch. Sie schaute verzweifelt und ihre Lippen bewegten sich langsam. Als wolle sie etwas sagen. George sah, wie Harry sie weiter strangulierte. Ihre Worte, die sie versuchte zu sagen, mussten Worte des Flehens sein. Sie musste ihn anflehen, dass er damit aufhörte. Sie weinte und ihre Augen waren ganz rot und geschwollen. Ihre Lippen bewegten sich stetig weiter und langsam vernahm George leise Worte. Es wurde immer deutlicher, was sie sagen wollte, auch wenn George glaubte, dass er sie missverstehen würde. *Das muss ein Missverständnis sein*, dachte er. *Das kann sie nicht wirklich sagen.* Aber er hörte sie wirklich sagen, *liebe mich, liebe mich.* Das ist nicht richtig! *Er stranguliert sie, aber sie fleht ihn an, sie zu lieben*, dachte er erschüttert. Doch ihre Stimme wurde immer lauter und deutlicher. *Liebe mich, liebe mich.* Warum tut sie das? Was stimmte nicht mit ihr? George war außer sich.

Um 05:30 entschied sich George, zurück nach Hause zu gehen. In 30 Minuten würde Molly aufstehen. Wenn sie ins Schlafzimmer ihres Vaters ginge und sein Bett leer vorfinden würde, bekäme sie es bestimmt mit der Angst zu tun. Plötzlich fühlte er sich wie der schlechteste Vater der Welt. Er ließ Molly allein zurück, während er mitten in der Nacht durch sein Viertel streunte.

Der Bettler, dem George Geld gegeben hatte, war in dieser Nacht bei Weitem nicht der Einzige, den George sah. Menschen ohne Zuhause, um die sich scheinbar niemand kümmerte. Sie waren allein und ohne Schutz. George wusste, dass das Leben noch viel grausamer sein konnte, als es zu ihm war, und er wusste auch, wie glücklich er sich eigentlich schätzen konnte. Er hatte einen Job, ein Zuhause, eine kleine Tochter, die er liebte. Seine Mutter. Kein Zweifel, Dolores würde ihr letztes Hemd für ihn geben. Diese Frau, mit der er, bis auf seine Fähigkeiten als Elternteil, nichts gemeinsam hatte. Sie, die nie etwas anderes als eine gute Mutter gewesen war. Also wie konnte sie ihm das jetzt nur antun? Seine eigene Mutter. Wie konnte sie nur diesen Mann küssen? Diesen Mann, der ihn auf eine schlechte Art an Ray erinnerte. Sie hatte Harry geküsst. Dolores hatte Harry geküsst.

Als George die beiden in Harrys Wohnzimmer gesehen hatte, dachte er zunächst tatsächlich, dass Dolores mit ihm sprechen wolle, weil sie sich Sorgen um George machte. Seine Mutter hatte schon oft mit anderen Menschen – die George oft überhaupt nicht kannte – über ihren schüchternen, unsicheren, passiven Sohn gesprochen. Sie hatte es dabei stets gut gemeint. Dafür hatte er sie immer ein klein wenig gehasst und ganz besonders, wenn sie dafür jetzt zu seinem charmanten attraktiven Nachbarn laufen würde. Als Harry jedoch mit zwei vollen Weingläsern zurück in sein Wohnzimmer kam, wurde George skeptisch. Die Art, wie er seine Mutter anlächelte, gefiel George überhaupt nicht, und was als Nächstes kam, mochte er noch viel weniger. Der 39-jährige Harry küsste die 65-jährige Dolores. Als George noch jünger war, hatten die meisten seiner Klassenkameraden auf seine gut aussehende witzige Mutter gestanden. Als Heranwachsender hatte George das immer gehasst. Später dann war es ihm fast egal. Er wusste, wie attraktiv sie war. Dass sie nun aber mit seinem Nachbarn, der ungefähr in Georges Alter war, herummachte, störte ihn dennoch. Aber war es wirklich der Altersunterschied, der ihn störte? Bei solchen Dingen war George für gewöhnlich sehr liberal. Nein, es war definitiv etwas anderes, das ihn störte, und zwar, dass Harry ihn so sehr an seinen Vater erinnerte. An den Mann, der Dolores tausendmal das Herz gebrochen und sich dann aus dem Staub gemacht hatte. Harry sah Ray nicht nur verblüffend ähnlich; die dunklen Haare, seine schlanke athletische Figur, genauso wie sein markantes Lächeln. Sie waren sich in vielerlei Hinsicht ähnlich. Würde Harry Dolores das Herz brechen, würde sie sich wahrscheinlich nicht mehr davon erholen. Georges Eifersucht wegen Lizzy vermischte sich mit tiefer Besorgnis. Von jetzt an war Harry zu einer ernsthaften Bedrohung geworden.

Kapitel 9

»Und Sie sind sich sicher, dass es nicht ein Traum war?«, fragte Dr. Manville völlig verwundert.

»Ja!«, protestierte George.

»Das hatten wir doch alles schon einmal, George.«

»Ja, ich weiß«, antwortete er wütend und genervt.

»George«, begann die Therapeutin, ihn liebevoll in das Gespräch zurückzuholen.

»Er küsste Lizzy. Harry küsste Lizzy«, schrie er beinahe.

»Aber wie können Sie sich darüber so sicher sein? Wir wissen beide, dass das unmöglich ist.«

»Was? Dass sie sich geküsst haben?«

»Dass Sie sie dabei gesehen haben, George.«

George wurde ganz still. Er krümmte sich auf seinem Platz zusammen und senkte seinen Kopf, so weit er konnte. Jetzt war er sich auch nicht mehr so sicher, dass er sie wirklich und wahrhaftig gesehen hatte. Wie auch? Einige seiner Träume waren nach wie vor so lebhaft und plastisch, dass er oftmals nicht zwischen Traum und Realität unterscheiden konnte. Er hatte sie doch durch Harrys Fenster gesehen. So, wie er Harry und Dolores dort gesehen hatte. Vielleicht hatte er schlicht von dieser realen Szene geträumt und Dolores durch Lizzy ausgetauscht. Immerhin bedeuteten ihm beide Frauen sehr viel.

Die Zeit nach dem realen Kuss war schwer für ihn gewesen. Er wusste einfach nicht, wie er mit seiner Mutter umgehen sollte. *Es gibt nicht wirklich einen Grund, sauer auf sie zu sein*, dachte George. Sie war eine erwachsene Frau, und abgesehen von Georges Albträumen hatte Harry bisher nichts getan, was man ihm hätte vorwerfen können. Mal ausgenommen davon hatte Dolores sich somit irgendwie zwischen Harry und Lizzy geschoben. Dennoch, er war sauer auf sie, und das kommende Samstagessen cancelte er deshalb gleich am nächsten Tag.

Die nächsten Nächte hatte George zwar keine Albträume, dennoch fand er keinen Schlaf. Und so wanderte er weiter Nacht für Nacht durch die Straßen Londons. Nach seinem ersten nächtlichen Ausflug hinterließ er stets eine Nachricht für Molly auf seinem Kopfkissen. Nur für den Fall, dass sie wach werden und ihren Daddy nicht finden würde. So, hoffte er, bekäme sie keine Angst. In der zweiten Nacht kam George irgendwann zurück zu seinem eigenen Haus. Er musste unbedingt Harry sehen, und zwar durch dessen Fenster. War Dolores auch wieder bei ihm, und wenn ja, was taten sie dort? Und wenn sie nicht da war, was tat Harry? Auch wenn es bereits 02:00 Uhr nachts war. Vielleicht war der charmante Nachbar ja das, was man allgemeinhin eine Nachteule nannte. Als George zurück zu seinem Fenster ging, sah er nur eine kleine Leselampe, die an war. Nichts weiter.

»Was passierte Ihrer Meinung nach denn noch zwischen Lizzy und Harry?«, unterbrach Dr. Manville seine Gedanken.

»Was?«, schreckte er auf. Für einen Moment lang wusste George nicht, wo er war und warum. So sehr war er in Gedanken verloren gewesen.

»Ich fragte, ob zwischen Lizzy und Harry noch etwas anderes neben dem Kuss passierte?«

»Hm, weiß nicht.« George versuchte, sich daran zu erinnern, was er gesehen oder vielleicht doch nur geträumt hatte. Was passierte neben dem Kuss? Passierte überhaupt noch etwas anderes? Und warum sollte es wichtig sein, wenn es ja scheinbar doch nur ein Traum gewesen sein konnte?

Georges Obsession von Harry nahm zunehmend Form an. Es wurde langsam besorgniserregend. George wollte immer mehr über seinen Nachbarn wissen. Wie war er wirklich? Würde er Dolores' Herz brechen? Wenn Harry George so sehr an seinen Vater erinnerte, würde auch Dolores diese Ähnlichkeiten sehen. Er wusste, wie oft seine Mutter immer noch an Ray dachte. Am dritten Tag nach dem ominösen Kuss war Molly bei einer Freundin zum Spielen eingeladen. George musste diese Chance nutzen. Bereits mit Schuhen und Jacke ausgestattet, positionierte er sich am Küchenfenster – mit Blick zur Straße runter – um darauf zu warten, dass Harry das Haus verlassen würde. Er wusste, dass er im Fall der Fälle schnell sein musste – Harry sehen, aus der Wohnung stürmen und ihn unten auf der Straße nach Möglichkeit nicht verlieren. George musste geschlagene drei Stunden warten. Er wagte es nicht einmal, auf die Toilette zu gehen. Ein leerer Milchkarton bot ihm Erleichterung. Er pinkelte in den Karton, ohne auch nur einmal den Blick von der Straße zu wenden. Dabei pinkelte er sich fast an. Aber seine Geduld wurde belohnt.

Nach drei langen Stunden verließ Harry endlich das Haus. Wie ein Verrückter stürmte George aus der Küche, wobei er noch fast den Milchkarton umgetreten hätte. Als er unten ankam, sah er gerade noch, wie sein Nachbar links um die Ecke bog.

Harrys erste Erledigungen waren recht langweilig; Geld holen, einen Termin beim Friseur machen und ein paar Lebensmittel besorgen. Er kaufte sogar Rays Lieblingskekssorte. Solch ein Detail würde George nie vergessen. War sein Vater doch jemand, der ständig an etwas herumknabberte, und ganz besonders gerne knabberte er an diesen Keksen herum. Wobei Dolores ihm da vehement widersprechen würde. »Am liebsten knabberte er an irgendwelchen Flittchen herum«, hätte sie mit an hoher Wahrscheinlichkeit grenzend gesagt.

Die nächste Besorgung war alles andere als langweilig. In Anbetracht der aktuellen Ereignisse war sie schon fast ein wenig schockierend. Harry ging in einen Sexshop. Daran war an sich nichts falsch. George würde auch gerne für eine Frau sexy Unterwäsche sowie ein wenig Sexspielzeug kaufen. Aber es gab nun mal keine feste Freundin in seinem Leben, was ihn doch sehr frustrierte. Das Schockierende an dieser Besorgung war, dass Harry mit hoher Wahrscheinlichkeit sexy Unterwäsche und Sexspielzeug für sich und Georges Mutter besorgte. Das war etwas, was ein Junge nicht über seine Mutter wissen wollte. Harry verließ den Laden mit einer riesigen Tasche. *Was zum Teufel hat er denn alles gekauft?* Nach seinem letzten Albtraum befürchtete George, Harry könnte sich mit Bondage-Sachen ausgestattet haben.

Der Gedanke daran, dass Harry Dolores auf eine sexuelle oder gewaltsame Art strangulieren könnte, brachte ihn in der dritten Nacht auf die Straße. Er konnte mal wieder nicht schlafen. Während er so vor sich hinlief, dachte er angestrengt darüber nach, ob er ein weiteres Mal zurück zu Harrys Fenster gehen sollte. Was war in der Tüte? War es etwas für das sexuelle Vergnügen, dann wollte er das nicht wissen. Aber was, wenn nicht?

Es war eine Art Macht, die ihn zurück zu Harrys Fenster zog. Mitten in der Nacht stand er nun wieder im Innenhof, um, von der Dunkelheit getarnt, in Harrys Wohnung zu schauen. George behielt recht. Sein Traum war eine Art Vorwarnung gewesen. Nur war ihm nicht klar gewesen, in welche Richtung. Als er durch das Fenster schaute, traute er seinen Augen nicht. Was George da zu sehen bekam, verstörte ihn zutiefst. George sah nicht nur, wie seine Mutter und Harry wilden Sex miteinander hatten. Er musste zudem mit ansehen, wie seine Mutter einen massiven Orgasmus hatte, während Harry sie von hinten leicht würgte. Er würgte Dolores und sie erlebte dabei ihren sexuellen Höhepunkt. Auch wenn sie nicht *liebe mich* sagte, so genoss sie es doch sichtlich. Dolores genoss es, gewürgt zu werden.

Kapitel 10

»George, warum zum Teufel benimmst du dich denn heute so eigenartig? Verdammt noch mal!« Dolores war völlig entnervt. Obwohl sie gegenüber George ein schlechtes Gewissen hatte, wusste sie nicht so recht, warum er sich so verhielt. Nach ihrem Kenntnisstand konnte er bisher nichts von ihrer Affäre mit dem charmanten Harry wissen.

»Du tust ja so, als hätte ich dir etwas Furchtbares angetan.« George jedoch knurrte nur etwas in sein Brötchen, anstatt ihr zu antworten.

»Molly-Mäuschen, möchtest du noch etwas Tomatensoße auf deine Nudeln? Die Tomaten sind ganz frisch vom Markt, Schätzchen. So was kennst du ja sonst leider nicht.« Dolores entschied sich, dass es sinnvoller war, wenn sie sich ihrem Enkelkind zuwandte, anstatt ihres bockigen Sohnes. Aber diese Spitze musste noch sein. Von nun an jedoch würde sie sein komisches Verhalten einfach ignorieren.

»Und, wie geht es Tantchen Joan?«, fragte George, nachdem er sich zehn Minuten lang ohne Pause Nudeln mit Tomatensoße in den Mund geschoben hatte.

»Ah, jetzt möchte der feine Herr doch noch mit mir reden«, keifte sie George an. »Seit wann bitte interessierst *du* dich denn für Tante Joany, hä?«

»Na, sie gehört doch zur Familie«, schnappte er zurück.

»Aha?« Diese Unterhaltung zog sich über fünfzehn lange zähe Minuten, bis das jüngste Familienmitglied die Faxen dicke hatte.

»Ihr verhaltet euch beide total blöde«, rief Molly und klang nun auch bockig. Dolores und George schauten beschämt auf ihre Teller. Danach aßen sie schweigend weiter. Keiner traute sich mehr, von seinem Teller aufzuschauen.

Seit George dabei zusehen durfte, wie seine Mutter von seinem charmanten Nachbarn beglückt wurde, waren die Albträume schlimmer geworden. Zwar waren sie nicht mehr grausam, aber dennoch quälten sie ihn. In seinen Träumen war George wieder ein kleiner Junge und seine Eltern waren noch zusammen. Nur diesmal mit einer kleinen, aber feinen Veränderung: nun war Harry sein Vater und da war noch ein anderer entscheidender Unterschied. Bis auf die Tatsache, dass Ray George verlassen hatte, war er vorher jedoch nie gemein oder grausam zu seinem Sohn gewesen. Verlassen worden zu sein, war unglaublich grausam. Aber davon abgesehen hatte Ray George stets das Gefühl gegeben, von ihm geliebt zu werden. Er war sein geliebter Junge. Dolores war diejenige, die leiden musste. In Georges Traum war es jedoch gegensätzlich.

Vier Nächte lang hatte George immer wieder den gleichen Traum. Er sah und hörte seine Mutter lachen und kichern. Wie ein verliebtes Schulmädchen. Er hörte auch Harrys Stimme, ohne jedoch zu verstehen, was sein neuer Daddy so sagte. Aber es musste Dolores scheinbar zum Lachen bringen. Diese Träume waren verschwommen. Mehr wie zusammenhanglose Fragmente. Fragmente, in denen er Dolores lachen hörte und dann auch wieder dabei sah. Diese Traumteile wurden immer wieder von Teilen unterbrochen, in denen ihn Harry anschrie oder ihn auslachte. Das war die Parallele zu seinen vorherigen Träumen – Harrys diabolisches Lachen, das ihm das Blut in den Adern gefrieren ließ. Harrys Gesicht war wie eine Maske, die ihn aussehen ließ, als wäre er gefühllos und kalt.

War George wirklich ein Junge in den Träumen gewesen? Waren das überhaupt Träume? Nachdem er beinahe zwei Wochen lang nicht mehr richtig geschlafen hatte, verlor George langsam den Bezug zur Realität. Dass Harry und Dolores eine Affäre hatten, stand außer Frage. Dann waren sie in der Realität ja vielleicht wirklich zu dritt gewesen? In den vergangenen zwei Wochen hatte sich George wie ein Zombie gefühlt. Er war so müde und fertig gewesen. Das Einzige, wobei er sich wirklich Mühe gab, war Molly. Auch wenn er immer stärker von Harry besessen war, versuchte er doch, sein Bestes zu geben, um sein kleines Mädchen nicht zu vernachlässigen. Oder besser gesagt, nicht noch mehr. Sie war das Einzige, was ihm jetzt wirklich noch etwas bedeutete. Sie hielt ihn davon ab, nicht völlig durchzudrehen, und da er sie nicht noch mehr verängstigen wollte – sein aktuelles Verhalten tat das bereits genug – wagte er es auch nicht, sie zu fragen, ob es wirklich passiert sei, dass er, ihre Omi und Harry zusammen gewesen waren. Sie würde dann wahrscheinlich fragen, warum er sie das fragte, und dann müsste er sich erklären. George konnte nicht lügen. Schon gar nicht vor seiner Kleinen. Dann würde er sinnbefreit herumstottern und alles nur noch schlimmer machen. Es würde mit hoher Wahrscheinlichkeit in einer Katastrophe enden. In einer Katastrophe, in der Molly weinen würde oder sogar ihre Omi anrief. Nicht auszumalen. George musste es also auf eine andere Weise herausfinden.

Nachdem er sich verstärkt mit der Frage, ob Traum oder Realität, beschäftig hatte, veränderten sich seine Träume. Als würde sein Unterbewusstsein ein Spielchen mit ihm spielen. Seine Perspektive änderte sich. Er schien nun ein Erwachsener in seinen Träumen zu sein, denn nun war er mit seinem neuen Daddy auf Augenhöhe; zumindest physisch. In seinen neuen Träumen sprach Harry wieder zu George. Noch bevor er seine Worte verstehen konnte, fühlte George jedoch Scham in ihm hochkommen.

»Und du glaubst wirklich, dass das funktioniert?«, schien Harry ihn zu fragen. Es klang so unendlich abwertend. Nach und nach wurden seine Worte deutlicher, auch wenn sein neuer Vater immer noch so klang, als wären sie unter Wasser.

»Mommy?«, flehte George Dolores an, die jedoch ihren Blick nicht von Harry wendete. Sie schaute ihn an, als wäre er ein Schatz, nach dem sie so lange gesucht hatte.

»Hör zu, was er sagt, George!« Sie nannte ihn selten George. Für gewöhnlich nannte Dolores ihn »Süßer«, »mein guter Junge« oder »mein ganzer Stolz«. »Hör ihm zu!«

Plötzlich packte Harry ihn in die Hoden und George verspürte einen furchtbaren Schmerz.

»Mommy?«, flehte er Dolores weiter an. Er wagte es nicht, Harry direkt anzusprechen. »Mommy, mach, dass er aufhört! Er tut mir weh«

»Er hört in dem Moment auf, in dem du ihm endlich zuhörst.« Nun klang sie streng und kalt.

Georges tiefe Verzweiflung ließ ihn endlich aufwachen. Der Schmerz, den er verspürte, kam von seiner vollen Blase. Er musste ganz dringend pinkeln. Egal, wie gemein Harry in diesen Träumen zu ihm war, das Schlimmste war ganz eindeutig, dass Dolores nicht zu ihm hielt. Sie stand ihm nicht bei. Vielmehr hatte sie ihn verraten, und dieses Gefühl beeinflusste ihn fortan in der Realität. Er konnte nicht mehr normal mit ihr umgehen.

»Daddy!« Molly riss ihn plötzlich aus seinen Gedanken. Die beiden waren wieder auf dem Weg nach Hause. George hatte das Samstagsessen ungewöhnlich früh beendet.

»Ja, Mäuschen?« Er versuchte, sich zu sammeln.

»Warum haben du und Omi euch heute so doof verhalten?«

»Ah, Molly, es tut mir leid! Es tut mir leid, dass du da heute mit reingezogen wurdest!« George fühlte sich furchtbar. Er wusste, wie wichtig die Wochenenden für Molly waren. Die Zeit mit ihrer Oma, ihr weiblicher Einfluss und das gesunde Essen. Für gewöhnlich hatten die drei an solchen Tagen viel Spaß miteinander, und die Sechsjährige freute sich stets darauf, aber jetzt hatte er es ruiniert. Er und Dolores, wie er beschloss.

»Du verhältst dich in letzter Zeit so komisch. Bist du krank?« Molly klang ernsthaft besorgt. Jetzt packte ihn sein schlechtes Gewissen bei den Eiern. Hatte er nicht darüber nachgedacht, dass ihr sein merkwürdiges Verhalten auffallen könnte?

»Oh Gott, nein! Nein, Süße, ich bin nicht krank. Mach dir bitte keine Sorgen.« Er suchte krampfhaft nach den richtigen Worten. Was sollte er ihr denn sagen? Dass er langsam zu einem Verrückten mutierte? Einem Stalker? Einen kleinen Teil der Wahrheit konnte er ihr jedoch erzählen. »Weißt du, Molly, ich schlafe in letzter Zeit einfach sehr schlecht, okay? Das lässt deinen Daddy ganz dusselig werden.« Womit er gar nicht mal so falschlag.

KAPITEL 11

»Wissen Sie, die Arbeit eines Müllmanns kann sehr interessant sein. Man trifft eine Menge Leute. Und besonders ältere Menschen nutzen die Gelegenheit für einen kleinen Plausch mit uns. Ja, es ist nicht gerade anspruchsvoll, aber auch ich muss meinen Job gewissenhaft erledigen. Meine Mom war traurig, als ich das Studium schmiss. Dennoch, sie hatte Verständnis. Ich meine, es hat Spaß gemacht. Ich liebe Bücher und ich lese Molly viel vor. Auch wenn sie jetzt schon sehr vieles selbst liest. Aber an der Uni musste ich so viele Bücher lesen, die ich gar nicht mochte. Ich meine, und was macht man dann, nachdem man Literatur studiert hat? Wissen Sie, Dr. Manville, ich bin nicht gerade ehrgeizig.«

Dr. Manville wusste gar nicht, wie ihr geschah. Nach fast zwei Monaten mit George, in denen er wenig bis gar nicht mit ihr geredet hatte, plätscherte er nun wie ein Wasserfall. Dreimal die Woche kam er in ihr Büro und nahm auf ihrem winzigen Sofa Platz, was ihn stets aussehen ließ, als wäre er Gulliver in Gullivers Reisen. Jede Sitzung war ein Drahtseilakt gewesen. Heute jedoch fing George mit Beginn der Sitzung an, zu reden, und machte kaum Pausen. Die Therapeutin hatte nicht einmal die Gelegenheit gehabt, ihn zu fragen, wie es ihm denn so ginge.

»Es gibt Leute, die freuen sich richtig auf uns. So wie Mrs Clark. Sie gibt uns immer Trinkgeld und selbst gebackene Kekse. Eigentlich hat sie drei Kinder, aber die leben nicht in der Stadt. Ich habe ihr nie erzählt, wie oft ich meine Mom sehe. Ich möchte sie ja nicht traurig machen.«

»Das ist sehr taktvoll von Ihnen«, unterbrach Dr. Manville ihn. George allerdings nickte nur bestätigend und redete anschließend gleich weiter.

»Für eine ganz schön lange Zeit hatte ich mir immer ein paar Sandwiches in einem Off-Licence-Shop zum Lunch geholt. Bis ich einmal von deren Hühnchen-Sandwich eine üble Lebensmittelvergiftung bekam. Mann, Mann, das wünscht man seinem Todfeind nicht. Na ja, auf jeden Fall wurde es dann Zeit für was anderes. Es gibt da dieses nette kleine Diner in der Nähe der Mülldeponie. Es ist gemütlich, ruhig und das Essen ist gar nicht mal übel. Oh Mann, da war ich echt schon lange nicht mehr. Sechs Jahre, um genau zu sein.« Plötzlich wurde George wieder ganz still. Als wäre er wieder in Gedanken oder Erinnerungen versunken. Bevor Dr. Manville jedoch ihre Chance nutzen konnte, fing er noch einmal an, zu erzählen. »Geny arbeitete dort. Ich fand sie attraktiv. Sehr attraktiv. Aber ich bin nicht die Sorte Mann, die Frauen anspricht. Aber Geny, die war nicht so feige. Sie hat mich gleich angesprochen. Hat mir einfach ein Stück Kuchen gebracht, das ich nicht bestellt hatte, und gesagt, »Um fünf habe ich Feierabend. Holst du mich ab?« In diesem Moment sah Dr. Manville George das erste Mal lächeln, ja sogar etwas lachen. Dabei sah er so anders aus. Es stand ihm, fand die Therapeutin. Allerdings hielt es nicht lange an. Nach einem Moment aufrichtiger tiefer Freude verfiel George zurück in seine trüben Gedanken. Das Bewusstwerden ihres Tod verdarb ihm diese schöne Erinnerung.

»Wie war Geny sonst so?«, fragte Dr. Manville, nachdem sie fünf Minuten darauf gewartet hatte, dass George weiterplaudern würde. Aber er zuckte nur mit den Schultern. Da verstand sie, dass diese Sitzung nun *vorüber* sein würde. Wenn George Fragen nur noch mit Mimik und Gestik beantwortete, wusste seine Therapeutin, wie eine Sitzung oder der Rest davon aussehen würde y im wahrsten Sinne des Wortes deprimierend. Er war nun einmal ihr schwierigster Patient. Dr. Manville jedoch hatte eine schier unerschöpfliche Geduld. Also lehnte sie sich zurück und wartete geschlagene 20 Minuten. Viele Menschen können Stille nicht ertragen. Dr. Manville jedoch schon. George war unterdessen bereits wieder so in seinen Gedanken verloren, dass er schon gar nicht mehr wusste, wo er war.

Er erinnerte sich daran, wie Geny lachte und wie sie für ihn, nachdem sie das erste Mal Sex gehabt hatten, kochte. Ihre Kochkünste waren in höchstem Maße experimentell und sie hatten sich recht schnell einen Feuerlöscher für die Küche zugelegt. Sie genoss es dennoch, zu kochen, und George verspeiste jedes Gericht, das sie ihm kredenzte. Halbwarme Suppen, über die Maßen bissfeste Pasta, fast bis zur Unkenntlichkeit verbrannte Reibekuchen, matschigen Kuchen – obwohl er das ohnehin stets geliebt hatte – und auch alles andere. Er aß alles davon, weil er wusste, dass sie es mit Liebe gekocht hatte. Außerdem war sie in der Küche immer noch besser als er.

Diese Erinnerungen an Geny waren stets fatal. Erst machten sie ihn unendlich glücklich, aber dann zogen sie ihn unendlich weit nach unten. Sie waren so glücklich zusammen gewesen, wie zwei kleine Kinder. Natürlich hatten sie auch mal einen Streit; insbesondere, als Geny alles für ihr zukünftiges Baby in Pink kaufen wollte. Jedoch gab es keine Nacht, in der sie im Streit ins Bett gingen. Das war eine goldene Regel. Für eine sehr lange Zeit verbat sich George, an seine Geny zu denken. Was nicht einfach war, wenn man mit einer kleinen Ausgabe von ihr, Molly, zusammenlebte. George und Dolores hatten das Abkommen, dass sie mit Molly über ihre Mutter redete. So musste George sich nicht diesem Schmerz aussetzen. Er verstand, dass sie ein Recht auf Fragen hatte. Aber er konnte es einfach nicht. Als Molly ein Jahr alt war, erstellte Dolores für sie ein Fotoalbum, in dem sich nur Fotos befanden, auf denen Geny zu sehen war. Neben Genys Foto auf Mollys Nachtschrank erlaubte George jedoch keine weiteren

Fotos von ihr in der Wohnung. Manchmal war er richtig wütend auf sie, dafür, dass sie ihn verlassen hatte. Die meiste Zeit jedoch vermisste er sie einfach nur furchtbar, und Fotos von ihr zu sehen, würde nur Wunden aufreißen, befürchtete er.

In der Nacht vor jener Sitzung träumte George zunächst von Lizzy. Er träumte, wie sie herumalberten und kicherten. Es fühlte sich einfach gut an und George war in guter Stimmung. In seiner Euphorie packte er Lizzy und küsste sie. Ihre Lippen waren warm und weich. In dem Moment, als sich ihre Lippen voneinander trennten, sah er auf einmal Geny vor sich. Das hatte er lange nicht mehr, dass er von Geny träumte. Er musste gestehen, dass Lizzys Anwesenheit seine Gedanken an Geny verdrängt hatten. Mehr und mehr fühlte George in seinem Traum, wie der Schmerz über ihren Verlust zurückkam sowie sein schlechtes Gewissen wegen Lizzy. Hatte er seine Geny etwa betrogen? Plötzlich war er erfüllt von einem starken Verlangen nach Geny. Oder Lizzy? Er wusste es nicht recht. Dieses Verlangen jedoch war wie eine Leere. Eine Leere, die ihn von innen heraus aufzufressen drohte.

»George, was ist los mit dir?«, fragte ihn Traum-Geny und nahm sein Gesicht in ihre Hände.

»Geny?«, hauchte er nur. Ihr Anblick fing langsam an zu verschwinden. »Geny! Geny, geh nicht! Bitte!«, flehte er. Sie lächelte ihn an, aber dennoch wurde ihre Erscheinung immer blasser.

George wurde davon wach, dass er ihren Namen rief. Dieser Traum war einfach nur furchtbar gewesen. Er vermisste Geny. Er vermisste Lizzy. Keine der beiden durfte er haben. Es zerriss ihn förmlich. Und dennoch hatte er an jenem Tag das Bedürfnis, zu reden. Einfach nur zu reden.

KAPITEL 12

»**1**1,30, Sir.«
»Was?«

»11,30, Sir! Geht's Ihnen gut?«, fragte die leicht stumpf-sinnig dreinblickende Kassiererin George, der mittler-weile unter einem massiven Schlafmangel litt.

»Tschuldigung«, nuschelte er, ohne wirklich verstanden zu haben, was die Kassiererin von ihm wollte, und reichte ihr eine Hundertpfundnote.

»Haben Sie es nicht kleiner?«, fragte sie ihn mit einer Mischung aus Genervtheit und natürlicher ihr angebore-ner Trägheit. Sie verstand nicht, dass sich ihr Kunde ge-rade einen feuchten Kehricht um Kleingeld scherte.

Die letzten Nächte waren einfach nur furchtbar gewe-sen. Für gewöhnlich hatte er von Lizzy geträumt, was ihn unendlich traurig machte. In den letzten zwei Wochen jedoch hatten seine Träume ausschließlich von Harry ge-handelt und waren zumeist unendlich grausam. Manche der Albträume handelten gelegentlich auch von Dolores. Das waren mit Abstand die Schlimmsten, da seine Mut-ter sich darin immer auf Harrys Seite stellte und George somit in gewisser Weise verriet. Immerhin hatte er da-mit aufgehört, nachts durch die Straßen zu irren. Abge-sehen von der Tatsache, dass diese Ausflüge ihn nur noch mehr erschöpften, wollte er auch einfach Molly nachts nicht mehr allein lassen. Nach ihrem Gespräch letzten Samstag hatte er sich zusammengerissen. George hatte verstanden, dass er ihr Angst gemacht hatte mit seinem Verhalten. Das musste aufhören, bevor er noch größeren Schaden anrichten würde.

George machte seine Einkaufstüte auf, um abzuche-cken, ob er Mollys Lieblingsmüsli und -saft gekauft hatte. In letzter Zeit musste er alles doppelt und dreifach abchecken. Die Tatsache, dass er wahrhaftig alles von seiner Einkaufsliste plus einen ungeplanten Milchkarton gekauft hatte, erfüllte ihn in diesem Moment mit einem Gefühl der unendlichen Freude. In Anbetracht der letzten Wochen war dies tatsächlich ein Grund für kleinere Luftsprünge. Seine Euphorie über Müsli, Saft, Brot und andere Leckereien verflog jedoch nur allzu bald.

Konnte er wirklich seinen Augen trauen? George wusste, dass er vorsichtig sein musste. Sein Schlafmangel hatte schon das ein oder andere Missverständnis verursacht. Erst gestern hatte er fälschlicherweise verstanden, dass Mrs Clark ihn darum gebeten hatte, all ihre Blumentöpfe inklusive der darin befindlichen Pflanzen zu entsorgen.

»Junger Mann, was tun Sie denn da?«, schrie sie ganz panisch. George jedoch warf wie ein Roboter eine Pflanze nach der anderen in die Müllpresse. »Was tun Sie da mit meinen preisverdächtigen Lieblingen? George! Stellen Sie meine Pflanzen ab«, hatte sie ihn verzweifelt angefleht. Letzten Endes blieb ihr nichts anderes übrig, als ihn förmlich anzuspringen. Das riss ihn endlich aus seinem tranceartigen Zustand und er stoppte die Zerstörung. Zwei von Mrs Clarks Lieblingen schafften es jedoch nicht. Sie waren für immer an die Müllpresse verloren.

»Ich besorge Ihnen neue, versprochen!« George versuchte alles, um Mrs Clark zu trösten, nachdem er realisierte, was er getan hatte. Doch sie war schlicht untröstlich.

George musste also auch in diesem Moment noch einmal abchecken, ob er seinen Augen trauen konnte. Waren das wirklich Lizzy und Harry auf der anderen Straßenseite? Und hielten sie wirklich Händchen? Er entschied sich, den beiden zu folgen. Die beiden vermeintlichen Nachbarn gingen recht zügig und er musste aufpassen, dass er sie nicht verlieren würde. Jedes Mal, wenn sie abbogen, musste er noch ein wenig schneller werden. Aber auch nicht zu schnell. George durfte natürlich nicht Gefahr laufen, dass sie ihn bemerken würden. Bisher liefen alle drei schnurstracks in Richtung des Hauses, in dem sie alle lebten.

Was für ein Spielchen spielte der liebe Harry da? Und wussten die zwei Frauen voneinander? Und waren sie einverstanden mit diesem Arrangement? *Wenn Dolores lediglich auf Sex aus war, hatte das natürlich einen eklatanten Vorteil*, dachte George. Solange sie nicht in Harry verliebt war, konnte er ihr ja schließlich nicht das Herz brechen. Das konnte George nicht ertragen. Wenn Dolores Herz von diesem schmierigen Typen gebrochen werden würde. Seine Mutter hatte nach Ray so einige Affären gehabt und meistens war ihm das recht egal gewesen. Hatte sie ihn doch nie dazu genötigt, sich mit einem der Männer anzufreunden. Aber warum nur hatte George solche Probleme mit Harry? Ray, es war die Ähnlichkeit zu Ray. Dessen war sich George zunehmend bewusster. Harry erinnerte ihn einfach zu sehr an seinen Vater. Da war schlichtweg zu viel Potenzial dafür, dass sich Dolores früher oder später in Harry verlieben würde.

Was war eigentlich mit Lizzy? George kannte sie bei Weitem nicht so gut, als dass er beurteilen konnte, ob sie jemand für etwas Lockeres wäre. Als er so darüber nachdachte, fiel ihm auf, dass dieser Gedanke ihn nicht sonderlich eifersüchtig machte. Er hatte zudem schon länger nicht mehr von ihr geschwärmt, wie ihm auffiel. Die Sache mit Dolores und Harry hatte ihn so vereinnahmt und ja, auch ein wenig traumatisiert. Er schien zeitweise vergessen zu haben, dass er doch verliebt war.

Als die drei endlich das Haus erreichten, realisierte George, dass Lizzy gar nicht Lizzy war. Als Harry nach seinen Schlüsseln kramte, drehte sich seine Begleitung einmal kurz um. Dabei konnte George sehr deutlich erkennen, dass es nicht seine Nachbarin war. Dennoch, wirklich ruhiger wurde er bei ihrem Anblick nicht.

Nichtsdestotrotz, Harry sah neben Dolores auch noch andere Frauen, und wenn er sich mit einer Frau traf, die aussah wie Lizzy, dann würde er irgendwann vielleicht sein Glück auch bei der schönen Nachbarin versuchen. Bei diesem Gedanken erwachte Georges Eifersucht bezüglich Lizzy doch langsam wieder zum Leben. *Nein, du sollst nicht beide Frauen, die mir wichtig sind, bekommen*, dachte er. Nachdem Harry und seine Begleitung ins Haus gegangen waren, wartete George noch einem Moment, bevor er es selbst betrat. Er hatte keine sonderliche Lust darauf, den beiden im Treppenhaus über den Weg zu laufen.

»Oh, hallo! Dich habe ich ja schon lange nicht mehr gesehen«, sagte eine freundliche Stimme plötzlich hinter ihm. Es war Mr Barker, der die Wohnung direkt bei den Briefkästen hatte. Früher war er in diesem Haus der Hausmeister gewesen. Als er dann alt und leider auch sehr krank wurde, überließ man ihm netterweise die Wohnung. So nah am Eingang zu wohnen erleichterte einem alten kranken Mann so einiges.

»Hey, wie geht es Ihnen, Mr Barker?«, fragte George aufrichtig interessiert. Er mochte den alten Mann und eine kleine Ablenkung kam ihm zudem gerade recht.

»Och, ich weiß nicht so recht. Ich denke, es geht bald zu Ende mit mir.« Mr Barker klang scheinbar erleichtert, als er sein baldiges Ende verkündete.

»Sagen Sie das nicht so.«

»Nein, nein. Es ist gut so. Glaub mir, Junge.« Auch wenn Mr Barker dabei nicht traurig wirkte, hasste George es, wenn er so was sagte. Der alte Mann war ganz klar die gute Seele des Hauses.

»Es ist nur fair, dass ich krank wurde«, fuhr er fort. »Ich hatte das Glück, kerngesund auf diese Welt kommen zu dürfen. Während so manch anderer armer Teufel sein ganzes Leben lang herumkränkelt. Oder Schlimmeres.

Aber ich hatte ein paar wirklich gute gesunde Jahre. Verstehst du, mein Junge?«

»Hm, ich weiß nicht, Mr ...«

»Vertrau mir, Junge«, unterbrach er George. »Es ist die beste Art, die Dinge zu sehen. Dankbar zu sein. Verstehst du, mein Junge?« Und dann, als würde er wissen, welche Sorgen George zuletzt hatte, legte er seine Hand auf Georges Schulter und drückte sie väterlich. »Alles wird gut, Junge. Alles wird wieder gut.« George war ganz verdutzt, aber bevor er etwas antworten konnte, verschwand der nette alte Nachbar wieder in seiner Wohnung.

KAPITEL 13

Lizzy atmete schwer. Schwer, aber dennoch rhythmisch. George konnte sehen, wie sie auf ihm saß. Sie saß auf seinem Schoß und bewegte sich wunderbar rhythmisch. George war hart und er konnte ihre Vagina über seinem Penis spüren. Es war ein Gefühl, nach dem er sich so lange gesehnt hatte. Lizzy war ekstatisch. Sie stöhnte lustvoll und krallte ihre Finger vor Erregung in seine Brust. Sie wurde immer wilder. Mittendrin hörte sie auf, ihn zu reiten, um sich nun ausschließlich seinem Penis zu widmen. George spürte ihre Lippen um seinen Penis und wie ihre Zunge seine Eichel leckte; gekonnt umspielte. Er war kurz davor, den Verstand zu verlieren, seine Erregung ließ ihn fast erblinden. Was passierte hier? Er wusste, dass es Lizzy war, die ihn gerade oral befriedigte. Dennoch, er konnte nur Fragmente von ihr erkennen. War es real? Er wollte nicht, dass es aufhörte. Lizzy saugte nun heftiger, beinahe rücksichtslos. Er war kurz davor, zu kommen. »Lizzy, warte«, stöhnte er. George wollte nicht, dass es so schnell vorbei sein würde. Er wollte mehr, mehr von Lizzy. »Lizzy«, flehte er in Ekstase. Lizzy jedoch gab nicht nach und das nächste Mal, als er ihren Namen sagte, schrie er ihn fast, da er dabei kam.

Als George wach wurde, lag er in einer nassen Hose da. Seine Unterhose war voller Sperma. Es war wie damals, als er einen seiner ersten feuchten Träume hatte. Während die meisten seiner Freunde bereits seit einem Jahr Mädchen oder auch Geschlechtsgenossen hinterhergejagt waren, war George ein Spätzünder und sammelte nach wie vor Gestände, die er auf seinem Umweg nach Hause, über ein verlassenes Industriegelände, fand. Beinahe jeden Tag nach der Schule machte er diese kleine Tour. Er sammelte interessant geformtes Glas, leere Eierschalen, die eine besondere Färbung hatten, und einmal sogar ein Taschenmesser.

Als seine Sexualität endlich einschlug, schlug sie mit der Kraft eines Kometen ein. Auch wenn er Tausende Male am Tag masturbierte, sagte ihm sein kleiner Freund dennoch permanent »Hallo«. Und das vorzugsweise in den unpassendsten Momenten. George hatte eine Erektion, während er im Biologieunterricht bei Mrs Needleman einen Vortrag über einzellige Organismen (Organismus klingt wie Orgasmus) hielt, während er mit dem Nachbarshund Gassi ging (er sprang eine Hundedame an) oder auch einfach nur, wenn er abends das Geschirr abtrocknete. Einfach alles schien ihn zu erregen – Tassen und Gläser (dort konnte man etwas hineinstecken), alles, was eine Öffnung hatte wie Backlöffel mit einem Loch oder sogar Flaschen. Dolores behielt ihre Gedanken lieber für sich, wenn ihr Sohn mal wieder das Geschirrtuch fallen ließ und wie ein Angestochener ins Badezimmer lief. Eine Frau, die in ihrem Leben schon mit dem einen oder anderen Mann zusammen war, verfügte über das nötige Feingefühl. »Vielleicht solltest du zur Abwechslung den Müll runterbringen, anstatt abzutrocknen? Was meinst du?«, schlug sie deshalb vor.

Masturbieren konnte sein Verlangen danach, mit einem richtigen Mädchen Sex zu haben, in keiner Weise befriedigen. Er wollte ein richtiges Mädchen, und nicht eine dieser vollbusigen, scheinbar immergeilen Frauen aus seinen speziellen Magazinen. Er wollte jemanden, der seinen Körper und seine Bedürfnisse entdecken und befriedigen sollte. Wenn nicht bald etwas passierte, würde noch sein Kopf explodieren, befürchtete George. Es war jedoch nicht gerade hilfreich, dass er überdurchschnittlich schüchtern war und auch nicht zwangsläufig wie Prinz Charming aussah. Aber besonders wegen seiner schier unüberwindbaren Schüchternheit verdonnerte er sich ungewollt dazu, die nächsten Jahre seine sexuellen Erfahrungen weiterhin aus seinen Magazinen zu ziehen.

Der stark pubertierende, sexhungrige, aber viel zu schüchterne Junge einer überdurchschnittlich gut aussehenden Frau zu sein, war gelinde gesagt, furchtbar.

»Hey, Sugarman! Was trägt deine Mom denn heute Feines? Sag ihr mal, dass ich sie grüßen lasse!« Das war noch einer der dezenteren Kommentare seitens seiner Mitschüler. Einige zögerten auch nicht, direkt nach Dolores Unterwäsche zu fragen. Einer seiner engsten Freunde, Oliver Kite, war sogar ernsthaft verliebt in sie gewesen.

»George, mein Freund, wie kannst du nur mit so einer Mom leben?«, hatte ihn Oliver gefragt.

»Wie meinst du das?«, erwiderte George ein wenig irritiert.

»Wie ich das meine? Jesus Christus, Sugarman. Deine Mom ist der Wahnsinn und wie die aussieht. Sie ist unglaublich heiß, Mann«, erklärte ihm sein Freund, während er mit seinen Armen wild umher fuchtelte.

»Meine Mom ist was?« George verstand einfach nicht, warum seine Freunde und Mitschüler so einen Aufstand wegen seiner Mutter machten. Für ihn war sie die Frau, die ihm Frühstück, Mittag- und Abendessen zubereitete.

»Mann, ich wünschte, sie würde mir mal das Abendessen zubereiten. Verstehst du, Sugarman?«

»Halt lieber deine Schnauze, sonst stopfe ich sie dir. Verstehst du das?«

Als George sich im Bad sauber machte und die Menge seiner Ejakulation betrachtete, fiel ihm auf, dass er seine Bedürfnisse schon eine ganze Weile vernachlässigt hatte. Als er das letzte Mal versucht hatte zu masturbieren, ist ihm immer wieder das Bild von seiner Mutter, wie sie in Harrys Wohnzimmer ihren Höhepunkt hatte, durch den Kopf geschossen. George hatte versucht, seine ekstatische Mutter aus seinem Kopf zu vertreiben. Er hatte vieles probiert. Zunächst schaute er diese speziellen Werbespots nach Mitternacht, aber sie sprachen ihn nur wenig an. Aber auch seine alten Freunde, die *speziellen* Magazine, halfen nicht. Es war alles zu viel, zu sehr gewollt. War George doch mittlerweile ein Fan der subtileren Erotik geworden. Der Gedanke an Ronda aus der Buchhaltung und ihren vorteilhaften Ausschnitt half da schon eher. George versuchte, sich darauf zu konzentrieren, wie sie sich immer etwas über ihren Schreibtisch lehnte, wenn jemand ihr Büro betrat, um dann Hallo zu sagen. Als er jedoch so richtig in Fahrt kam, kam auch wieder seine Mutter so richtig in Fahrt. Dolores' Orgasmus hatte sich scheinbar in seine Netzhaut, sein Kurzzeit- sowie in sein Langzeitgedächtnis gefressen.

Seine unerwartete Erleichterung machte ihm überdies noch etwas anderes deutlich. Er war nicht nur über die Maßen geil, sondern hatte gleichzeitig etwas anderes vernachlässigt. Scheinbar war er auch immer noch in Lizzy verliebt oder zumindest hatte er das Bedürfnis, mit ihr Sex zu haben. Da er sich aber nun mehr oder weniger sicher war, dass sie keine Affäre mit Harry hatte, musste George etwas unternehmen. Er musste es endlich wagen. Er musste wenigstens damit anfangen, kleine Schritte zu machen. Erst würde er versuchen, längere Gespräche als *Hallo, wie geht es dir* zu führen. Und dann – wenn es so richtig gut liefe – ja dann würde er sie fragen, ob sie mal mit ihm ausgehen würde. Im Falle einer Abfuhr müssten er und Molly natürlich umziehen. Was ganz schön teuer wäre. Aber dann hätte er es wenigstens versucht.

An diesem Morgen war George schon beinahe euphorisch gut gelaunt. Er zog seine beste Hose und sein bestes Shirt an. *Ich sollte ein paar Kilos abspecken*, entschloss er sich. *Ein fitterer Mann ist bestimmt auch ein besserer Liebhaber*, dachte er weiter. Deshalb hatte er zum Frühstück auch nur Obst anstelle seines geliebten Schokomüslis.

»Stimmt was nicht mit dir? Bist du krank, Daddy?«, fragte Molly über ihre Müslischale hinweg.

»Es ging mir nie besser«, verkündete er ihr stolz. *Vielleicht sollte ich ab sofort auch zweimal die Woche zum Yoga gehen?*

Als George und Molly ihre Wohnung verließen, um zu Dolores zu gehen, trafen sie – wie es der Zufall so will – auf Lizzy. Seine Gelegenheit bot sich ihm nun früher, als ihm lieb war. Beim Anblick der schönen Nachbarin schossen George direkt seine Erinnerungen an den Traum von letzter Nacht durch den Kopf. Er musste sich zusammenreißen, jetzt war seine Gelegenheit, Lizzy ungezwungen in ein kleines Gespräch zu verwickeln. Wieder dachte er an ihre rhythmischen Bewegungen und ihr lustvolles Stöhnen.

»Hey Lizzy«, begann er etwas verkrampft. »Wie läuft es in deinem Yogastudio?« *Perfekter Einstieg*, dachte George! Darauf musste sie in mehr als nur einem Satz antworten. Zumindest hoffte er das. Seine Knie waren weich wie Pudding. Aber dennoch, er hatte sie angesprochen, und Lizzy strahlte ihn an. Wäre er nicht so nervös gewesen, hätte er gemerkt, dass sie selbst kein Stück gelassener war. Auch Lizzy freute sich, ihn zu sehen, und ganz besonders darüber, dass er an ihr interessiert zu sein schien.

»Hey! Danke, dass du nachfragst. Es läuft tatsächlich äußerst gut, weißt du? Es melden sich fast täglich neue Leute an. Wenn das so weitergeht, könnte ich sogar noch einen weiteren Lehrer einstellen«, freute sie sich.

»Toll, Lizzy!«, stammelte er. »Das freut mich wirklich für dich. Weißt du, meine Mom macht schon seit Jahren Yoga.«

»Oh! Ist das diese gut aussehende ältere Blondine, die hier öfter mal vorbeikommt?« Hatte Lizzy etwa darauf geachtet, was rund um Georges Wohnungstür passierte?

»Ja, tatsächlich. Das ist meine Mutter Dolores.« George gab sein Bestes, um locker zu bleiben. »Die Gute ist gelenkig wie nichts«, schob er deshalb noch hinterher. Lizzy kicherte nur. George war so auf das Gespräch mit Lizzy konzentriert, dass er für einen kurzen Moment Molly vergaß, als er mit Lizzy die Treppen runterging.

»Du verhältst dich heute Morgen voll doof«, raunzte Molly ihn bockig an, als er zurückkam und sie auf den Arm nahm. George jedoch war völlig abgelenkt. Den ganzen Weg nach unten erzählte ihm Lizzy von einer netten alten Dame, die bei ihr Schülerin und dermaßen gelenkig war, dass Lizzy und ihre Kollegin sie nur noch »die Brezel« nannten. Sie schien sehr froh über dieses unerwartete Treffen zu sein, und als sie im ersten Stockwerk waren, fragte Lizzy George sogar, ob sie ihn demnächst mal besuchen dürfe.

»Ich würde gerne mal wissen, wie die Wohnungen auf eurer Seite so geschnitten sind«, log sie verlegen. Nichts war Lizzy weniger egal als der Grundriss von Georges Wohnung. Jeder außer George hätte dieses Manöver auch durchschaut. Dieses Manöver, um George wiedersehen zu können, um sich in Ruhe zu unterhalten und sich vielleicht auch ein wenig näherzukommen. Immerhin war er clever genug, um die Gelegenheit beim Schopf zu packen.

»Wie wäre es mit morgen Abend um 8 Uhr abends?«, fragte er sie prompt.

»Sehr gerne«, erwiderte seine Nachbarin verlegen und wurde dabei etwas rot.

Ihre vergnügte Stimmung fand am Ende des Treppenhauses ein trauriges Ende. Bei den Briefkästen angekommen, mussten die drei mitansehen, wie Mr Barker in einem Sarg aus seiner Wohnung getragen wurde. Wie konnte ein Tag, der so gut angefangen hatte, sich urplötzlich um 180 Grad wenden? George erinnerte sich an das Gespräch von neulich, in dem Mr Barker ihm erzählt hatte, dass sein Ende nah wäre, aber es ihn in keiner Weise stören würde. Dass es jedoch so nah war, hatte George nicht geahnt. Vielleicht hatte er es auch einfach nur verdrängt. Wollte er doch nicht, dass der nette alte Mann aus seinem Leben verschwand. George sah, wie Lizzy eine Träne über die Wange rollte. In jenem Moment sah sie so zerbrechlich aus; nicht einfach nur traurig. Sie sah aus, als hätte sie gerade mit ansehen müssen, wie ein geliebter Freund oder Verwandter seine letzte Reise angetreten hatte. Er legte seinen Arm um sie und drückte sie vorsichtig an sich. Seine schöne Nachbarin schmiegte sich trostsuchend an ihn und vergrub ihr Gesicht an seiner Schulter.

»Seid nicht traurig«, versuchte er Lizzy und natürlich auch Molly zu beruhigen. »Erst neulich hat er mir erzählt, dass er bereit sei, zu sterben.« Lizzy nickte lediglich zustimmend, aber sie konnte George nicht in die Augen schauen. »Ich verstehe«, flüsterte sie nur.

»Aber warum denn?«, fragte Molly irritiert unter ihrem Schluchzen. »Warum sollte jemand denn tot sein wollen?«

»Weil er schon sehr krank war, Süße. Die einfachsten Dinge fielen ihm schwer, weißt du?«

Molly verstand, und so stand George nun da, mit Molly auf dem einen Arm und Lizzy auf der anderen Seite an sich geschmiegt. Es war ein trauriger Moment. Dennoch, es fühlte sich ein wenig so an, als hätte ihm Mr Barker noch einen letzten Gefallen getan, bevor er endgültig ging. Lizzy hatte sich ganz fest an George gedrückt und bei ihm Trost gesucht. Auf eine schräge Art fühlte sich das gut an.

Kapitel 14

Ray hatte bereits zwei Stunden im Sand verbracht. Abgesehen von seinem Kopf, der in der Sonne schmorte, waren alle anderen Teile seines Kopfes im Sand vergraben. Er hatte George aufgetragen, ein großes Loch in den Sand zu graben. Groß genug, sodass ein erwachsener Mann darin aufrecht stehen konnte.

»Was zum Teufel stimmt denn nicht mit dir, Ray Susniak?«, fragte ihn Dolores fast schreiend. Sie klang in höchstem Maße verzweifelt. Ihr geliebter Ray hatte nicht nur darauf bestanden, seit Stunden in diesem Loch auszuharren. Um dem Ganzen noch die Krone aufzusetzen, hatte er zudem jedes Getränk, das Dolores ihm in dieser Zeit gebracht hatte, um ihn vor einem Hitzschlag zu bewahren, ausgeschlagen. Was die anderen Badegäste bei Rays Anblick wohl denken würden, war Dolores gelinde gesagt egal. Dennoch, warum nur hatte er sich überhaupt in dieses selbst gewählte Gefängnis begeben und jede Art von Erfrischung abgelehnt? Dolores war eine clevere Frau und deshalb wusste sie, dass dies eine Form der Bestrafung sein sollte. Nicht für sie. Jedoch kannte sie ihren Mann gut genug, um zu verstehen, dass er sich bestrafen wollte; mal wieder. Es hat entweder damit zu tun, dass er sie mal wieder betrogen oder er Geld bei irgendwelchen Wetten verloren haben könnte. Dolores hoffte inständig, dass Letzteres der Fall wäre. Eine weitere Affäre wäre einfach zu viel für sie gewesen. Ray hatte nie zugegeben, eine Affäre gehabt zu haben. Für Dolores jedoch bestand daran kein Zweifel. Wenn ein begehrter Mann wie Ray beinahe 48 Stunden von zu Hause wegblieb, konnte das nur mit einer Frau zu tun haben. Dessen war sie sich absolut sicher.

»Ray, lass uns nach Hause gehen. Mir ist kalt und George braucht sein Abendessen«, sagte Dolores zu dem Mann im Sand, nachdem sie ihn zwei weitere Stunden, die er in seinem Loch verbrachte, schlicht ignoriert hatte. Sie hatte ihr Bestes gegeben, sich auf die Liebesgeschichte zu konzentrieren, die sie gerade las, während sie ein Auge auf ihren geliebten George hatte. In der Liebesgeschichte gab es immerhin keine Männer, die das Verlangen hatten, sich im Sand einzubuddeln und sich obendrein weigerten ihrer Liebsten zu erzählen, warum sie das taten. In der Geschichte gab es keine Männer, die ihrer Liebsten das Gefühl gaben, dass etwas Furchtbares passiert wäre. Nein, in der Liebesgeschichte, die Dolores las, gab es nur Liebe und sexuelle Leidenschaft – neben ein paar Familientragödien natürlich. Sexuelle Leidenschaft gab es zwischen ihr und Ray immer noch reichlich. Das hielt die beiden wahrscheinlich zusammen. Anderenfalls hätte sie Ray bereits nach seiner ersten vermeintlichen Affäre verlassen. Der Rest ihrer Beziehung war jedoch einfach nur kräftezehrend gewesen. Ray war kein intelligenter souveräner Millionär, zu dem alle aufblickten. Männer schauten zu ihm auf wegen seines Erfolges bei Frauen. Und ja, er war intelligent genug, um einen guten Deal, eine gute Wette, zu wittern. Er war mit Sicherheit ein gut aussehender freundlicher Mann. Allerdings war er nicht die Sorte Mann, die Frauen ein Gefühl von Sicherheit gaben.

»Ihr könnt gehen, aber ich bleibe«, hatte Ray geantwortet.

»Jesus Christus. Wirst du mir jemals erzählen, was zum Teufel mit dir los ist?«

»Nein!«, protestierte Ray.

»Warum denn nicht?«

»Ich sagte, NEIN!«

»Ray!« Aber Ray blieb stumm und vor allem stur. »Ray, da kommt eine ganz schön große Welle auf den Strand zugerollt. Ray! Ray, verdammt noch mal. Möchtest du ertrinken, oder was?«

»Ja!«

»Oh, du dämlicher Idiot. Sei nicht albern!« Dolores nahm sich Georges Schaufel, um ihren Ray damit aus dem Sand zu buddeln.

»Stopp! Dolores, hör auf. Ich verdiene das hier«, schrie Ray, bevor die Welle kam und ihm gehörig den Kopf wusch. Als die Welle sich zurückgezogen hatte, war das Erste, was Ray sah, Dolores, die ein paar Meter weiter saß und weinte.

Natürlich sah George das komplette Spektakel, und auch wenn er noch sehr klein war, verstand er, dass seine Eltern nicht das harmonischste Paar waren. Wenn er mit seinen Freunden über zu Hause sprach, fiel ihm immer wieder auf, dass er das Produkt zweier hitzköpfiger Menschen war. Ihm war zudem aufgefallen, dass sein geliebter Daddy in erster Linie der Grund für diese Hitzköpfigkeit war. Über die Jahre hatte George diesen Tag am Strand völlig vergessen. Er hatte verdrängt, wie eigenartig sich seine Eltern aufgeführt hatten. Zunächst hatte der kleine George es witzig gefunden, wie sein Vater in das Loch gestiegen war und ihn ermutigt hatte, ihn einzubuddeln. »Na los, kleiner Mann. Grab deinen alten Herrn ordentlich ein«, hatte er George angespornt. Für seinen Sohn sollte es wie ein Spiel wirken. Dolores hatte er schon oft genug das Herz gebrochen. Für George wollte er jedoch die Fassade aufrechterhalten. Besonders bei einem der seltenen Familienausflüge. »Na los, Junge, ich weiß, dass du stark genug bist, um deinen alten Dad einzubuddeln«, kommandierte ihn Ray mit der lustigen Stimme des Kapitän Haudegen, der Dritte. Diese Figur hatte sich Ray für Situationen wie diese am Strand ausdenken müssen. Ein Jahr zuvor hatten er und Dolores einen so heftigen Streit gehabt, dass George irgendwann in der Küchentür stand und fragte, was denn los sei. Ray hatte sich so geschämt. Sein Herz war ihm in die Hose gerutscht, als er verstand, dass sie

George mit ihrer Streiterei wegen seiner *Spielschulden* aufgeweckt hatten. Mit seinem Teddy im Arm stand er im Türrahmen und sah dabei so besorgt aus. *Ein Dreijähriger sollte nicht besorgt sein müssen*, dachte Ray. Er ging zu ihm rüber, nahm ihn auf den Arm und brachte ihn hoch in sein Zimmer.

»Warum streitet ihr?«, fragte George, nachdem sein Vater ihn zugedeckt hatte. Dies war der Moment, als Kapitän Haudegen, der Dritte, das Licht der Welt erblickte.

»Ah, mach dir keine Sorgen, junger Freund«, fing Ray an, mit einer lustigen Stimme zu sprechen. »Mach dir keine Sorgen, mein junger Freund. Alles wird wieder gut. Am Morgen ist wieder alles bestens, hmm?« George musste kichern. Wie Ray mit dieser rauchigen Stimme sprach und das Gesicht verzog, als wäre er ein Pirat, munterte ihn auf. Hätte Ray einem Dreijährigen denn wirklich die Wahrheit darüber, warum sie gestritten hatten, sagen sollen? Hätte er seinem Sohn wirklich erzählen sollen, dass sie in finanziellen Schwierigkeiten waren? Ray hatte sich so unendlich geschämt. Er konnte seinem Sohn nicht einmal in die Augen schauen. Mit einem fiktionalen Charakter jedoch konnte er es. Für einen kurzen Moment konnte er sich erfolgreich hinter dieser Figur verstecken.

Letzten Endes hatte sich Ray weder wegen einer Affäre noch wegen Spielschulden von George einbuddeln lassen. Es war etwas völlig anderes gewesen. Etwas, das sich Dolores nicht einmal im Traum hätte vorstellen können.

Als George so mit Lizzy auf einer Decke am Strand saß, schoss ihm die Erinnerung an diesen Tag mit seinen Eltern am Strand durch den Kopf. Es war ein wunderbarer Tag mit Lizzy, auch wenn die Art, wie sie ihn mit Leckereien fütterte, ein wenig schmerzte. Es erinnerte ihn so sehr an Geny. Beide Frauen waren so liebevoll, kümmernd, ja fast schon mütterlich zu ihm. Lizzy hatte einen ganzen Korb mit selbst gemachten Leckerbissen für ihren Tag am Strand vorbereitet. Auch wenn das Essen für seinen Geschmack etwas zu gesund war, genoss George jeden Bissen. Er versuchte, die Erinnerungen an Ray und Dolores sowie die schmerzliche Erinnerung an Geny abzuschütteln, um den schönen Tag mit Lizzy zu genießen. Er hatte große Erwartungen, da Lizzy die Idee, sich ohne Molly zu treffen, scheinbar zugesagt hatte. Somit war ihr Treffen deutlich weniger unschuldig gewesen. Lizzy flirtete heftig mit George und nutzte jede Gelegenheit, um ihn an der Schulter oder am Arm zu berühren.

»Ach, George, du machst mich fertig«, kicherte sie. »Und was hat sie gesagt, nachdem ihr Mann all ihre Gartenzwerge in eure Müllpresse geworfen hatte?«

»Nicht viel, ehrlich gesagt«, lachte George. »Die arme Frau starrte einfach nur in die Müllpresse. War völlig fassungslos, die Gute. Du musst wissen, dass das wirklich überraschend für sie kam. Stell dir mal vor, jemand würde deine Lieblingsdinge in ein Müllauto werfen.«

»Oh Gott, ich würde fuchsteufelswild werden«, antwortete Lizzy unter ihrem abebbenden Lachanfall.

Es war einfach ein wundervoller Tag; dieser Tag mit Lizzy am Meer. George konnte sich gar nicht vorstellen, dass er noch besser hätte verlaufen können. Lizzy jedoch schon. Bevor er sich von ihr verabschieden konnte, als sie im vierten Stock angekommen waren, zog Lizzy ihn in ihre Wohnung, küsste ihn sanft und fing an, sich zu entkleiden. Zehn Minuten später schliefen sie das erste Mal miteinander – auf ihrem Sofa, das sie vor langer Zeit einmal auf einem Flohmarkt erstanden hatte.

KAPITEL 15

Die nächste Zeit war traumhaft. Einfach traumhaft. Was sie hatten, war so gemütlich. George konnte es nicht so recht in Worte fassen, und um es noch ein wenig länger zu bewahren, erzählte er es niemanden – was er später noch bereuen würde. Besonders Dolores wollte er es nicht erzählen, da sie unendlich viele Fragen über Lizzy stellen würde, und nachdem sie ihn letzten Endes dann doch so weit gebracht hätte, ihr seine Angebetete vorzustellen, wäre Dolores direkt dazu übergegangen, Lizzy von vorne bis hinten zu analysieren. »Solange du glücklich bist«, hätte sie vielleicht gesagt. »Sie ist nicht gut genug für meinen Jungen«, war, was sie aber tatsächlich gedacht hätte. Dolores wusste, wie unsicher ihr geliebter George war, und ja, sie wusste auch, wie schwerfällig er zuweilen sein konnte. Dennoch, sie wusste auch, dass ihr geliebter George ein guter Mann war. Ein Mann, der seine Frau auf Händen tragen würde. Deshalb war sie so kleinlich, wenn es um die wenigen Frauen ging, mit denen George eine sexuelle oder sogar ernsthafte Beziehung haben könnte. Bei Geny war das ein wenig anders gewesen. Sie war eine Waise gewesen und hatte, vielleicht gerade aufgrund dessen, Dolores (über)mütterliche Art sogar genossen. Ja, für Dolores fühlte es sich an, als würde Geny sie brauchen, ihren Rat wertschätzen. Das war ihr natürlich mehr als recht gewesen, weshalb sie ihre erste Schwiegertochter lediglich solange verteufelt hatte, bis sie sie wahrhaftig zu Gesicht bekam.

Auch Molly hatte George nichts von ihm und Lizzy erzählt. Obwohl die Sechsjährige natürlich bemerkte, dass ihr guter alter Dad nun eine neuerliche Veränderung seines Gemütszustandes durchzumachen schien. Er war schon immer etwas von der Rolle, wie Molly fand. Ein wenig sehr chaotisch. Das Wechseln seiner Gemütszustände in den letzten Wochen war ihr jedoch mehr als neu. Neu war ihr auch, dass ihr Dad nun permanent lächelte – vor allem, nachdem er in den letzten Wochen so mürrisch gewesen war. George hatte keine Angst davor, dass Molly es gegen seine Anweisung eventuell ihrer Omi erzählen würde. Er wollte sich schlicht und ergreifend darüber im Klaren sein, was zwischen ihm und Lizzy war, bevor er seine Tochter da hineinziehen würde.

Für gewöhnlich trafen sich George und Lizzy, wenn Molly bei einer Spielverabredung oder ihrer Omi war. Er musste jedoch vorsichtig sein. In dem Moment, indem er von sich aus zu viele Verabredungen mit Freunden oder Pyjamapartys bei Dolores vorschlug, würden die zwei Sugarman-Frauen Verdacht schöpfen, und aus diesem Grund vermied er es, auch nur ein Wochenend-Mittagessen bei Dolores abzusagen und schlug lediglich ein Spielarrangement pro Woche von sich aus vor. Dennoch war es hart. Dolores und Molly waren wie zwei völlig gelangweilte Welpen, die blitzartig aufsprangen, sobald irgendetwas auch nur scheinbar Interessantes passieren würde. Es war, als würden sie ihn permanent beobachten und jede Regung seinerseits festhalten und analysieren.

»Was tust du heute Abend, wenn ich weg bin, Daddy?«, hatte Molly ihn gefragt, während er ihren Rucksack für eine Pyjamaparty bei ihrem Freund Jimmy packte. Dabei hatte sich George alle Mühe gegeben, seine Vorfreude auf sein Treffen mit Lizzy zu überspielen.

»Och, irgendwas halt«, antworte er ein wenig abwesend.

»Und was genau?«, bohrte sie weiter.

»Keine Ahnung. Irgendwas halt, Süße.« George hoffte, die Unterhaltung damit beendet zu haben, und für einen winzigen Moment gab die Sechsjährige auf, da ihr Dad die Ruhe selbst zu sein schien. *Menschen, die ganz ruhig bleiben, wenn man sie was fragt, haben nichts zu verbergen,* dachte die Kleine. Da sie doch erschreckend viel aus dem Genpool ihrer Omi geerbt zu haben schien, fuhr sie kurze Zeit später jedoch mit ihrem Verhör fort.

»Dad?«

»Süße?«

»Bist du dir ganz sicher, dass dir später nicht langweilig wird?«

»Warum denkst du das denn? Glaubst du denn nicht, dass sich dein alter Herr auch ohne jemand anderen beschäftigen kann?« George hoffte inständig, sie mit seiner letzten Frage endlich zum Aufgeben gebracht zu haben.

»Nein, denke ich nicht«, antwortete Molly bockig. Ja, er hatte sie zum Schweigen gebracht, jedoch auch dazu, dass sie nun genervt war, und zwar so richtig. Warum war er urplötzlich so gelassen und selbstsicher gewesen? Für gewöhnlich wurde er nervös, wenn man ihm so viele Fragen stellte oder hätte Molly zumindest gefragt, ob bei ihr alles in Ordnung sei. Ob sie vielleicht lieber zu Hause bleiben wolle. Auch wenn Molly natürlich erleichtert darüber war, dass ihr geliebter Dad nun nicht mehr solch ein nervliches Wrack war wie in den Wochen davor, nervte sie die neueste Situation. Er war nicht ehrlich zu ihr und das konnte sie spüren. Das nervte sie ungemein. Sie hatten nie irgendwelche Geheimnisse gehabt. Was war bloß los mit ihrem Dad? Molly fühlte sich hintergangen und ausgeschlossen.

Als George ihr zum Abschied einen Kuss gegeben wollte, schubste sie ihn nur weg und grummelte »wie auch immer«. Dann schob sie sich an Jimmys Mutter vorbei und lief ins Haus.

»Mach dir nichts draus, George. Das ist nur eine Phase«, lächelte Jimmys Mutter.

»Letzte Woche nannte Jimmy mich doch allen Ernstes peinlich. Glaubt man das? Ich meine, weißt du, was peinlich ist?«, fragte sie George, der gedanklich immer noch Molly nachhing.

»Was?«, fragte er ungeduldig.

»Nackt durch den Garten zu rennen und ins Plansch-becken zu pinkeln«, lachte sie, wobei ihr beinahe das Glas Chardonnay aus der Hand gefallen wäre.

Wenn er denn dann endlich mit Lizzy zusammen sein konnte, war es jedes Mal der Himmel auf Erden. Erst schliefen sie miteinander, dann kochte sie ihm irgend so ein gesundes Yoga-Essen und dann schliefen sie ein zweites Mal miteinander. Der erste Sex des Abends war für gewöhnlich wild, leidenschaftlich und das Ventil für all die unterdrückten Bedürfnisse aus den Tagen, an denen sie sich nicht spüren konnten. Sie mussten vorsichtig sein und durften sich nicht mehr als zweimal die Woche sehen. Das jedoch machte es auch so besonders, so aufregend. Das Umeinanderherumtänzeln, wenn andere dabei waren. Ihre geheime Liebe – oder was auch immer das war, das sie hatten. Wenn sie das zweite Mal miteinander schliefen, war das schon viel liebevoller, ausführlicher und dauerte natürlich länger. Wenn sie davon nicht zu erschöpft waren, nutzten sie die Gelegenheit auch öfter für eine dritte Runde.

Vielleicht war es der Sex oder schlichtweg Lizzys Gegenwart, aber egal, was es war, seit sie diese Sache miteinander hatten, schlief George des Nachts wie ein Baby. All seine schlaflosen Nächte genauso wie seine Albträume waren wie durch Zauberhand verschwunden. Sogar jene, in denen er von Dolores und Harry geträumt hatte. Auch wenn er die beiden erst kürzlich – diesmal tatsächlich zufällig – mal wieder beim Liebesspiel erwischt hatte. Es war mal wieder, als er den Müll herunterbringen wollte. Der kleine, aber feine Unterschied diesmal war jedoch, dass man die beiden unmöglich übersehen konnte. Sie taten es mitten im Zimmer, und zwar mit Licht an – nicht nur mit der Deckenlampe. Eine Stehlampe erleuchtete den

Raum zusätzlich, genauso wie eine Leselampe, eine weitere Lampe auf dem Tischchen neben dem Sofa und das Licht im Flur. Sogar der Fernseher schien an zu sein und stimmte in das Festival der Lichter mit ein. Wenn George und Lizzy Sex hatten, war das Licht in der Regel gedimmt, um es etwas gemütlicher, romantischer und auch erotischer zu haben. *Wenn sie bei solch einer Stadionbeleuchtung Sex hätten*, dachte er bei sich, *müsste er während des Aktes wahrscheinlich eine Sonnenbrille tragen.* Anderenfalls würde er seiner Auffassung nach dabei erblinden.

Was hatten sich Dolores und Harry dabei nur gedacht? Dass niemand mehr nach 8 Uhr abends in den Hof gehen würde? Oder hatten sie gehofft, dass sie jemand dabei erwischen würde? Georges Meinung nach war es okay, den Fetisch zu haben, davon angeturnt zu werden, dass man beim Sex gesehen werden könnte. Allerdings war das hier seine eigene Mutter, die auf einem Präsentierteller Sex hatte. Mal abgesehen davon wusste sie doch, dass er im selben Haus wohnte. Was also hatten sie sich dabei gedacht? *Wahrscheinlich nicht sonderlich viel*, resümierte er. Die Tatsache, dass er nun selbst ein Sexleben hatte, ließ ihn großzügigerweise vergessen, dass er mal wieder gesehen hatte, wie es seine Mutter vom Nachbarn besorgt bekommen hatte – und das auch noch komplett ausgeleuchtet.

Irgendwie erleichterte es ihn sogar ein wenig. Da er ja so nicht der Einzige in der Familie war, der ein Geheimnis hatte. Bisher hatte Dolores ihm nicht gebeichtet, dass sie eine Affäre, ein Verhältnis oder was auch immer das war mit einem seiner Nachbarn hatte. Deshalb entschied George, wäre es nicht vonnöten, ein schlechtes Gewissen zu haben. Die Einzige, der er gegenüber ein schlechtes Gewissen hatte, war Molly, da er langsam das Gefühl hatte, seine Kleine wusste, dass etwas hinter ihrem Rücken passierte und dass es ihr damit nicht gut ginge. Er hatte aufrichtig Angst davor, langfristig ihr Vertrauen zu verlieren. Nach der Szene vor Jimmys Tür hatte sich George furchtbar gefühlt. Die kleine Molly erinnerte ihn langsam auf eine schmerzliche Art an Dolores. An Dolores, als sie noch mit Ray zusammen war und wusste, dass er nicht ehrlich zu ihr war. Ray hatte sie so viele Male angelogen und das verletzte sie jedes Mal aufs Neue, und natürlich hatte George das damals als Kind gespürt. Auch wenn er noch so klein gewesen war. Er musste mit ansehen, wie seine Mutter ihr Vertrauen in seinen Vater nach und nach verlor. *Ich muss mit Lizzy reden*, dachte er sich deshalb. *Es läuft doch gerade sehr gut. Warum also sollte ich das Thema nicht anschneiden?* In diesem Moment war George felsenfest davon überzeugt, dass dies ein guter und längst fälliger Schritt wäre.

KAPITEL 16

»George, erinnern Sie sich noch daran, wie Sie einmal erwähnten, dass Sie zwischen all den Albträumen auch einen Traum gehabt hatten, der Sie, nun ja, verwundert zurückließ. Der sogar schon fast ein wenig positiv war?«, begann Dr. Manville ihre Sitzung. Nach ihrem letzten Gespräch, in dem George zunächst mehr erzählt hatte, als die Therapeutin je zuvor von ihm gehört hatte, und in dem er zum Schluss mal wieder völlig verstummt war, wollte sie diesmal lieber über seine Träume sprechen. Und über diesen ganz besonders. »Wollen Sie mir vielleicht etwas genauer von diesem Traum berichten?«

»Weiß nicht«, grummelte er. Was seine Therapeutin nicht wusste, war, dass dies nicht sein einziger positiver Traum gewesen war. Von seinem Sextraum mit Lizzy hatte er ihr nicht erzählen wollen. Er wollte ihr nicht von seinem feuchten Traum oder davon, dass er ein Spätzünder war oder von seinen sexuellen Bedürfnissen erzählen. Auch wenn er von einer Frau erzogen wurde, die mit Sexualität offen umging, hatte George selten das Bedürfnis dazu, über sein *Sexleben* zu sprechen. Vielmehr war ihm Dolores Offenheit nicht selten zu viel gewesen, und jetzt seiner attraktiven Therapeutin davon zu erzählen, dass er geil und verzweifelt war, war für ihn in jeder Hinsicht ein No-Go. Das hätte sie sich zudem selbst zusammenreimen können.

Viel lieber erinnerte sich George an den Abend vor seinem wunderlichen Traum. Die Nacht, in der er ursprünglich beschlossen hatte, mit Lizzy zu reden, war eine der Nächte, in der sie sich dreimal geliebt hatten. Sie hatten sich bereits vier lange Tage nicht gesehen oder gespürt und waren dementsprechend ausgehungert, und nicht nur, dass sie über die Maßen scharf aufeinander gewesen waren. Obendrein hatte sich Lizzy für ihn in sexy Unterwäsche geschmissen, in der ihr katzenartiger Körper einfach nur appetitlich ausgesehen hatte.

»Würde es dir gefallen, wenn ich die Strümpfe für dich anlasse, während wir es tun?«, hatte sie ihn süß gefragt. Dieser Satz brachte George dazu, ihre zweite Runde bereits vor dem Abendessen einzuläuten.

Von außen betrachtet wirkte es ein wenig so, als hätte Lizzy gewusst, dass er mit ihr reden wollte, und als hätte sie alles dafür getan, ihn anzuturnen und dass er nichts anderes als Sex mit ihr wollte in dieser Nacht. George jedoch wäre so ein geschicktes Ablenkungsmanöver nicht aufgefallen. Er genoss einfach nur die sexuelle Aufmerksamkeit seitens Lizzy. Hätte sie solch ein Ablenkungsmanöver mit Absicht durchgeführt, dann sicherlich nicht aus Böswilligkeit. Hätte sie solch ein Ablenkungsmanöver durchgeführt, dann sicherlich, weil sie Angst hatte. So oder so, Lizzy tat es nicht, weil sie wusste, dass George die feste Absicht hatte, mit ihr zu reden. Sie tat es, weil sie Angst hatte, dass er überhaupt mit ihr reden wollte. Was sie hatten, war für sie gerade recht genug. In dem Moment, in dem George sie etwas Persönlicheres wie zu ihrer Familie fragen würde, wäre alles ruiniert gewesen. Lizzy hatte keine sonderliche Lust, ihre familiären Altlasten mit in diese Beziehung, diese wunderschöne Sache, zu bringen. So, wie es jetzt war – das vorsichtige Herantasten, das Kichern, das Herumalbern, das Körperliche – so war es einfach perfekt. Es fühlte sich frei von Sorgen an.

Aufgrund der ausführlichen sexuellen Eskapaden des Abends und des weniger gesunden Essens – das ihn auch nicht hellhörig werden ließ – schlief George in jener Nacht einen tiefen, jedoch nicht traumlosen Schlaf.

»Es war auf einer Lichtung«, fing George wie schon so oft urplötzlich an zu erzählen. Dr. Manville hatte schnell gelernt, dass ihr Patient manchmal einige Minuten brauchte, bis er etwas von sich gab.

»Es war eine Lichtung und da waren ich, Lizzy, Molly und meine Mutter. Sie sahen aus wie, ich weiß nicht so recht ... wie Engel. Na ja, nicht direkt wie Engel, aber sie hatten doch diesen besonderen Schein oder Glanz.«

»Wie genau meinen Sie das?«

»Hm, als würden sie angestrahlt werden, ja genau. Aber mehr von hinten, und es ist ein warmes Licht.«

In jenem Traum saßen Molly, Lizzy und Dolores auf einer Decke, die auf dem Gras lag, und trugen festliche Gewänder in wunderschönen kräftigen Farben. Ihre Anordnung erinnerte George ein wenig an das Gemälde des Letzten Abendmahls, und auch weil ihre Gewänder eher wie große Stoffstücke, die um die drei Frauen herumgewickelt waren, wirkten. In der Mitte saß Lizzy, eingewickelt in hellgrünen Stoff. Sie sah wunderschön aus; ihr goldenes Haar auf dem edlen grünen Stoff leuchtete in der Sonne. Die Art, wie sie ihn anlächelte, gab George ein warmes geborgenes Gefühl. Zu ihrer rechten Seite saß Molly, eingewickelt in hellblauen Stoff. George konnte sich nicht mehr so recht erinnern, ob Molly damit beschäftigt war, etwas zu essen oder zu spielen. Aber es sah so aus, als würde sie mit ihren Händen etwas auf der Decke tun. Dennoch konnte er erkennen, dass sie glücklich aussah; völlig frei von Sorgen.

Zu Lizzys Linken saß Dolores, eingewickelt in einen dunkleren orangeroten Stoff. Es war mehr wie eine Alarmfarbe. Er versuchte krampfhaft, sich daran zu erinnern, mit welchem Blick sie ihn angeschaut hatte.

»Könnten Sie sich vorstellen, dass die Farbe ihres Gewandes für eine Botschaft steht?«

»Weiß nicht.«

»Vielleicht eine Warnung?« George jedoch zuckte nur mit seinen Schultern.

»Glauben Sie etwa, dass meine Mutter mich in diesem Traum bereits *warnen* wollte?«, sagte er plötzlich recht schnippisch. »Wie familiäre Gedankenübertragung, oder was? Die Verbindung zwischen Mutter und Kind?«

»Kein Grund, zynisch zu werden. Ich dachte lediglich, dass die Wahrheit eventuell bereits in Ihnen geschlummert haben könnte. Sie es aber noch nicht wahrhaben wollten.«

»Was weiß ich denn«, grummelte er. An Dolores zu denken, verpasste ihm, wie zuletzt immer, einen Schlag in die Magengrube. Auch wenn sie sich nach wie vor beinahe täglich sahen, fiel es ihm weiterhin schwer, ihr in die Augen zu sehen. Zu tief saß noch die Scham.

»Hat Ihre Mutter Lizzy denn jemals getroffen?«

»Nein«, erwiderte er knapp.

»Und Molly hatte sie ja auch nie getroffen. Warum war das so?«

»Das habe ich Ihnen doch schon erzählt, Dr. Manville. Um sie zu schützen.«

»Wovor denn genau?«

»Haben Sie Kinder?«, fragte er nun sichtlich genervt. George war schlichtweg nicht in der Stimmung, seine Erziehungsmethoden mal wieder auszudiskutieren. Wollte er Molly doch einfach nur vor Enttäuschungen bewahren. Das war es gewesen, dass er Dr. Manville schon so oft gesagt hatte, und sich selbst versucht hatte, einzureden.

»Gab es noch etwas anderes in dem Traum, das die drei taten?« Dr. Manville hatte fürs Erste aufgegeben und sich wieder dem Traum gewidmet.

»Nein. Nur Lizzy, Molly und meine Mutter und wie sie von hinten angestrahlt auf einer Lichtung sitzen. Und dass sie irgendwie wie ein Gemälde aussehen.«

»Interessanter Traum, finden Sie nicht?«

»Sie meinen wegen der Farben? Weil die irgendeine Botschaft haben?«

»Nicht nur. Ich meine, Grün steht für die Hoffnung und Blau für Treue. Das sind scheinbar Attribute, die Sie mit Molly und Lizzy verbinden. Was ich aber meine, ist, dass die drei wie ein Gemälde aussehen. Oder vielmehr wie ein Stillleben.«

»Okay?«

»Ein Stillleben, ja sogar ein Gemälde als solches, bewegt sich nicht. Es ist fix und ändert sich somit nicht mehr.«

»Sie meinen, so, als ob meine Mutter mich immer vor etwas warnen wird?«, schnarchte George mit einem Lacher. Es war einer der wenigen Momente, in denen sie beide lachten.

»Da haben Sie wohl recht, George. Mütter wollen ihre Kinder ständig beschützen. Aber ich hatte eher das Gefühl, dass das Orangerot dafür stehen könnte, dass Sie das Gefühl haben, sich vor Ihrer Mutter rechtfertigen zu müssen. Auch schon damals.«

Dr. Manville hatte recht. Während Dolores ständig ein schlechtes Gewissen dafür hatte, dass sie George so einen lausigen Vater gegeben hatte, schämte er sich nicht selten für seine Schwerfälligkeit. Er musste doch eine glatte Enttäuschung für sie gewesen sein. Nicht nur wegen der jüngsten Ereignisse. Hatte sie ihn doch jahrelang angefleht, gesünder zu leben und ein wenig mehr aus sich herauszugehen, irgendwie sein Leben zu genießen. Dennoch, nicht einmal hatte sie ihm vorgeworfen, zu rundlich zu sein. »Mein wunderschöner Junge«, hatte sie ihn immer wieder genannt und es auch so gemeint.

»Angesichts Ihrer Situation frage ich Sie jetzt lieber nicht, ob Sie glauben, sich vor Ihrer Mutter rechtfertigen zu müssen. Für den Fall, dass Sie es tun, möchte ich Ihnen sagen, dass Sie das nicht müssen.« Dr. Manvilles Patient wirkte unterdessen mal wieder etwas geistesabwesend.

»Sie wissen ja bestimmt schon, dass ich mich mit Ihrer Mutter getroffen habe?« George nickte nur und schaute auf seine Hände. »Ihre Mutter hat sehr offen darüber gesprochen, wie leid es ihr tut, dass Sie mit Ray so einen unzuverlässigen Vater hatten.«

»Ja?« Die Therapeutin schien sich Georges Aufmerksamkeit wiedergeholt zu haben.

»Dolores hat mir von ihrer Beziehung zu Ray und Ihrer Kindheit erzählt. Was ich aber doch am interessantesten fand, war ihr Verhältnis. Ich meine, das zwischen Ihnen und Ihrer Mutter.« Dr. Manville hielt kurz inne, um Georges Reaktion zu beobachten. George wiederum wollte einfach nur, dass sie weitersprach. »George, sie hat mir erzählt, wie sie Sie stets dazu bringen wollte, gesünder zu leben und auch mal auszugehen.« George begrenzte sich weiterhin aufs Zuhören. »Haben Sie irgendeine Idee, warum sie das tut?«

»Weil sie mich für eine Enttäuschung hält«, flüsterte George und blickte traurig auf seine Hände.

»Nein. Es ist das genaue Gegenteil, George. Sie hält sich für eine Enttäuschung. Eine Enttäuschung als Mutter. Dolores ist der festen Überzeugung, Sie seien so schüchtern, introvertiert und unsicher wegen ihrer chaotischen Beziehung zu Ray. Sie gibt sich nach wie vor die Schuld dafür, dass Ray Sie beide verlassen hat.

»Das hat sie Ihnen erzählt?« George wusste nicht, ob er erleichtert sein sollte oder ob es ihm doch eher das Herz brach, dass seine Mutter so dachte.

»George, Ihre Mutter liebt Sie bedingungslos. Und trotz allem ist sie so stolz auf Sie. So stolz, wie eine Mutter nur sein kann. Es ist nur so, dass sie sich als die Wurzel all der Ereignisse sieht.« Das brach George in jeder Hinsicht das Herz.

Kapitel 17

Ein paar Wochen, nachdem Lizzy ihr Sexleben ein wenig mehr in Fahrt gebracht hatte, waren sie bereit, etwas mehr zu riskieren. George brachte nun wieder jeden Abend den halb vollen Küchenmüll in den Hof, jedoch nicht mehr, um Harry zu beobachten. Er und Lizzy hatten die Abmachung getroffen, dass immer, wenn er an ihrer Tür vorbeigehen würde, sie diese öffnete, um ihn zu küssen. Als die Tage so vergingen und die beiden immer weniger voneinander getrennt sein wollten, vernachlässigten sie ihre bisherige Sorgsamkeit sogar noch ein wenig mehr. Manchmal, wenn Molly voll konzentriert ihre Lieblingsserie schaute, schlich sich ihr Dad aus ihrer Wohnung und rein in Lizzys für einen kleinen Quickie. Eine deutlich regelmäßigere Routine wurden die nächtlichen Besuche. George war es egal, ob er den ganzen Tag müde sein würde. Solange er bei Lizzy sein und mit ihr schlafen konnte, verzichtete er gerne auf Schlaf. Für ein wenig schmutzigen Sex mit der Frau, in die er sich gerade ernsthaft verliebte, war ihm fast alles egal. Dass er seine Arbeit wie ein Zombie erledigte, kannten seine Kollegen bereits ohnehin aus der vergangenen Zeit.

Lizzy ihrerseits hatte den guten alten George voll in der Hand. Um ihn weiterhin erfolgreich von unangenehmen Fragen abzulenken, überraschte sie ihn regelmäßig mit neuen Spielereien; mehr sexy Unterwäsche, verruchte kleine Rollenspiele, ausgefallene Verrenkungen. Sie ließ ihn alles tun, worauf er Lust hatte, solange sie im Bett so viel Spaß hatten, dass er alles andere vergessen würde.

Als George eines Abends den Müll in den Hof bringen wollte, traf er seit langer Zeit seinen Nachbarn Harry, den Liebhaber seiner Mutter, wieder. Harry stand oben ohne, gelehnt an der Hauswand und rauchte genüsslich eine Zigarette. Er sah erschöpf und verschwitzt aus.

»Na du!«, grüßte Harry ihn. »Du siehst gut aus, mein Freund. Ist etwa eine Frau in dein Leben getreten?«, fragte Harry ihn und zwinkerte dabei in seine Richtung.

»Wie meinst du das. Weißt du …« George versuchte, ruhig zu bleiben. Waren Lizzy und er in letzter Zeit vielleicht doch zu gierig gewesen?

»Ach, nur so«, antwortete Harry. »Eine Lady zu haben, regelmäßig Sex zu haben, das tut einem halt gut. Du weißt schon.«

»Ach so, ja. Verstehe, was du meinst«, antworte George und versuchte dabei krampfhaft, locker zu klingen. Er ging zu den Mülltonnen unter Harrys Wohnzimmerfenster, um seine Mülltüten loszuwerden. Sah er richtig? Lag da eine nackte Frau auf Harrys Esstisch? Diesmal war Harrys Wohnzimmer nicht bis in den letzten Winkel ausgeleuchtet. Die Frau lag mit dem Rücken zum Fenster, George konnte jedoch erkennen, dass sie blond war. Wahrscheinlich war es Dolores und wahrscheinlich hatten beide es gerade mal wieder miteinander getrieben. Plötzlich drehte sich die nackte Frau langsam um. George wollte schon in Deckung gehen, da er erwartete, seine Mutter zu sehen. Dann jedoch erkannte er, dass es eine andere Frau war. Eine ganz andere. Es war weder Dolores noch die Frau, die er einmal in Begleitung von Harry verfolgt hatte. Es war ganz eindeutig eine dritte Frau gewesen. In George stieg nun langsam eine gewaltige Wut auf.

»Bist wohl ein ganz schöner Weiberheld, hä?«, fragte er Harry und in seiner Stimmung klang Ungeduld.

»Ganz richtig, mein Freund.« Harry schien Georges Wut noch nicht aufgefallen zu sein. Er sonnte sich viel mehr in seinem sexuellen Erfolg. Er nahm einen tiefen Zug von seiner Zigarette.

»Wissen sie voneinander?«, fragte George, wobei es fast aus ihm herausgebrochen wäre: unkontrollierbare Wut.

»Was?«

»Weiß meine Mutter, dass du andere Frauen fickst?«
Jetzt schrie er Harry schon an.

»Was? Hey? Woher weißt du das?« Als Harry das fragte, klang er jedoch so gar nicht überrascht. Es klang vielmehr so, als hätte er damit gerechnet, dass George ihn das fragen würde.

»Hör zu, sie ist ein großes Mädchen. Also entspann dich«, antwortete Harry letzten Endes recht flapsig. Er schien George in keiner Weise ernst zu nehmen.

»Ein großes Mädchen? Weiß sie es oder nicht?«

»Keine Ahnung. Also ich habe es ihr bestimmt nicht erzählt.« Harry wirkte nun so gar nicht mehr wie der freundliche hilfsbereite Nachbar. George bebte vor Wut und der Anblick seines selbstzufrieden grinsenden Nachbarn ließ seine Wut bis ins Unendliche steigen. Dann passierte es ganz automatisch. Später würde George sagen, dass es sich angefühlt habe, als hätte er sich dabei zugesehen. Das erste Mal in seinem Leben schlug er jemanden und er schlug hart zu. Der Knall, mit dem seine Faust auf Harrys makellosem Gesicht landete, war so laut, dass in einigen der Fenster zum Hof hin das Licht anging.

»Was zum Teufel?«, schnaufte Harry. Es brauchte einen Moment, bis er verstand, was gerade passiert war. Aber da kam auch schon der zweite Schlag auf ihn zu, der ihn zu Fall brachte. »Hör auf, du Verrückter«, schrie Harry ihn an.

»Hey, was soll der Krach da unten?«, schrie einer der Nachbarn aus seinem Fenster. Der schreiende Nachbar lenkte George so sehr ab, dass Harry seine Gelegenheit für einen Gegenschlag nutzen konnte. Mit nur einem einzigen Schlag brach Harry Georges Nase.

»Ich hasse dich, Ray!«, schrie George plötzlich in die Richtung seines Nachbarn. »Ich hasse dich so sehr!«

»Was? Wie hast du mich gerade genannt?« Harry war völlig perplex.

»Du verdammter Bastard. Du hast meiner Mutter das Herz gebrochen. Und dann hast du meines gebrochen, als du uns verlassen hast.«

»Bist du jetzt total übergeschnappt?« Harry wusste nicht, was das alles bedeuten sollte. George sah in der Zwischenzeit aus, als wäre er geistig irgendwo anders; als wäre er in Trance.

»Ich hasse dich, Ray! Ich hasse dich«, schrie und weinte er gleichermaßen.

Die surreale Szene wurde von ein paar männlichen Nachbarn beendet, die in den Hof gekommen waren, weil sie dachten, sie müssten bei einer Schlägerei eingreifen. Was sie jedoch vorfanden, war ein verzweifelt weinender George und einen zutiefst irritierten Harry, die beide im Gesicht stark bluteten. Zwischen den Nachbarn tauchte plötzlich Lizzy auf. Sie quetschte sich durch die Männer und ging zu George. Sie nahm vorsichtig seine Hand, zog ihn aus der Menge und brachte ihn in seine Wohnung, wo sie seine Wunden reinigte.

»Was ist denn da bloß in dich gefahren?«, fragte sie ihn vorsichtig, während sie ihm ein nasses Handtuch in den Nacken legte.

»Ist mein Daddy schwer verletzt?«, fragte Molly, die plötzlich weinend im Badezimmer stand.

»Nein, Süße«, beruhigte Lizzy sie. »Weißt du, Männer machen manchmal dumme Sachen.« Sie hatte versucht, Molly die Angst zu nehmen. »Doch wir müssen deinen Dad, glaube ich, ins Krankenhaus bringen.«

»Okay! Lizzy, warum machen Männer dumme Sachen?«

»Na ja, weil sie halt ... ähm ... na ja, Männer sind. Deshalb.«

»Okay?« Das war keine ausreichende Antwort für Molly gewesen. Aber sie verstand, dass dies nicht der richtige Zeitpunkt für weitere Fragen war.

»George? George?« Lizzy versuchte, ihn dazu zu bringen, aufzustehen. George war geistig immer noch ein wenig abwesend. Er sagte nach wie vor kein Wort. Langsam stand er vom Badewannenrand auf, ging in den Flur und zog seine Jacke und Schuhe an.

»Jetzt warte doch!«, rief Lizzy hinter ihm her, als er als Nächstes wie ein Roboter die Wohnungstür öffnete und in den Hausflur ging. Lizzy half Molly schnell in ihre Sachen und dann folgten sie ihm. Auf dem ganzen Weg ins Krankenhaus und auch, als der Arzt mit einem lauten in höchstem Maße schmerzhaft klingenden Geräusch Georges Nase wieder richtete, blieb er absolut still. George sagte nicht ein Wort. Lizzy sorgte sich nach diesem Abend ernsthaft um den Mann, den sie bisher nur als liebevoll, witzig und eher ruhig – außer beim Sex – kennengelernt hatte. Ihn so zu sehen, brach ihr das Herz. In jenem Moment wurde ihr klar, wie sehr sie bereits an ihm hing. Nachdem sie erst George und dann Molly ins Bett gebracht hatte, legte sie sich mit Kissen und Decke zunächst nur auf das Sugarman-Sofa. Als sie Molly schlafend glaubte, schlich sie sich jedoch zu George ins Bett. Sie wollte jetzt einfach bei ihm sein. Lizzy schmiegte sich an ihn und nahm seine Hand. Während sie das tat, träumte George bereits. Er träumte, wie er Harry zu Tode prügelte.

Kapitel 18

Wie ein Wahnsinniger schlug George immer wieder auf Harrys Gesicht ein. Er schlug auf das makellose Gesicht seines Nachbarn ein, bis es nur noch eine puddingartige Masse aus Blut, Fleisch und Knochen war. Mit jedem Schlag wurde er jedoch zunehmend wütender. George schien jede Kontrolle über sich verloren zu haben und er konnte einfach keine Erleichterung finden. Er schlug immer weiter auf Harrys Gesicht ein, bis er nur noch Blut sah. Alles um ihn herum war mit der roten Flüssigkeit bedeckt.

»George? George! Wach auf!« Lizzy schüttelte den verzweifelt stöhnenden George, um ihn aus seinem Traum zu befreien. Eine Minute zuvor war sie durch sein Stöhnen und Wimmern aufgewacht. George hatte ihre Worte in seinem Traum gehört. Erst waren sie sehr leise, sehr entfernt gewesen. Dann jedoch wurden sie so laut, dass sie ihn letzten Endes befreiten. Er wachte schweißgebadet auf. »Oh, mein Gott«, atmete er schwer. »Oh mein Gott, ich habe ihn umgebracht. Ich habe ihn zu Tode geprügelt.«

»Nein, es geht ihm gut, George. Deine Nase sieht viel schlimmer aus als sein Gesicht«, beruhigte ihn Lizzy, die dachte, George würde noch von letzter Nacht sprechen. »Versprochen, es geht ihm gut. Okay?«, versuchte sie, ihn weiter zu beruhigen. »Hattest du einen Albtraum?«, fragte Lizzy George, während er seinen Kopf auf ihren Schoß legte. Es fühlte sich so gut an. George hatte ganz vergessen, wie es sich anfühlte, von einer Frau – die nicht seine Mutter war – getröstet zu werden.

»Ja«, flüsterte er.

»Aber jetzt ist es vorbei. Jetzt ist es vorbei«, antwortete ihm Lizzy, während sie seinen Kopf und linken Arm liebevoll streichelte. In jenem Moment war ihr nicht klar, was George tatsächlich ängstigte. Es war nicht einfach nur ein furchtbarer Albtraum, der George durch Mark und Knochen ging. Vielmehr ängstigte sich George davor, dass die Träume aus den Wochen vor Lizzy, die Träume, von denen er oftmals nicht genau gewusst hatte, ob sie vielleicht nicht doch Realität gewesen waren, wieder-kommen würden. Das waren mitunter die schlimmsten Wochen seines Lebens gewesen. All diese schlaflosen ver-nebelten Wochen, in denen er sich gerade noch mit Mühe und Not um Molly gekümmerte hatte. Sie waren furcht-bar gewesen. Würde sich das Blatt jedoch nun wenden und wäre er fortan der Böse, dann wüsste George nicht so recht, wie er damit umgehen sollte. Dann würde er sich ständig fragen müssen, ob er jemandem etwas Schlim-mes angetan hätte.

»Versuch, noch etwas zu schlafen, George. Ich bin ja hier und passe auf dich auf, okay?« George legte sich wieder zurück auf seine Seite des Bettes und ließ sich von Lizzy noch ein wenig trösten. »Mein armer Schatz«, sagte sie. »Es kommt alles wieder in Ordnung. Du musst dich nur ein wenig ausruhen.«

Als George am Morgen darauf aufwachte, lag Lizzy nicht mehr neben ihm. Gegen 05:00 Uhr hatte sie sich wieder auf das Sofa im Wohnzimmer der Sugarmans gelegt, um ihr kleines Geheimnis noch ein wenig länger zu wahren. Dort fand George Lizzy dann auch; zu seiner Erleichte-rung. Sie nicht mehr neben sich liegend zu haben, hatte sich nicht gut angefühlt. George hatte sich beinahe ver-lassen gefühlt.

»Meinst du, du solltest mal mit Harry reden?«, fragte ihn Lizzy, als sie alle drei zusammen beim Frühstück saßen. So richtig hatte George jedoch keinen Hunger.

»Ich meine, du musst Molly und mir auch erst mal nicht erzählen, was los war«, begann Lizzy, während sie Molly ihr Frühstück gab. »Aber vielleicht solltest du die Sache mit Harry klären, hm? Was meinst du?«

»Das stimmt!«, pflichtete Molly der Nachbarin bei. George jedoch hörte gar nicht richtig hin. In seinem Kopf hämmerte es wie verrückt und er war gedanklich immer noch bei seinem Traum von letzter Nacht.

»George, möchtest du vielleicht, dass ich deine Mutter anrufe?«

»Warum?«, fauchte George Lizzy plötzlich an.

»George, was zum T ...?«

»Sorry, Lizzy!« Für einen kurzen Moment hatte George völlig vergessen, dass Lizzy nichts von Harrys und Dolores Affäre und somit auch nicht den Grund für die Schlägerei von gestern Abend gewusst hatte. »Lizzy, es tut mir wirklich leid. Ich bin noch etwas neben mir. Verzeih mir bitte, okay?«

»Ja, okay«, gab Lizzy nach. Sein Anblick machte ihr jedoch nun ernsthaft Sorgen. »Ich dachte nur, dass sie sich vielleicht um Molly kümmern könnte.«

»Aber ich will nicht zu Omi«, protestierte Molly augenblicklich. »Ich will hier bei dir sein, Daddy.«

»Alles gut, Süße«, begann George. »Aber Lizzy hat recht, Molly. Mir geht es wirklich nicht gut und ich bin gerade auch keine gute Gesellschaft für dich.«

»Okay«, sagte Molly traurig und schaute auf ihre Müslischale. Die Sechsjährige hatte den Ernst der Lage verstanden. Dennoch, sie wollte bei ihrem Dad sein, ihn nicht allein lassen. Auch sie sorgte sein Anblick zutiefst.

»Okay. Wisst ihr was?«, fragte Lizzy etwas zögerlich, nachdem für drei scheinbar endlos lange Minuten niemand mehr etwas gesagt hatte. »Ich habe heute selbst nur eine Yogastunde, für die ich bestimmt Marianne einspringen lassen kann. Die Ärmste kann eh gerade jeden Penny extra gut gebrauchen. Und meinen Papierkram kann ich auch mal einen Tag verschieben. Ich kann also heute hierbleiben und mich um euch beide kümmern, okay?« Lizzy klang dabei nicht sehr überzeugt, was die Sugarmans jedoch nicht zu bemerken schienen. Molly grinste einfach nur von einem Ohr zum anderen, während George Erleichterung in sich aufkommen spürte.

»Wenn es dir wirklich nichts ausmacht?«, fragte er aber dennoch schnell anstandshalber.

»Ach, quatsch«, erwiderte Lizzy und schaute dabei nervös auf ihre Hände. Was hatte sie sich da gerade nur angetan? Diese Vater-Mutter-Kind-Situation hatte sie nie gewollt. Lizzy war ganz und gar nicht bereit dazu gewesen. Aber es würde schon okay sein, für einen Tag, dachte sie sich. Nur für einen Tag.

»Lizzy, du weißt gar nicht, wie viel mir das bedeutet«, sagte George ihr noch einmal, als Lizzy und Molly sich gerade auf dem Weg zum Schulbus machen wollten.

»Und, hatte Ihre Mutter von Harrys Affären gewusst?«, fragte ihn Dr. Manville.

»Nein. Da Harry ihr keinen reinen Wein eingeschenkt hatte, musste ich es dann später tun.«

»Das tut mir wirklich sehr leid, George. Darf ich fragen, wie sie reagiert hat?«

George erinnerte sich nur sehr ungern an diesen Moment. »Sei nicht albern, George«, hatte Dolores zunächst gesagt und versucht, alles zu leugnen. »Er könnte doch mein Sohn sein. Immerhin ist er in deinem Alter.«

»Mom, ich mache dir doch hier keine Vorwürfe. Du bist alt genug. Ich will einfach, dass du weißt, dass er ... nun ja ... ähm ... auch mit anderen Frauen, mh ... du weißt schon.« Wie sollte George das bloß seiner Mutter in aller Direktheit sagen? Plötzlich war Dolores verstummt. In ihren Augen konnte George sehen, wie verletzt sie war. Sie hatte ihm keine Szene gemacht. Nein, es war viel schlimmer gewesen. Dolores hatte geweint, ganz leise. Es war ein aufrichtiges, tief verletztes Weinen. Es hatte sie schwer getroffen.

»Wie sie mich dann anschaute, ich schwöre Ihnen, da wollte ich den Bastard umbringen. Ich wollte ihn nur noch umbringen. Das schwöre ich bei Gott, Dr. Manville«, sagte George durch seine Zähne gepresst.

»George? George!«, versuchte die Therapeutin ihn zu beruhigen und berührte vorsichtig seine Hand. George hatte mal wieder ausgesehen, als wäre er gedanklich irgendwie weggetreten. »George, es ist jetzt vorbei. Ihre Mutter hat *das* längst überwunden. Glauben Sie mir.« Aber George konnte sich nicht beruhigen. Er weinte sogar, was Dr. Manville vorher nie bei ihm erlebt hatte.

»Nein!«, sagte er plötzlich. »Sie verstehen das nicht. Seit Sie mir davon erzählt haben, was meine Mutter denkt und fühlt, wenn es um mich geht, sehe ich alles mit anderen Augen. Ich kenne nun ihre Wahrheit.«

»Aber George ...«

»Nein, ich verstehe jetzt endlich, was ich ihr alles angetan habe. Was andere ihr angetan haben. Erst hat Ray sie kaputtgemacht und jetzt bin ich Schuld an ihrem Zustand. Ich habe ihr alles genommen, was sie noch hatte. Nur weil ich meine Wut nicht kontrollieren kann.«

»George?«, sagte Dr. Manville plötzlich. »Dass Sie ihre Wut rausgelassen haben, hat Ihnen zwar diese Situation eingebracht. Dennoch, es ist nicht die Wurzel all Ihrer Probleme.«

»Ach ja?« George klang mehr als skeptisch.

»Die Wurzel all Ihrer Probleme ist, dass Sie sie viel zu lange unterdrückt haben.« Sie hatte recht. Dr. Manville hatte recht und George wusste das. Aber was spielte es jetzt noch für eine Rolle? Es schien doch eh bereits alles verloren zu sein.

Kapitel 19

»L owman's hat Spülmittel im Angebot, aha? Haben wir noch genug Spülmittel, Emily? Emily?«

»Weiß nicht.«

»Man muss es strecken. Wenn man Spülmittel streckt, kann man ein Vermögen sparen. Ich gebe doch kein Vermögen für Spülmittel aus. Ich bin doch kein Idiot. Oh, der Priester hält seine Predigt morgen früh um 09:00. Hm, interessant. Puh, blöde Katholiken. Das sind doch eh alles Kinderschänder. Unsere Nachbarn haben vorhin übrigens acht Bugs für Fish und Chips ausgegeben. Kannst du das glauben? Acht Kröten! Diesen Idioten! Für acht Pfund kaufe ich dir zehn Flaschen Spülmittel. Glaube es oder nicht. Zehn Flaschen ganz recht. Ich bin ja auch kein Idiot.«

George war kurz davor, seine Geduld zu verlieren. Um seine liebeskummerkranke Mutter wenigstens ein wenig aufzumuntern, war er mit ihr und Molly nach Brighton an den Strand gefahren. Und da waren sie nun. Zehn Minuten, nachdem sie sich auf dem orangegelben Kies niedergelassen hatten, hatte sich ein Paar mit seiner fünfzehnjährigen Tochter nur knappe zwei Meter neben sie gesetzt. Und lediglich weitere zehn Minuten später fing der Vater der Familie an, aus einem Flyer vorzulesen, der die kommenden Ereignisse irgendeines Ortes – vielleicht sogar Brighton – verkündete. Und er tat es laut und in aller Vollständigkeit. Es war schlicht und ergreifend gehirnlähmend. Dabei wirkte er, als würde er Selbstgespräche führen, da weder seine Frau noch seine Tochter auch nur ein einziges Mal antworteten. Freundlich ausgedrückt wirkte er, als wäre er ein Radio, das man vergessen hatte, auszuschalten, und das jetzt völlig inhaltslos im Hintergrund weiterlief. Mit jeder scheinbar nutzlosen Information, die er aus dem Flyer vorlas, klang der Mann zunächst herablassend, dann jedoch wieder demütig. Als würde er vielleicht doch noch merken, wie viel dummes Zeug er eben noch verzapft hatte. Sein Gesicht sah ein wenig so aus, als hätte man es in eine Schraubzwinge gesteckt und sie dann solange zugedreht, bis sein Gesicht aussah wie das eines Pferdes. Nur dass Pferde anmutig aussahen und nicht so idiotisch wie er. Sein dümmliches Pferdegesicht wurde von zwei ausdruckslosen Augen abgerundet. Ein Mann mit einem dümmlichen Pferdegesicht, der ganz offensichtlich nach Aufmerksamkeit lechzte. Ein Mann, dessen Tochter traurigerweise bei ihrem Aussehen sehr stark nach ihrem Vater kam und weniger nach ihrer Mutter, die jedoch auch nur geringfügig mehr Ausdruck in ihrem Gesicht besaß. Ein Mann, dessen unangenehme Stimme den ganzen Strandabschnitt, in dem sich die Sugarmans befanden, erfüllte. Nicht einmal das laute Krachen der Wellen konnte ihn überstimmen. Ein Mann, der einfach nervtötend war. Ein Mann, der beinahe den Ausflug der Sugarmans ruinierte.

»Weißt du, George, wenn du nicht sonderlich viele Ansprüche an einen Partner hast, außer, dass er oder sie dir ein paar Kinder schenkt, dann ist es doch erschreckend einfach, jemanden zu finden«, sagte Dolores plötzlich und nickte dezent in die Richtung des *Radiomannes*. Molly war in der Zwischenzeit runter zum Wasser gegangen, um nach Muscheln zuschauen.

»Sollte man sich so etwas wirklich antun? Dieser unfassbar nervtötende ...«

»Um Gottes willen nein!«, kicherte Dolores plötzlich. Sie schien nun endlich ihr Lachen wiedergefunden zu haben. »Um Gottes willen. Nein, nein, was ich brauche, was wir alle brauchen, ist Leidenschaft. Und zwar nicht die Leidenschaft, jemanden zu hassen.« Jetzt nickte Dolores wieder in Richtung Familie nebenan. »Ich erzähle dir mal was, mein lieber Junge. Als Frau musst du dir einen Mann suchen, der dir mehr Befriedigung bringt als dein Vibrator. Sonst brauchst du dir auch keinen Mann ans Bein binden.«

»Mom?« George war peinlich berührt. Hatte sie das etwa gerade in voller Lautstärke zwischen all den Menschen hier gesagt?

»Was? Glaub mir, Sex kann viele Dinge wieder richten.«

»Aber ...«

»Na, Sex ist doch ganz offensichtlich ein Zeichen für tiefe und aufrichtige Zuneigung«, fügte sie hinzu, um ihren Standpunkt zu untermauern. »Ich meine natürlich nur auf lange Sicht. Die Leidenschaft einer netten kleinen Affäre verpufft ja recht schnell und sagt auch nicht viel aus. Eine jahrelange Leidenschaft jedoch steht für eine tiefe Verbundenheit.« George wusste ganz genau, dass Dolores hierbei an ihren geliebten Ray dachte. Die zwei Streithähne hatten, laut Aussage seiner Mutter, stets eine tiefgehende Verbindung gehabt. »Ich muss zugeben«, begann Dolores plötzlich. »Dein Nachbar hat mich an Ray erinnert. Sehr sogar. Aber es war in keiner Weise wie das, was ich mit deinem Vater hatte. Ray war etwas ganz Besonderes.«

»Okay?«

»Ray war zwar nur ein einfacher Arbeiter. Dennoch, er war sehr schlau und ein tiefgründiger Mann. Manchmal haben wir bis spät in die Nacht hinein über alles geredet, was uns so durch den Kopf ging, weißt du? Dein Nachbar hingegen, der war ein netter kleiner Fick. Aber doch auch ein wenig einfach gestrickt.«

»Oh Gott, Mom.«

»Ach Gott, George, jetzt schäm dich doch nicht, weil ich über Sex rede. Du kennst das doch schon von mir«, kicherte sie.

»Ja, schon«, stammelte George.

»Deine lüsterne Mutter«, kicherte Dolores wieder und versuchte, ihn damit aufzuziehen.

»Mom, bitte!« Aber Dolores kicherte immer noch. Dann legte sie ihren Arm um ihn und sagte: »Ich hoffe, du bist nicht so verklemmt, wenn du mit deiner neuen Freundin zusammen bist!«

»Du weißt davon?«, platzte es vor Überraschung aus George heraus.

»Na ja, du bist zurzeit so herrlich angenehm und du hast auch ein wenig abgenommen«, sagte sie mit einem Zwinkern. »Sie kümmert sich wohl gut um deine *Bedürfnisse*. Und Sex kann ja bekanntlich recht athletisch sein.« Dolores war voll in ihrem Element. Sie kam aus dem Lachen gar nicht mehr heraus. »Ach, George. Nun komm schon!« In dem Moment hatte der Hunger Molly glücklicherweise zurück zu ihrer Omi und ihrem Dad getrieben, und sie rettete George vor noch mehr peinlichen Fragen und Ratschlägen.

»Meinst du, du solltest versuchen, nach deinem Vater zu suchen? Wie heißt er noch mal?«, fragte Lizzy am Abend desselben Tages, als sie in ihrer Küche gemeinsam Kartoffelpüree und eingelegten Tofu aßen. Molly wollte unbedingt über Nacht bei Dolores bleiben, was George natürlich gerne in Anspruch genommen hatte, und natürlich musste er dafür noch ein paar Kommentare seitens seiner Mutter als Blutgeld in Kauf nehmen. »Denk an meine Worte, mein Junge!«, hatte Dolores ihm noch hinterhergerufen.

»Weiß nicht«, antwortete er Lizzy. War es denn eine gute Idee? Dessen war sich George gar nicht so sicher. Seinen Vater wiederzusehen, könnte auf viele Arten schmerzhaft sein. Was war, wenn Ray völlig heruntergekommen wäre und in einem Rattenloch – oder Schlimmeren – leben würde? Was war, wenn er Ray mit einer neuen Familie sehen würde? Einer Familie, um die er sich tatsächlich kümmern würde? Aber was war, wenn Ray einfach der alte wäre? Ein Mann, der morgens das Haus verließ, um zur Arbeit zu gehen. Ein Mann, der nach der Arbeit mit ein paar Freunden noch in den Pub ging. Ein Mann, der das einfache Leben und ein gutes Spiel im Fernsehen schätzte. Und ein Mann, der sich ab zu mit einer netten Lady die Nacht um die Ohren schlug. Das wäre die Sorte Mann, die George gerne wiedersehen würde.

»Ich meine«, begann Lizzy von Neuem. »Hättest du denn die geringste Idee, wo du anfangen solltest, nach ihm zu suchen? Falls du wirklich nach ihm suchen willst.«

»Weiß nicht.«

»Weiß nicht. Weiß nicht. Weiß nicht. George, ist da noch etwas anderes, das du zu diesem Gespräch beitragen willst, außer *Weiß nicht*?«

»Weiß nicht«, antworte er nun, um sie aufzuziehen und beide lachten.

»Nun gut, nimm dir all die Zeit, die du brauchst, um darüber nachzudenken«, beendete Lizzy die Unterhaltung und gab George einen Kuss auf die Stirn. Georges Sorgen bezüglich eines möglichen Wiedersehens mit Ray galten nicht nur ihm. Wie würde Dolores reagieren, wenn Ray wieder in ihrem Leben wäre? Wahrscheinlich würde sie sich sofort wieder in ihn verlieben. Wenn sie damit überhaupt jemals aufgehört hatte.

»Was ist eigentlich mit deinen Eltern?«, fragte George nun Lizzy.

»Wie meinst du das?« Lizzy klang irritiert, fast schon defensiv.

»Na ja, ich würde gerne wissen, ob ihr euch gut versteht.«

»Puh, irgendwie ... schon.«

»Wie meinst du das, *irgendwie schon*?«

»Na, wir hassen uns jetzt nicht abgrundtief. Reicht dir das jetzt?« Wieso klang Lizzy auf einmal so gereizt und wieso musste George ihr nun alles aus der Nase ziehen?

»Hör auf, mich so anzuschauen«, fauchte sie ihn mit einem Mal an. George hatte scheinbar einen wunden Punkt getroffen, so viel war klar.

»Moment mal. Du sagst mir die ganze Zeit, dass ich meinen Vater suchen soll. Aber wenn ich etwas über deine Familie wissen will, wirst du gleich sauer?« Aber Lizzy antwortete ihm nicht. Sie verschränkte die Arme und lehnte sich schmollend zurück.

»Es ist halt so, dass ich niemanden in meiner Familie habe, der zum Beispiel wie deine Mutter ist«, sagte sie dann aber doch, als ihr auffiel, wie unfair sie sich eben noch verhalten hatte.

»Woher willst du das denn so genau wissen? Du hast sie doch noch nie getroffen?« Als George das sagte, schaute Lizzy auf einmal auf eine ganz andere Art komisch.

»Oh Gott, hast du sie etwa …?«

»Ja«, quetschte Lizzy durch ihre Lippen. »Als ich meinen Müll heruntergebracht habe. Das ein oder andere Mal. Junge, junge, deine Mutter ist echt gut in Form.«

»Bitte sprich nicht weiter«, stoppte sie George.

»Oh, George, ich bin so eine dumme Kuh. Deshalb warst du so sauer auf Harry, richtig?«

»Warte! Es war nicht, weil sie miteinander schliefen. Und ich es auch ein, zweimal sehen *durfte*.«

»Okay?«

»Es war, weil er auch noch mit Tausend anderen Frauen fickt und sie es nicht wusste.«

»Dieser Bastard«, fauchte Lizzy.

»Danke!«, bedanke sich George für Lizzys Verständnis, und Lizzy ihrerseits war so dankbar für diese unerwartete Wendung ihres Gespräches. Völlig ungeplant hatte Dolores sie mit ihrer indiskreten Affäre gerettet.

In jener Nacht konnte George nicht schlafen. Er wälzte sich hin und her und dachte über das Gespräch, das er mit Dolores gehabt hatte, und über das, welches er später noch mit Lizzy hatte, nach. Sollte er wirklich versuchen, Ray zu finden? Er hatte so viele offene Fragen an seinen Vater. Abgesehen davon hatte er ihn auch schrecklich vermisst. War Ray zu ihm doch stets liebevoll gewesen. Wenn George in jener Nacht doch nur gewusst hätte, dass diese Entscheidung bereits für ihn getroffen wurde. Ob er wirklich Ray wiedersehen sollte, war nicht wirklich *seine* Entscheidung gewesen. Diese Entscheidung wurde schon längst getroffen – vom Universum, vom Schicksal oder von wem auch immer. Es würde auch nicht mehr lange dauern, bis es so weit war.

Kapitel 20

»Also bis dahin, sagst du, war alles in bester Ordnung?«, fragte Dolores ihren Sohn und streichelte ihm über den Unterarm.

»Ja, war es. Und ich habe es ruiniert«, antwortete George schmollend.

»Mmh, das kann ich mir aber irgendwie gar nicht vorstellen. Ich meine, so wie Lizzy reagiert hat, musste da doch schon etwas im Argen gewesen sein. Findest du nicht?« George schaute seine Mutter nur ungläubig an. Was hatte sie mit ihrem letzten Kommentar andeuten wollen?

Es war eine Woche, nachdem George und Lizzy jenes Gespräch geführt hatten, in dem sie ihn gefragt hatte, ob er nach seinem Vater suchen wolle. Es war ein wenig länger her als eine Woche, nachdem sich Lizzy um ihn und Molly so liebevoll gekümmert hatte, als George der festen Überzeugung war, dass es nun an der Zeit war. Es war an der Zeit für das große Gespräch; über ihre Beziehung und wie viel sie davon preisgeben würden.

Von Anfang an war diese besondere Unterhaltung mehr als merkwürdig verlaufen. Sie hatten zusammengekuschelt auf Lizzys Sofa gesessen und schauten ein wenig fern, als George das Thema anschnitt. In der Mitte seines Satzes veränderte sich bereits Lizzys Gesichtsausdruck. Als er seinen Satz zu Ende gesprochen hatte, entzog sie sich seiner Umarmung. Lizzy rutschte sogar weg von ihm in die äußerste Ecke ihres kleinen Sofas. George würde wohl niemals vergessen, mit welchem Blick sie ihn dann angeschaut hatte. Es war eine Mischung aus Angst und Ekel.

»Wie stellst du dir das denn vor, George? Willst du jetzt aus mir eine *Mom* machen, oder was?«, raunzte sie ihn an, nachdem sie für einige Minuten, die sich für George wie Stunden angefühlt hatten, ins Leere gestarrt hatte. Die Art, wie sie Mom betonte, sprach für sich. Sie hatte das Wort auf eine Art betont, als würde es stinken. Als wäre es etwas, dass man normalerweise loswerden wollte. Während viele andere Frauen das Wort *Mom* mit etwas Positivem verbanden, schien dies für Lizzy schlichtweg gegenteilig zu sein. In George stieg Panik auf und er versuchte verzweifelt, die Situation rückgängig zu machen. Er beteuerte immer wieder, dass es ihm leidtue, und er verstehe, dass es Lichtjahre zu früh für dieses Gespräch gewesen wäre. Aber Lizzy konnte nicht zurückrudern. Sie war außer sich. Sie bat ihn sogar, ihre Wohnung zu verlassen.

»Lizzy, was ist denn bloß los mit dir?« Jetzt bemerkte George endlich, wie absurd ihre Reaktion gewesen war. »Ich verlange doch hier nicht, dass du Mollys neue Mutter wirst. Ich will sie nur einfach nicht länger anlügen müssen. Weißt du, was das für Kinder bedeutet? Man läuft Gefahr, ihr Vertrauen zu verlieren.« Die letzten drei Sätze hätten Lizzy beinahe zur Vernunft gebracht. Wusste sie doch nur all zu gut, wie es sich anfühlte, von seinen Eltern belogen zu werden. Dennoch, ihre innere Abwehr, ihr emotionaler Schutzmechanismus schienen unaufhaltsam zu sein.

»Na, das hättest du dir vielleicht vorher überlegen sollen, George. Bevor du eine Affäre mit mir angefangen hast«, schrie sie ihn fast an.

»Eine Affäre?« Das hatte George hart getroffen. »Ich dachte, wir wären ineinander verliebt?« Lizzy antwortete nicht. Stattdessen rannte sie in ihr Schlafzimmer, wo sie sich einsperrte. Sie weigerte sich, wieder herauszukommen, solange George noch in ihrer Wohnung war. Das war das letzte Mal, dass er Lizzy sah. Mit der gleichen Geschwindigkeit, mit der sie in sein Leben getreten war, verließ sie auch dieses.

Als er am nächsten Morgen bei ihr klingelte, um noch einmal in Ruhe zu reden, öffnete sie nicht die Tür. Sie öffnete sie nicht am Abend, am nächsten Tag und auch nicht in den darauffolgenden Tagen. Seine Anrufe und Nachrichten wurden ignoriert beziehungsweise nicht einmal als gelesen angezeigt. *Ist sie etwa abgehauen?*, fragte sich George. War sie wirklich aufgrund ihres Gespräches von letzter Nacht abgehauen? Ohne ihm eine Nachricht zu hinterlassen. So, wie Ray es getan hatte. Die Lizzy, die George kennengelernt hatte, oder zumindest dachte, zu kennen, war nicht so unvernünftig gewesen. Sie war nicht so *hysterisch* gewesen. Nach dem ersten Schock versuchte er, sich beruhigen, indem er sich einredete, dass sie vielleicht einen Notfall in der Familie hatte und ihr Handy in ihrer Wohnung hatte liegen lassen. Er versuchte, sich einzureden, dass es nur ein Zufall war, dass Lizzy direkt nach ihrem Streit verschwunden war, und die Tatsache, dass sie sich nicht auf anderem Wege bei ihm meldete, konnte ja auch damit zu tun haben, dass sie Zeit zum Nachdenken brauchte. Das wäre doch eine plausible Erklärung, entschied George. Nach zehn Tagen ohne auch nur das kleinste Lebenszeichen von Lizzy, stieg zunehmend Verzweiflung in ihm auf.

»Mein armer Schatz, das muss wirklich furchtbar sein«, tröstete ihn Dolores, nachdem er sich ihr anvertraut hatte. »Hast du nicht doch irgendeine Idee, wo sie sein könnte oder bei wem du eine Nachricht für sie hinterlassen könntest?«

»Nein, nicht die geringste.« George senkte den Kopf und schaute traurig auf seine Hände. Da gab es wirklich nichts, was er mit ihr in Verbindung bringen konnte. Er schien nichts Privates über sie zu wissen. Dank ihres Türschildes wusste er immerhin ihren Nachnamen; Cook. Aber das war es dann auch schon. Weder in den sozialen Medien noch im Internet konnte er etwas über Lizzy Cook oder ihr Yogastudio erfahren. Als würde sie inkognito leben. Wie hatte sie das nur geschafft im 21 Jahrhundert? Und jemand, der im World Wide Web scheinbar keinerlei Spuren hinterließ, musste dies auch irgendwie beabsichtigt haben, dachte er. »Hast du schon mal darüber nachgedacht, dass Cook vielleicht gar nicht ihr richtiger Name ist?«, bemerkte Dolores.

Sex und Essen waren doch nicht alles gewesen, was sie zusammengetan hatten. Lizzy hatte ihm viel über ihre Lieblingsmusik und Bücher erzählt, was tatsächlich viel über einen Menschen aussagen kann. Zudem schauten sie so häufig ihre Lieblingsfilme zusammen – alles, was in den USA zwischen den späten Siebzigern und frühen Neunzigern gedreht worden war. Das war auch schon das Persönlichste, das er über Lizzy wusste. Aber sie hatten doch auch so viele Gespräche bis in den Morgen geführt. Dabei konnten sie doch unmöglich nur über ihn, den recht introvertierten George, geredet haben. Hatte er denn nichts über ihre Kindheit gefragt? Hatte er sie denn nie gefragt, warum sie eine Yogalehrerin geworden war? *Ich dämlicher Hornochse*, fluchte George innerlich. *Ich habe sie nicht einmal nach dem Offensichtlichen gefragt – ihrer Berufswahl. Das macht doch jeder, verdammt.*

»Versteh das nicht falsch, Schätzchen. Aber in der Liebe sind Männer leider oft leicht zu manipulieren«, sagte Dolores vorsichtig. »Ich wette, sie hat dich mit Sex gut in Schach gehalten. So sind wir Frauen manchmal.« George nickte nur. Dolores hatte wahrscheinlich recht. Beim Thema Sex hatte Lizzy ihn stets fest im Griff gehabt. Immerhin war er auch *nur* ein Mann.

»Es tut mir leid, mein Schatz. Ich bin mir sicher, dass Lizzy dich genauso sehr mag wie du sie. Du bist immerhin ein guter Fang. Aber dass sie offensichtlich nichts von sich preisgeben wollte, ist doch schon etwas auffällig, oder?«

»Du meinst, sie hat ein Geheimnis?«

»Ja, oder eine schwierige Vergangenheit, die sie hinter sich lassen will. George, jeder, der dich kennt, weiß, dass du vertrauenswürdig bist. Das sage ich jetzt nicht nur als deine dich liebende Mutter. Und ich bin mir sicher, dass Lizzy das auch weiß.«

»Danke, Mom.« Dolores Worte waren aufrichtig und spendeten ihm Trost und auch Hoffnung. Die Hoffnung, dass Lizzy früher oder später vielleicht doch wieder zu ihm zurückkommen würde. Daraus wurde jedoch nichts.

Die Nächte wurden mal wieder zu schlaflosen Albträumen. Er vermisste die erotische Gemütlichkeit, die er mit Lizzy hatte. Er vermisste, wie sie sich nach dem Sex an ihn kuschelte. Er vermisste ihre Stimme, ihren Geruch und wie sie sich anfühlte. George hatte nicht einmal ein Foto von Lizzy. Nicht ein einziges. Dafür konnte er sich ohrfeigen. Und da niemand außer Dolores von ihnen wusste, fühlte es sich obendrein auch noch so an, als hätte es *die beiden* nie gegeben.

George fand einfach keinen Schlaf. Nicht einmal, als er dachte, er könne sich in den Schlaf weinen. Circa zehn Tage nach ihrem Verschwinden fingen Georges nächtliche Spaziergänge wieder an. Da er sich im Bett eh nur schlaflos herumwälzte, was ihn beinahe in den Wahnsinn trieb, suchte George verzweifelt nach Ablenkung. Seine Nächte wieder in den Straßen Londons zu verbringen, war für ihn jedoch ein bitterer Rückschlag. Nach diesen furchtbaren Nächten hatte er gedacht, dass er dies dank Lizzy hinter sich gelassen hätte. Jetzt aber, nachdem sie ihn verlassen hatte, fühlte es sich noch tausendmal schlimmer an. Die letzten Wochen fühlten sich warm und geborgen an. Nun aber fühlte er sich, als hätte ihn jemand ins Dunkle ausgekotzt. George fing an zu frieren, obwohl es eine warme stickige Nacht war.

In seiner vierten oder fünften Nacht draußen endete George irgendwann in einem recht heruntergekommenen

Pub in einer der traurigsten Ecken Londons. Der Boden war so klebrig, dass es ihm fast die Schuhe auszog, auch wenn sie fest zugeschnürt waren. An der Theke und den wenigen Tischen saßen ein paar armselige Gestalten, die sich traurig an ihren Gläsern festhielten. An der Jukebox klebte ein Zettel mit »Außer Betrieb«. Dennoch, es war jener Moment, in dem er endlich Ablenkung fand. George bemerkte etwas, dass seine Aufmerksamkeit weckte. Er bemerkte eine Silhouette, die ihm vertraut schien. Diese Silhouette gehörte zu einer Person, die gerade dabei war, den Pub zu verlassen. Es war mehr so ein Gefühl, denn George konnte sich, so sehr er auch wollte, nicht daran erinnern, an wen ihn diese Silhouette erinnerte. Abgesehen von seinem massiven Schlafmangel war George auch schon ein wenig angetrunken. Hatte er sich doch innerhalb der halben Stunde in jenem Etablissement gleich drei Whiskey die Kehle runtergeschüttet. Auch wenn er nicht wusste, ob er diese Person wirklich kannte, wusste er doch instinktiv, dass sie wichtig war. Etwas unbeholfen bewegte sich George von seinem Barhocker und entschied, der Silhouette zu folgen. Er war ihr für circa fünf oder vielleicht auch zehn Minuten gefolgt, als ihm eine kühle Sommerbrise dabei half, wieder zu Sinnen zu kommen. Diese Haltung, diese besondere Haltung der Silhouette, dieser Person, gab George ein warmes vertrautes Gefühl. Ein warmes, vertrautes, familiäres Gefühl. Ein familiäres Gefühl. Konnte das wirklich sein?

Kapitel 21

»Dad? Dad, wach auf! Bitte!« Molly zog wie verrückt am Arm ihres Vaters, in der Hoffnung, dass er endlich aufwachen würde. Gegen vier Uhr morgens war George endlich zu Bett gegangen und augenblicklich eingeschlafen. Sein Schlaf war schwer gewesen, genauso wie sein Kopf es war, als er endlich aufwachte.

»Molly?«, fragte er ein wenig vernebelt.

»Dad, du blutest ja? Was hast du denn gemacht?«, fragte Molly ihn verängstigt. Beim Anblick ihres Vaters musste die Sechsjährige weinen. George sah furchterregend aus. Die Verletzung über seiner rechten Schläfe war zwar nicht sehr groß gewesen, dennoch hatte sie stark geblutet. Seine Stirn sowie seine rechte Gesichtshälfte waren voller Blut. Molly sah das Gesicht eines Mannes, der wieder einmal tagelang nicht geschlafen hatte und zudem mit Blut bedeckt war. Weinend ging sie ein paar Schritte weg von ihm, da sein Anblick dem eines Zombies glich.

»Süße, es ist okay. Wirklich! Ich habe mir nur den Kopf gestoßen.«

»Nein«, flüsterte sie weinend. »Du machst mir Angst.«

»Warte hier, Süße«, sagte er vorsichtig und ging dann augenblicklich ins Badezimmer, um sich im Spiegel anzuschauen. George wusch sich das Gesicht und untersuchte seine Wunde. Es war tatsächlich lediglich eine kleinere Verletzung gewesen. Dennoch sah er aus, als hätte man sein Gesicht rot angemalt. Auch nachdem er sein Gesicht gewaschen hatte, erblickte George einen Fremden im Spiegel. Den Mann, den er nicht kannte, oder vielmehr nicht kennen wollte. Er war nicht mehr er selbst gewesen. George sah tatsächlich wie ein Zombie aus. Seine Augenringe waren monströs. Er sah nun so aus, wie er sich fühlte – wie eine leere Hülle.

»Molly, komm her. Hab keine Angst.« George hatte sich hingekniet und seinen Arm nach Molly ausgestreckt. Erst langsam, aber dann ganz schnell ging sie in seine Richtung und fiel ihm dann immer noch weinend um den Hals. George drückte sein kleines Mädchen ganz fest an sich, so als hätte er Angst, sie jeden Moment zu verlieren. Molly weinte noch eine ganze Weile. Der Schock saß ihr wohl tief in den Knochen. Die Gemütsveränderungen ihres Dads in den letzten Monaten waren einfach zu viel gewesen für eine Sechsjährige. George war von einem liebevollen gemütlichen Vater zu einem geistesabwesenden Zombie mutiert. Danach zu einem euphorischen, leider wenig ehrlichen Idioten und anschließend wieder zu einem noch mehr neben sich stehenden Zombie zurückmutiert. Was sollte sie davon halten? Was sollte ein sechsjähriges Mädchen damit anfangen? Die letzte Zeit hatte tiefe Spuren – ja auch Wunden – bei Molly hinterlassen.

In der letzten Nacht, als George versucht hatte, einem Mann zu folgen, von dem er glaubte, es könne Ray sein, wurde er von hinten angefallen. Ein Dieb vermutlich, der auf leichte Beute aus war, nahm er an. Glücklicherweise hatte George nur etwas Geld, jedoch nicht seine Brieftasche dabeigehabt. Er konnte sich an nichts Genaueres erinnern. Nur daran, dass er einen heftigen Schlag auf den Kopf bekommen hatte, der ihn zum Taumeln brachte. Der Angriff hatte ihn natürlich völlig überrascht und somit war er nicht fähig gewesen, zu reagieren. George war müde, angetrunken und auf den Mann, der vor ihm herging, fixiert gewesen und nun hatte er zudem noch einen Schlag auf den Kopf bekommen. Wäre George nicht so groß und kräftig, hätte es ihn mit hoher Wahrscheinlichkeit aus den Latschen gekippt. Aber er fing sich rasch wieder und lehnte sich an eine Hauswand, an der er erst einmal einige Minuten ausharrte, bevor er langsam wieder vollständig zu Sinnen kam. Der Mann, den George verfolgt hatte, war jedoch weg. Womöglich hatte er die Attacke auf George nicht einmal mitbekommen. Während George langsam wieder zu laufen begann, versuchte er, seine Eindrücke über den Mann, dem er gefolgt war, zu sammeln. Der Dieb war ihm völlig egal gewesen. Sollte er doch die 20 Pfund behalten; dieses dumme Arschloch. Aber was war mit dem Mann aus dem Pub, der Ray sein könnte? George hatte nicht sein ganzes Gesicht gesehen. Lediglich das Profil, als er einmal nach links abbog. In jenem Moment hatte George das Gefühl gehabt, der Mann vor ihm hätte sich dabei ganz leicht zu ihm umgedreht. Vielleicht hatte er sich auch nur umgedreht, weil er bemerkte, dass er von einem Besoffenen verfolgt wurde. Immerhin war George mit seiner kräftigen Statur nicht zu übersehen; besonders nicht, da er obendrein Schlagseite hatte. Aber was hatte ihm das Profil des Mannes verraten? Genauso wie Ray hatte er eine etwas größere Nase und diese Frisur, die sein Vater immer trug. Auch wenn Georges Kindheit in den Achtzigern begann, trug Ray damals eine Frisur aus den Fünfzigern; den sogenannten Entenschwanz. Genauso wie Ray trug auch der Fremde vor ihm einen Kamm in seiner Potasche. In seiner rechten Potasche, um genau zu sein – wie Ray es zu tun pflegte. Kurzum, der Mann von letzter Nacht glich optisch in jeder Hinsicht Georges Vater. Zumindest so weit, wie man dem Urteil eines übernächtigten und angetrunkenen Mannes vertrauen konnte.

Nachdem George Molly beruhigen konnte, meldete er die beiden für den Tag krank. Sie konnten beide einen gemeinsamen Tag gebrauchen, an dem sie nichts weiter taten, als zusammengekuschelt auf dem Sofa zu sitzen und Filme zu schauen. Wie in den guten alten Tagen. Sein Körper brauchte ohnehin dringend Ruhe und eigentlich auch sein Geist, was jedoch nicht so einfach war. Georges Gedanken kreisten unermüdlich. Was würde er als Nächstes unternehmen? Würde er überhaupt etwas unternehmen? Sollte George noch einmal versuchen, seinen Vater zu finden? Vielleicht ging Ray ja – wenn er es denn wirklich war – regelmäßig in diesen Pub? George versuchte sich zudem krampfhaft daran zu erinnern, was er noch an diesem Fremden gesehen hatte, das ihn so sehr an seinen Vater erinnerte. Er war sich natürlich darüber im Klaren, dass seine Wahrnehmung stark getrübt gewesen war. George war sich jedoch auch darüber im Klaren, dass er die Sache nicht einfach ruhen lassen konnte. Wenn er ganz ehrlich zu sich selbst war, dann wusste er, wie sehr er seinen geliebten Vater vermisste und dass er die Chance, ihn wiederzusehen, nicht vorbeiziehen lassen konnte; und wollte. Zudem suchte George verzweifelt nach einer Ablenkung von Lizzys Verschwinden. Immerhin war sie der Grund für seine erneute Schlaflosigkeit gewesen.

Während er und Molly zum tausendsten Mal »Toy Story 3« schauten, fand George endlich Schlaf. Dabei träumte er von der vergangenen Nacht. George träumte davon, wie ihm die Silhouette eines Mannes, der gerade den Pub verlassen wollte, auffiel. Genauso wie in der Realität entschied er sich dazu, der Silhouette zu folgen. In seinem Traum fühlte es sich jedoch viel natürlicher an, ihm hinterherzugehen. Als wäre der Fremde ein Magnet, der George anzog. Er lief ihm weiter hinterher, und obwohl weder George schneller noch der Mann langsamer wurden, näherten sie sich langsam an. Bevor George vor lauter Aufregung aufwachte, träumte er noch, wie der Fremde über seine linke Schulter nach hinten schaute. Er sah genauso aus wie Ray; wie der junge Ray. Er schaute George direkt in die Augen, lächelte und zwinkerte ihm zu. Es war ein freundliches väterliches Zwinkern. Es war wie ein Zeichen. *Du bist auf der richtigen Spur, Sohn. Gib nicht auf, George.* Ihm wurde plötzlich ganz warm. Er fühlte sich auf einmal so geliebt. Endlose Erleichterung überkam ihn.

Sein Vater war irgendwo da draußen und er vermisste George genauso sehr, wie George ihn vermisst hatte. Sein Herzschlag wurde so kräftig, dass er davon aufwachte. Er wachte auf mit Tränen in den Augen, aber es waren Tränen der Freude.

»Weinst du, Dad?«

»Ja, aber das sind Freudentränen, Süße«, versicherte George Molly mit einem Lächeln auf dem Gesicht.

»Hast du etwa von kleinen Kätzchen geträumt? Wenn ich von Kätzchen träume, lache ich mich immer halbkaputt und wache dann davon auf.«

Obwohl George sich fest vorgenommen hatte, die folgende Nacht zu Hause zu bleiben, schlich er sich dennoch raus, nachdem er sich für drei Stunden schlaflos im Bett herumgewälzt hatte. Wie immer schaute er noch einmal durch Lizzys Türspion, bevor er die Treppen hinunterging. Aber wie immer gab es in ihrer Wohnung nichts zu sehen, was ihn hätte aufmuntern können. Nichts, was ihm Hoffnung oder einen Hinweis zu ihrem Verbleib hätte geben können. Für einen kurzen Moment blieb er noch bei ihrer Tür stehen und lehnte seinen Kopf dagegen. Einige Tränen rollten ihm über die Wangen. *Ich hatte alles, was ich wollte. Aber ich habe es ruiniert. Wo bist du bloß? Ich vermisse dich so sehr.*

Nachdem George Lizzys Wohnungstür zurückgelassen hatte, brauchte er dringend einen Drink. Jedoch musste er vorsichtig sein, denn diesmal wollte er einen klareren Kopf haben. George musste seine Gefühle im Zaum halten. Der Verlust von Lizzy und die Aussicht, vielleicht seinen Vater wiedergefunden zu haben, hatten sich mit seinem Schlafmangel vermischt. Auch ohne Alkohol fühlte er sich bereits, als wäre er in einer Art Trancezustand.

In jener Nacht hatte George augenscheinlich kein Glück. Er wartete einige Stunden in dem Pub und klammerte sich dabei an lediglich zwei Gläsern Bier fest. Er musste nüchtern und fokussiert bleiben. Es war bereits 03:00 Uhr morgens, als er die Hoffnung dann allerdings aufgab. George war einfach nur müde und die Wahrscheinlichkeit, dass um 03:00 Uhr morgens noch jemand in einen Pub ging, war recht gering. Er bezahlte seine Biere und trat seinen Heimweg an. Draußen vor dem Pub sah er ein paar traurig aussehende Gestalten, die ihm in der Nacht zuvor natürlich nicht aufgefallen waren. Zwei Männer saßen um ein kleines spärliches Feuer herum und versuchten, sich daran zu wärmen. Ein paar weitere Gestalten – Männer und Frauen – standen im Schein des Lichtes einer Straßenlampe, wo sie sich an ihren Schnapsflaschen festhielten. Keiner von ihnen sagte etwas. Sie standen nur da, schweigend und scheinbar traurig auf den Boden schauend. *Sehe ich aus wie einer von ihnen?*, fragte sich George aufrichtig. Sie sahen alle so verloren aus. Sie sahen aus, als wären sie auch auf der Suche nach jemanden, oder vielmehr als würden sie darauf warten, dass sie jemand finden würde. Sie sahen aus, als hätten sie jemanden verloren. Sie sahen aus, als wüssten sie nicht, wohin sie gehen sollten. Als würde niemand auf sie warten. Aber da war jemand, der auf George wartete. Plötzlich dachte George an Molly und wie sehr er sie liebte. Er fühlte sich privilegiert, eine Tochter wie sie zu haben. Und er fühlte sich privilegiert, eine Mutter wie Dolores zu haben. Eine wunderbare Frau, die ihn bedingungslos liebte. Deshalb war George auch gar nicht enttäuscht, als er in jener Nacht nach Hause ging, ohne Ray noch einmal gesehen zu haben.

Vom Pub bis zu dem Haus, in dem er lebte, hatte George nicht bemerkt, dass nun er verfolgt wurde. Er wurde verfolgt von einem Mann, der ein wenig so aussah, als hätte man ihn in den Fünfzigern eingefroren und kürzlich wieder aufgetaut. Ohne sich auch nur einmal umzudrehen, war George nach Hause gegangen und hatte das Haus betreten, bevor er direkt ins Bett ging. Durch Mollys Türspalt konnte er sehen, wie sie friedlich schlummerte und hoffentlich von Kätzchen oder Ähnlichem träumte. Trotz allem legte sich George in dieser Nacht glücklich in sein Bett und schlief zwei Stunden des besten Schlafes, den er seit Langem hatte.

Unten vor dem Haus unterdessen stand noch für eine Weile ein Mann, der sich noch ein-, zweimal seine Frisur nachkämmte, während er genüsslich eine Zigarette rauchte. Auch er war glücklich und fühlte sich privilegiert in jener Nacht.

KAPITEL 22

Letzten Endes dauerte es weitere zwei Wochen, bis George ihn wiedersah. Bis dahin hatte es sich beinahe so angefühlt, als würde irgendetwas oder irgendjemand versuchen wollen, ihn davon abzuhalten, den Mann, von dem George glaubte, er könne sein Vater sein, ein weiteres Mal zu begegnen. War es purer Zufall gewesen, dass er diesen Mann in jener Nacht gesehen hatte? Oder war es nun vielmehr Willkür, dass er ihn nicht mehr sah? Egal, was es war, das George davon abhielt, herauszufinden, ob er seinen Vater tatsächlich wiedergefunden hatte, es führte auf jeden Fall dazu, dass in ihm Frustration wuchs.

»Wie hatte es sich angefühlt ... nun ja ... auf einen Mann zu warten, der möglicherweise Ihr Vater sein könnte?«

»Weiß nicht.« *Und da wären wir wieder*, dachte Dr. Manville leicht frustriert. Genauso wie Lizzy oder Dolores hasste es die Therapeutin beinahe, wenn George lediglich mit *Weiß nicht* auf Fragen antwortete. Was er recht oft zu tun pflegte.

»Nun gut«, versuchte Dr. Manville auf ein anderes, sogar noch heikleres Thema umzuschwenken. »Dürfte ich Sie fragen, wie es aktuell mit Ihren Träumen bezüglich Lizzy aussieht? Träumen Sie noch von ihr?«

»Ah, ich sehe schon. Heute streifen wir alle meine Lieblingsthemen, hä?«

»Nein, George, aber ...«, die Therapeutin musste vorsichtig vorgehen. In den letzten Sitzungen war ihr Patient äußerst sensibel, ja launisch gewesen, weswegen sie nur mühsam bis gar nicht vorankamen. Dennoch konnte sie nicht ewig auf ihn Rücksicht nehmen.

»Schon gut«, lenkte George überraschenderweise ein. »Nein, ich habe nicht mehr von ihr geträumt. Schon seit einer Weile nicht mehr. Aber ich weiß auch ehrlich gesagt nicht, ob es mir schaden oder guttun würde.« Den letzten Kommentar bereute George augenblicklich. Er wusste, dass es nicht gesund war, von Lizzy zu träumen, und schon gar nicht, wenn er dies genießen würde.

Seine Antwort darauf, wie es sich angefühlte hatte, als er möglicherweise auf der Spur seines Vaters unterwegs war, war nur eine leere Phrase gewesen. George konnte sich noch ganz genau daran erinnern, wie es sich angefühlt hatte. Immerhin hatte er zu jener Zeit an nichts anderes denken können. Sogar seine Sehnsucht nach Lizzy hatte er mit der Suche nach Ray fast vollständig ignorieren können. Die Suche nach dem Mann, der sein Vater sein könnte, ließ ihn etwas fühlen, das George schier überwältigte. Es war so seltsam, diese Mischung aus Angst, Zuversicht, Verlangen, innerer Leere und dem Gefühl, wieder ein sechsjähriger Junge zu sein. Auf der einen Seite fürchtete sich George ein wenig vor Rays Reaktion, wenn dieser herausfinden würde, dass George ihn suchte, ja *verfolgte*. Auf der anderen Seite jedoch fühlte sich die aufkommende Hoffnung so unbeschreiblich gut an, da er seinen Vater tief drin unglaublich vermisst hatte. Zudem ließ George die Tatsache, dass er Ray vor einem recht zwielichtigen Pub um drei Uhr nachts entdeckte hatte, hoffen, dass er keine neue Familie hatte, um die er sich nun so kümmerte, wie er es mit Dolores und George hätte tun sollen. Auch wenn er seinem Vater nie etwas Böses gewünscht hatte, diese Tatsache hätte George das Herz gebrochen, und ja, er hätte es Ray einfach nicht gönnen können. Nicht nach allem, was passiert war.

Was George Dr. Manville nicht erzählen wollte, war ein Vorfall, der sich in seiner fünften oder sechsten Nacht auf der Suche nach Ray zugetragen hatte. Vielleicht war es sogar bereits die siebte Nacht gewesen, sicher war jedoch, dass George zu jenem Zeitpunkt schon mehr als frustriert gewesen war. Beginnende Hoffnungslosigkeit hatte bereits eingesetzt. Wie die Nächte zuvor war George bis 03:00 Uhr morgens im Pub geblieben. In jener Nacht war er recht betrunken gewesen. George war dermaßen frustriert und enttäuscht gewesen, dass er nachgab und versuchte, seine Gefühle zu ertränken. Sieben Nächte ohne Aussicht auf Ray hatten zudem seinen Schmerz bezüglich Lizzys Verschwinden wieder hochkommen lassen. Er musste sich einfach irgendwie betäuben. Um 03:00 verließ er dann mal wieder erfolglos den Pub, um sich in Richtung nach Hause zu begeben. George hatte ordentlich Schlagseite und musste deshalb aufpassen, nicht zu fallen. Sein Gang glich dem eines Kleinkindes, das noch etwas unsicher auf seinen Beinen war. George fühlte sich einfach nur furchtbar. Jeder schien ihn verlassen zu haben – sein Vater, Lizzy. Er brauchte so dringend ein wenig Zuneigung. Väterliche Zuneigung, die ihm Selbstvertrauen geben würde. Oder die liebevolle, erotische Zuneigung einer Frau, die ihm zudem Befriedigung verschaffen würde. Beim Gedanken daran, dass Lizzy ihn verlassen hatte, dachte George natürlich auch daran, wie sie miteinander geschlafen hatten. Dabei fiel ihm auf, dass er sich seitdem mal wieder kaum um seine Bedürfnisse gekümmert hatte.

»Hallo, mein Schöner«, sagte plötzlich eine Stimme zu ihm. Es war eine warme freundliche Stimme, die zu einer Frau gehörte, die auf einmal vor ihm aufgetaucht war. George brauchte einen Moment, um sich aus seinen Gedanken zu befreien und um zu realisieren, dass sie ihn meinte. Er war so damit beschäftigt gewesen, über seinen Schmerz nachzudenken, und obendrein damit, nicht zu fallen, dass er die Frau in dem goldenen Kleid zunächst nicht wahrgenommen hatte, geschweige denn verstand, dass sie ihn meinte. Nun aber versuchte er, sich auf sie zu konzentrieren, und er erblickte eine – so weit er das in seinem Zustand und in der Dunkelheit beurteilen konnte

–überdurchschnittlich schöne Frau. Sie hatte rotblondes Haar und lächelte ihn freundlich an. *Was tat sie nur in so einer Gegend, mitten in der Nacht?*, fragte er sich.

»Na, mein Schöner. Was hast du denn vor?«, fragte sie ihn und berührte ihn dabei an seiner rechten Schulter.

»Hey«, begann George zu stammeln. »Ich will wirklich nicht unhöflich sein. Aber sind Sie so etwas wie eine Prostituierte?«

»Nein, mein Süßer«, lachte sie daraufhin. »Ich bin nur auf der Suche nach etwas Spaß, weißt du?«

»Hey, Lady, kennen wir uns?« George war doch sichtlich irritiert, da sie sich ihm näherte, als wären sie einander vertraut. Für jemanden, die ihren Körper, ihre Dienste, nicht verkaufen wollte, hatte sie sich ganz schön an ihn herangeschmissen – einem völlig fremden äußerst angetrunkenen Mann.

»Nein, mein Süßer, wir kennen uns nicht. Aber wenn du willst, können wir uns gerne etwas besser kennenlernen«, säuselte sie und ließ ihre Hand von seiner Schulter auf seine Brust gleiten.

»Warte!«, sagte George plötzlich, als er bemerkte, wie sehr ihre Berührung ihn erregte. In dem Moment, als ihre Hand auf seinem Bauch angekommen war, begann sein Penis, hart zu werden. »Warte, ich habe eine Freundin.«

»Oh, ich sehe hier aber gar keine Freundin, mein Schöner«, antwortete sie süß und ließ ihre Hand langsam in seinen Schritt gleiten. Das Gefühl, wie ihre Hand über seine Schwellung strich, fühlte sich unbeschreiblich gut an.

»Warte«, sagte er dennoch erneut, jedoch ohne auch nur einen Schritt von ihr wegzugehen.

»Oh, willst du wirklich, dass ich aufhöre, mein Großer?« Er hätte sich ihr entziehen sollen, dachte George, aber ihre Berührung fühlte sich einfach zu gut an. Auch wenn sie die falsche Frau war, schenkte sie ihm doch die

Zuneigung, nach der er sich so sehnte, und in dem Moment, als sie seine Hose öffnete und seinen Penis in den Mund nahm, war es ohnehin zu spät. Egal, wie sehr ihn auch sein schlechtes Gewissen wegen Lizzy in jenem Moment plagte, nun hatte eine scheinbar Fremde sich seiner Bedürfnisse angenommen. Als er kam, fühlte es sich an, als würde er explodieren.

»Erzähl mir nicht, dass du das nicht genossen hast«, sagte die Fremde, als sie fertig mit George war. »Aber verrate es nicht deiner Freundin.« Mit diesen Worten verschwand sie wieder und ließ ihn mit heruntergelassenen Hosen zurück. George brauchte einen Moment, bis er wieder zu Sinnen kam und endlich seine Hose hochzog. *Was zum Teufel war das?*, wunderte er sich. *Welche Frau gibt einem völlig Fremden einen Blowjob, ohne irgendeine Gegenleistung dafür zu erwarten? Warum tut jemand so etwas? Hatte die schöne Unbekannte einen Fetisch oder hatte jemand das Ganze vielleicht eingefädelt?* So angetrunken er auch war, seine Alarmglocken fingen an zu läuten. Langsam fing George an zu laufen, immer noch mit der Frage beschäftigt, von was er eben gerade ein Teil gewesen war – einem Fetisch oder einem Plan? Sollte er sich nun befriedigt oder doch eher besorgt fühlen?

George wollte seiner Therapeutin unter keinen Umständen von diesem Vorfall erzählen, auch wenn er danach ein unglaublich schlechtes Gewissen gehabt hatte. Nach der Sache mit der Fremden hatte sich George so geschämt, da es sich für ihn angefühlt hatte, als hätte er Lizzy betrogen. Auch wenn er nicht wusste, wohin sie verschwunden war und bei wem sie vielleicht auch war. Dass er sich der Fremden so schnell hingegeben hatte, bescherte ihm im Nachhinein ein schlechtes Gewissen. Jeder andere hätte Lizzys Verschwinden und dass sie ihm nicht einmal eine Nachricht hinterlassen hatte, als eine Art des Schlussmachens verstanden. Nach der Szene, die sie ihm gemacht hatte, wären die meisten Menschen wahrscheinlich eh ins Grübeln gekommen. George jedoch liebte sie nach allem, was passiert war, kein Stück weniger, und tief drinnen hoffte er immer noch, dass sie wiederkommen würde. Niemand, außer George selbst, hätte ihm einen Vorwurf wegen seines kurzen Moments der Schwäche gemacht. Niemand, außer George, der sich nach der Begegnung mit der schönen Fremden fühlte, als wäre er in die Fußstapfen seines Vaters getreten. Seines Vaters, der laut Dolores' Aussage keine Gelegenheit ausgelassen hatte, sich mit einer schönen Frau einzulassen. George ekelte sich selbst an und gleichzeitig begann er, Ray für dieses Erbe zu hassen.

»Ich weiß auch nicht mehr so genau, wie ich mich dabei gefühlt habe. Auf jeden Fall war ich irgendwann ziemlich frustriert«, erzählte er Dr. Manville.

»Aber das ist doch nur allzu verständlich, George. Die meisten hätten an Ihrer Stelle längst nicht so ein Durchhaltevermögen gehabt.«

»Danke! Aber ganz ehrlich, ich war schon mehr als einmal kurz davor, aufzugeben.«

»Das kann ich gut verstehen«, antwortete Dr. Manville lächelnd.

»Aber letzten Endes haben Sie ja doch durchgehalten. Und Sie waren ja auch erfolgreich, richtig?«

Ja, George hatte einen Erfolg zu verbuchen. Nach zwei verdammten Wochen, in denen er Nacht für Nacht zu jenem zwielichtigen Pub gegangen war. Nach zwei verdammten Wochen, in denen er so einige merkwürdige, traurig aussehende Gestalten getroffen hatte. Nach zwei verdammten Wochen, in denen er eine ungesunde Menge an Alkohol konsumiert hatte. Nach zwei verdammten Wochen, in denen er sich selbst bemitleidet hatte, während er an der Bar gesessen hatte. Nach zwei verdammten Wochen, in denen er sein Bestes gegeben hatte, Molly nicht noch einmal zu Tode zu erschrecken. Nach zwei verdammten Wochen passierte es dann endlich; George sah den Mann aus der ersten Nacht, von dem er hoffte, es wäre Ray, wieder und es wirkte nicht gerade so, als wäre er überrascht gewesen, George zu treffen. Nicht im Geringsten. Es wirkte vielmehr so, als hätte er George erwartet.

»Es war das Seltsamste überhaupt«, erinnerte sich George.

»Können Sie sich noch erinnern, was er als Erstes zu Ihnen gesagt hat, George?«, fragte Dr. Manville.

»Ja, das tue ich, denn es war so eigenartig. Er sagte, *warum hast du denn solange gebraucht?* Und dann lachte er.«

KAPITEL 23

Molly und Dolores schauten George völlig ungläubig an. Seit geschlagenen 15 Minuten hatte der sonst eher stillere introvertierte Mann geredet wie ein Wasserfall. *Was zum Teufel war bloß in ihn gefahren?*, wunderte sich Dolores.

»Was soll ich sagen, Mom? Meine Woche war wirklich richtig gut. Weißt du, ich fahre diese Runde jetzt ja schon seit Ewigkeiten, aber mir ist doch tatsächlich nie aufgefallen, wie interessant meine Kunden sind.«

»Okay, mein Süßer«, antworte Georges Mutter gleichermaßen irritiert als auch freudig.

»Mrs Goldblatt zum Beispiel. Sie ist so eine süße alte Lady. Wie sie winkt, Mom, da geht einem einfach das Herz auf.«

»Oh, George, ich wusste ja gar nicht, wie sehr du doch deine Arbeit genießt. Du hast ja nie ...«

»Und Mr Harrison«, unterbrach er sie sofort wieder. »Der Mann kann vielleicht witzig sein. Jesus Christus.«

Molly und Dolores schauten sich weiter ungläubig an, auch wenn die ganze Situation sie durchaus amüsierte. Noch nie war ein Samstagsessen so lustig gewesen. Natürlich hatten sie in der Regel eine gute Zeit und lachten viel zusammen, was im Allgemeinen jedoch der Verdienst des Familienoberhauptes Dolores war.

»George, was ist denn bloß los mit dir?«, fragte seine Mutter ihn lachend und griff dabei zärtlich nach seiner Hand. »Du wirkst ja wie ausgewechselt. Ich meine, nicht, dass es mich stören würde. Ganz im Gegenteil, mein Süßer.«

Was die zwei Sugarman-Frauen nicht wussten an jenem Samstag: drei Tage zuvor war in Georges Leben eine gewisse *Veränderung* passiert. Nein, er hatte nicht Ray getroffen. Dennoch, er war einem von Rays engsten Freunden begegnet, Leonhard. Dieser Leonhard hatte George erzählt, dass er einer von Rays besten Freunden war, bis er ihn irgendwie aus den Augen verloren hatte. Er wisse auch nicht so recht, wo der gute alte Ray abgeblieben sei, beteuerte er.

»Aber ich würde mir keine Sorgen machen, Sohn«, versicherte ihm Leonhard. »Du kennst ihn ja. Der gute alte Ray ist ein Überlebenskünstler.« *Da ist viel Wahres dran*, dachte George. Auch wenn er seinen Vater nicht lange in seinem Leben gehabt hatte, konnte er sich dennoch daran erinnern, wie oft Ray in Schwierigkeiten gewesen war und wie oft Dolores deshalb nicht gewusst hatte, wie sie für Essen und Rechnungen aufkommen sollte. Und manchmal hatte sich sein Vater sogar das eine oder andere blaue Auge eingehandelt. Das jedoch war auch schon der schlimmste Ärger gewesen, den sich Ray so eingebrockt hatte. Nach jeder finanziellen Krise folgte nicht selten auch einmal eine Phase des leichten Wohlstandes. Es stimmte, Ray war jemand, der stets wieder auf die Füße fiel – durch Charme, List oder über seine zahlreichen Beziehungen.

»Sag mal, Leonhard. Woher weißt du eigentlich so sicher, dass ich Rays Sohn bin?« Nach Georges anfänglicher Euphorie über seine neu gewonnene Verbindung zu Ray war er doch etwas stutzig geworden.

»Gute Frage, Junge.« Leonhard schaute doch etwas überrascht drein, als hätte er mit dieser Frage so gar nicht gerechnet. Dies jedoch fiel George nicht direkt auf. War seine anfängliche Euphorie doch noch nicht ganz verflogen.

»Puh, ähm, ach ja, ich habe ein Foto von dir in seiner Wohnung gesehen. Weißt du, als wir noch Kontakt hatten«, stammelte sich Rays alter Freund zusammen.

»Von mir? Das muss aber ein altes Foto gewesen sein. Nun ja, ich bin ja seitdem auch gewachsen«, antworte George lachend und deutete dabei auf seinen Bauch. »Und so haarig war ich mit sechs auch noch nicht«, ergänzte George und fuhr sich dabei durch seinen Seebärenbart.

»Okay. Stimmt!«, lachte Leonhard dümmlich verlegen. Er wusste nicht weiter. »Uh ... ich weiß nicht ..., es war doch schon ein Foto von dir, als du älter warst.«

Wie konnte das sein? Für einen Moment dachte George darüber nach, ob die Möglichkeit bestünde, dass sich seine Eltern noch ab und zu sahen. Diesen Verdacht hatte er schon immer gehegt.

»Wie heißt mein Vater mit Nachnamen?«, fragte er Leonhard dennoch. Irgendwie kam George die ganze Situation nun etwas unnatürlich vor. War er wirklich ein Freund seines Vaters gewesen oder verschwendete er hier nur seine Zeit mit dem alten Zausel?

»Susniak!«, antwortete Leonhard wie aus der Pistole geschossen. »Oh, Junge, ich verstehe schon. Die ganze Situation ist irgendwie seltsam«, ergänzte er und zwinkerte George dabei zu.

»Ja, irgendwie schon. Okay, aber noch eine Frage, ja? Wie heißt meine Mutter?«

»Dolores – was für eine Frau – Sugarman. Wie geht's deiner Mom? Was für eine feine Lady! Dein Vater war ein Idiot, so eine Frau zu verlassen.« *Nicht noch einer, der meiner Mom am liebsten nachstellen würde*, dachte sich George nach Leonhards letztem Kommentar. Obwohl die Geschichte mit dem Foto von George mehr als zusammengereimt wirkte, hatte Leonhard seine Fragen so beantwortet, als hätte er nicht erst lange überlegen müssen. Zudem wirkte Leonhard doch irgendwie vertrauenswürdig. Sogar für einen Mann, den man um 03:00 Uhr nachts vor einem zwielichtigen Pub traf.

»Ging es ihm gut, als du ihn das letzte Mal gesehen hast? Ich meine, wann war das eigentlich?«

»Dein alter Herr ist dir trotz allem nicht ganz egal, hm?«

»Nein, ist er nicht«, antworte George und schaute dabei verlegen auf seine Füße. »Er war doch trotz allem immer sehr liebevoll zu mir, weißt du?« Er wusste noch ganz genau, wie oft er seinen Vater für das, was passiert war, gehasst hatte. Mindestens genauso oft hatte sich George in den letzten 29 Jahren aber auch daran erinnert, wie schön die Momente zwischen ihm und seinem Vater stets gewesen waren. Ja, er vermisste Ray, und nun machte er sich auch Sorgen um den Mann, der, ohne seinem besten Freund Bescheid zu geben, scheinbar verschwunden war.

»Mach dir keine Sorgen, Junge, das hat er schon öfter gemacht«, sagte Leonhard, als hätte er in jenem Moment Georges Gedanken lesen können. »Aber um deine Frage zu beantworten, es war vor circa einem Jahr. Ich weiß aber auch, was du eigentlich viel lieber wissen möchtest.«

»Ach ja?«

»Du willst bestimmt wissen, ob du sein einziger Sohn geblieben bist, richtig?« George nickte nur. Jetzt würde die Stunde der Wahrheit sein und es fühlte sich an, als würde ihm etwas auf den Brustkorb drücken. War Ray noch der Vater von jemand anderem gewesen? War er diesem Jemand ein guter Vater?

»Junge, du bist sein einziger«, unterbrach Leonhard plötzlich die Stille, und George konnte somit endlich wieder atmen. Jetzt wusste er es ganz genau; er war kein Versuchskaninchenkind gewesen, an dem Ray seine Fehler ausprobiert hatte, um sie bei einem weiteren Kind zu vermeiden.

»Dein Vater ist ja kein Arschloch. Ihm war klar, dass er mit dir und deiner Mom den Karren so richtig in den Dreck gefahren hatte. *So etwas darf nie wieder passieren,* hat der gute alte Ray immer wieder mal von sich gegeben.« George war noch nicht in der Lage, zu antworten. Die Erkenntnis darüber, dass Ray nicht einfach von einer gescheiterten Familie zur *nächsten* übergegangen war, fühlte sich unbeschreiblich gut an. Aber er musste sie auch erst einmal setzen lassen.

Da die Zeit bereits ziemlich weit in Richtung Morgen herangeschritten war und George zu Hause sein wollte, bevor sein kleines Mädchen wach wurde, verabredeten sich er und Leonhard für die nächste Nacht. So erzählte ihm Leonhard in der nächsten und sogar in der übernächsten Nacht alles über seinen Vater, was George wissen wollte und was ihm Rays alter Freund über ihn erzählen konnte, und auch wenn Leonhards Geschichten oftmals auffallend lobend oder auch ein wenig zurechtgelegt rüberkamen, hörte George einfach nur aufmerksam zu. Er hatte schlichtweg keine Lust gehabt, Leonhards Geschichten zu hinterfragen, da er so unendlich froh war, ihn und somit eine Verbindung zu seinem Vater gefunden zu haben.

Genau dieser Frohsinn ließ George an jenem Samstag zu solch einer Plaudertasche werden. So etwas passierte nur sehr selten mit ihm. In den letzten Wochen war George mal wieder äußerst verschwiegen und launisch gewesen, weshalb Molly und Dolores sein Anblick – als hätte er Glückspillen geschluckt – mehr als gefiel. Für eine Frau, die ihre Jugend in den Siebzigern verlebt hatte, war Dolores nur allzu vertraut mit diesem Thema. Samstag war somit ein guter Tag gewesen; bis es Nacht wurde. Als George gegen Mitternacht einschlief, erinnerte ihn die dunkle Seite seines Unterbewusstseins an ihre Existenz. In der Nacht zu Sonntag träumte George von Lizzy, was seine Stimmung auf verschiedenste Weise in eine negative Richtung lenken sollte. Sein Traum von ihr erinnerte wieder an ein Stillleben. Lizzy war an einen Mann gelehnt, der seine Arme um sie gelegt hatte. Bis auf den Oberkörper und den Mund des Mannes konnte George nichts Weiteres von ihm erkennen. Aber es reichte George schon, dass dieser Bastard lächelte. Lizzy schaute George direkt in die Augen und ihr Gesichtsausdruck wechselte von *schau her, wie glücklich ich mit ihm bin* zu unglaublich traurig; als würde sie mit diesem Mann nicht zusammen sein wollen. Wie die Bildstörung auf einem alten Röhrenfernseher wechselte ihr Gesichtsausdruck stetig zwischen diesen zwei Emotionen.

Am nächsten Morgen war Georges gute Stimmung wie weggeblasen. Egal, ob Lizzy ihn mit Überheblichkeit oder Traurigkeit angeschaut hatte, es versetzte ihm einen Stich. Ihr überheblicher Gesichtsausdruck ließ ihn sich wertlos und benutzt fühlen. Als wäre er es nicht wert, geliebt zu werden. Ihr trauriger Gesichtsausdruck ließ ihn tiefe Besorgnis fühlen. Wo war sie? Ging es ihr gut? War ihr etwas zugestoßen?

Um seine schlechte Laune zu verbergen, erzählte er Molly die kleine Notlüge, dass er und Omi am Abend zuvor etwas zu viel Wein gehabt hatten.

»Wollen wir einen Film schauen, Süße, während Daddy seinen Kater auskuriert?«, schlug er ihr deshalb vor.

»Okay! Wir haben »Toy Story 3« schon lange nicht mehr gesehen, Daddy«, antwortete Molly begeistert. Mollys Gesellschaft sowie ein kleines Schläfchen brachten jedoch nicht die erhoffte Aufmunterung. Er schaffte es einfach nicht, sich aufrichtig abzulenken. *Hoffentlich bemerkte Molly nichts*, dachte er nur. George konnte sich einfach nichts vormachen, Lizzys Verschwinden wurmte ihn nach wie vor, und nicht einmal sein neuer Freund, Leonhard, konnte ihn erfolgreich davon ablenken. Und ja, Eifersucht war ein Gefühl, das sich regelmäßig mit dem Gefühl des Verlassenwerdens abwechselte. Für den gesamten Tag war Georges Laune am Tiefpunkt, und als er später dann auch noch Harry im Hof begegnete, musste er sich schwer zusammenreißen, um seine schlechte Laune nicht an ihm auszulassen. Gott sei Dank hatte sein Nachbar Reißaus vor ihm genommen, als er George erblickte. Das wiederum hatte ihn doch ein wenig amüsiert.

Kapitel 24

»Waren Sie sehr enttäuscht, dass es nicht Ray war und dass er Ihnen auch keine Angaben zum Verbleib Ihres Vaters gab?«, fragte ihn Dr. Manville vorsichtig.

»Ja, schon irgendwie. Aber da war jetzt immerhin etwas, wissen Sie?«

»Absolut, ja!«

Da war sogar so einiges gewesen, da Leonhard eine ganz schöne Plaudertasche war und ihm somit eine ganze Menge über Ray erzählte hatte. Dennoch, irgendetwas war eigenartig gewesen. Als wäre die ganze Situation nicht ganz aufrichtig, ja, nicht authentisch gewesen. Natürlich fragte sich George, warum Leonhard gewillt war, sich Nacht für Nacht mit ihm zu treffen und ihm alles Mögliche über den guten alten Ray zu erzählen. *Aber vielleicht war er ja auch nur ein einsamer alter Mann, der für ein wenig Gesellschaft dankbar war*, dachte George. Und vielleicht vermisste er seinen alten Freund Ray so sehr, dass auch Leonhard einfach nur glücklich über diese Verbindung – in Person von George – zu Ray war. Es dauerte eine Weile, bis George verstand, was es war, das sich für ihn so seltsam, so wenig authentisch anfühlte. Es hatte wahrscheinlich eine Weile gedauert, weil George schlicht und ergreifend keine Lust hatte, den liebenswürdigen Leonhard zu hinterfragen. Er war einfach ein feiner Kerl, dessen Gesellschaft George aufrichtig genoss und dessen Geschichten über Ray ihn aufmunterten.

»Ich denke, dass Sie da absolut recht haben, George. Leonhard wird auch Ihre Gesellschaft genossen haben. Was mit hoher Wahrscheinlichkeit ein Grund dafür war, dass er das tat ... hm, was er dann nun einmal tat. Okay?«

»Huh?« George wusste immer noch nicht so recht, was er von der ganzen Sache halten sollte.

So einige Nächte lang erzählte Leonhard eine schöne Geschichte über Georges Vater nach der anderen. Er ließ sich wirklich Zeit, bis er auch einmal etwas erzählte, bei dem Georges alter Herr nicht so gut wegkam. Zunächst einmal sollte George einfach nur einen guten Eindruck von seinem Vater gewinnen. Als würde Leonhard Ray ankündigen, Werbung für ihn machen wollen. Als wäre Leonhard Rays Vorband oder dergleichen. Ray, der ach so loyale Freund. Ray, der ach so harte Arbeiter. Ray, der ach so witzige Typ, der alle mit seinen Geschichten und amüsanten Anekdoten erheiterte. Ray, der ach so gut aussehende Mann, der dabei gleichermaßen bescheiden war.

»Ich glaube, das erste Mal, dass ich anfing zu zweifeln, also so, dass ich es auch nur noch schwer verdrängen, ja, leugnen konnte, war bei einer Unterhaltung, die mich zunächst überhaupt nicht interessiert hatte. Ich hatte ihm ehrlich gesagt gar nicht richtig zugehört. Nur ab und zu genickt, oder wie man das halt so tut, anstandshalber.«

»Worum ging es denn in der Unterhaltung? Können Sie sich noch daran erinnern?«

»Na ja, das Thema der Unterhaltung war eigentlich völlig unwichtig, genau genommen. Es war mehr so, wie er die Geschichte erzählte. Leonhard sprang in seiner Erzählerei, sodass es mir, obwohl ich ja kaum zugehört hatte, doch irgendwann auffiel. Es war … ja genau …, als hätte er gar nicht geplant, diese Geschichte zu erzählen. Dann aber wurde ihm beim Erzählen klar, welchen Fehler er begangen hatte, und nun versuchte er, die Geschichte elegant abzuwiegeln, zu beenden. Ich weiß auch nicht mehr so recht, wie es jetzt genau war.«

»Aber Sie sind sich sicher, dass er sich in seiner Geschichte, nun ja, verheddert hatte?«, versuchte Dr. Manville ihm zu helfen.

»Ja, so könnte man es ausdrücken.«

Leonhard hatte George eine für ihn völlig uninteressante Geschichte erzählt. Es ging darum, wie er und Ray zu einem Schrottplatz gefahren waren, um für Leonhards alte Karre eine neue Tür zu besorgen. Da sich George nicht im Geringsten für Autos interessierte und deshalb der stolze Besitzer eines Jahrestickets des öffentlichen Verkehrssystems Londons war, hatte er Leonhard kaum zugehört. Als Leonhard jedoch plötzlich die Wörter *erst kürzlich* benutzte, wurde George hellhörig.

»Sorry, was hast du gerade gesagt?«, fragte George Leonhard, als ihm die Bedeutung von *erst kürzlich* klar geworden war.

»Was meinst du, Junge?« Leonhard hatte seinen Fehler noch gar nicht bemerkt.

»Du hast gesagt, dass du und Ray erst kürzlich eine Autotür aus einem alten Auto entfernt habt.« Nun schaute Leonhard, als hätte ihn der Blitz getroffen.

»Na, da musst du dich verhört haben«, sagte Leonhard nervös.

»Ich bin mir ziemlich sicher, dass du *erst kürzlich* gesagt hast«, bohrte George jedoch weiter nach.

»Junge, ich bin ein alter Mann«, versuchte sich Rays alter Freund zu erklären. »Ich bringe gelegentlich Dinge durcheinander, weißt du?«, lachte er dümmlich verlegen.

»Hm, okay!« George entschied, es auf sich beruhen zu lassen. Vielleicht war es ja wirklich so, wie Leonhard sagte, und er brachte Dinge durcheinander. Irgendwie tat Leonhard ihm auch ein wenig leid – dieser gekrümmte, recht klapprige alte Zausel, den er angefangen hatte, aufrichtig zu mögen. Leonhard hatte ihm das Gefühl gegeben, als wären sie Vater und Sohn. Dieses Familiäre, wie Leonhard auf Abruf für ihn bereitstand. Jeden Abend, pünktlich auf die Minute, stand er an ihrem Treffpunkt. Es war ein schönes Gefühl gewesen.

»Und während dieser ganzen Zeit hatten Sie nichts von

Lizzy gehört oder gesehen?«, unterbrach ihn Dr. Manville plötzlich.

»Nein, warum fragen Sie?« Warum fragte sie ausgerechnet jetzt nach Lizzy? Jetzt, da George doch so eine wichtige Erinnerung an seine gute Zeit mit Leonhard hatte?

»Nun ja, ich meine, Sie haben ja immer noch jeden Abend durch ihren Türspion geschaut, richtig?«

»Ja?«

»Und ihre Wohnung blieb unverändert? Mit all den Möbeln, richtig?

»Ja?«

»Aber in all der Zeit ist Lizzy niemals aufgetaucht? Ich meine, man konnte an ihren Sachen nicht erkennen, ob sie in der Zwischenzeit da war, um etwas zu holen, oder so?«

»Nein.«

»Denken Sie nicht, dass das seltsam ist?«

»Natürlich habe ich gedacht, dass das seltsam ist. Ich war ohne Ende besorgt. Das können Sie mir glauben.« George fühlte sich, als müsse er sich verteidigen, da Dr. Manvilles Fragen wie eine Anschuldigung klangen. »Glauben Sie wirklich, dass ich sie nur wegen Leonhard vergessen hatte? Ich habe immer und immer wieder versucht, sie anzurufen. Sie wissen doch, wie oft ich von ihr geträumt habe – immer noch von ihr träume, verdammt!« Der letzte Satz war wie ein Stich ins Herz.

»George«, die Therapeutin versuchte, ihn wieder ein wenig zu beruhigen.

»Was wollen Sie mir denn sagen, hä?«, blaffte er seine Therapeutin an.

»George, es tut mir aufrichtig leid. Glauben Sie mir, ich will Ihnen keine Vorwürfe machen.« Dr. Manville musste vorsichtig sein, da sie ihn scheinbar wütend gemacht hatte. George war nach wie vor sehr verletzlich, auch wenn sie in den letzten Sitzungen tatsächlich einige kleinere Fortschritte gemacht hatten.

»Was ich versuche zu sagen, ist, dass sie nach all den Wochen, in denen sie verschwunden war ... Ich meine, sie hatte ja ein Leben, ein eigenes Yogastudio. Da hätte sie doch auch mal in ihre Wohnung gehen müssen, um sich ein paar Dinge zu holen oder schlichtweg, weil sie für die Wohnung bezahlte. Was sie aber scheinbar nicht tat, richtig?« Dr. Manville atmete tief ein, bevor sie weitersprach. »In all der Zeit haben Sie nicht daran gedacht, auch mal die Polizei anzurufen? Ich meine, sie hätte genauso gut in einen Unfall verwickelt sein können.«

Sie hatte recht, sie hatte absolut recht, dachte George. Er war so beschäftigt damit gewesen, an seine Theorie zu glauben, dass sie wegen ihm und der letzten Unterhaltung verschwunden gewesen war. George hatte nicht einmal daran gedacht, dass Lizzy etwas zugestoßen sein könnte.

»Ich meine, es ist wahrscheinlich die Pflicht des Vermieters, solch einer Sache nachzugehen ...«

»Aber wie hätte er denn von ihrem Verschwinden wissen sollen? Er geht ja nicht jede Nacht wie ein Camp-Aufseher durchs Haus, um zu schauen, dass jeder in seiner Wohnung ist«, unterbrach George seine Therapeutin.

»George, ich möchte Ihnen hier keine Vorwürfe machen.«

»Aber?«

»Nun ja, auf der einen Seite überrascht es mich doch sehr, dass Sie sich wirklich für den einzigen Grund für Lizzys Verschwinden gehalten haben.« George dachte zu verstehen, was Dr. Manville ihm sagen wollte. Dass er so egozentrisch sei, dass er sich für das Zentrum des ganzen Problems hielt. Auch wenn er nicht auf eine Art egozentrisch gewesen war, dass er sich selbst lobte, widerte er sich nun an.

»Mein Schmerz über Lizzys Verschwinden hat mich davon abgehalten, einfach mal klar zu denken. Ich war so beschäftigt damit, mich selbst zu bemitleiden, dass ich nicht einmal auf die Idee gekommen bin, mich hinzusetzen und in Ruhe nachzudenken.«

»Oder ...«, unterbrach ihn Dr. Manville, aber George hörte sie zunächst nicht.

»Alles passt zu gut zusammen. Wie sie bei unserem letzten Gespräch ausgeflippt war.«

»Absolut, George. Das war sehr ungewöhnlich. Überzogen, um genau zu sein. George, ich wollte eigentlich darauf hinaus, dass Ihre Suche nach einer Vaterfigur bei Leonhard vorerst ein glückliches Ende gefunden hatte und Sie deshalb nicht so sehr über andere Möglichkeiten für Lizzys Verschwinden nachgedacht hatten.« Dr. Manvilles Worte drangen jedoch nicht zu George durch. Er schien ganz und gar in seinen Gefühlen für Lizzy gefangen zu sein.

»Und die Tatsache, dass sie nie über sich gesprochen hatte«, fuhr er fort. »Jedes Mal, wenn ich sie etwas über ihr Leben, ihre Vergangenheit, gefragt hatte, wechselte sie das Thema. Und ich habe mir gar nichts dabei gedacht, ich Idiot.« Nun fing George an, zu weinen. »Auf mich wirkte sie wie jemand, der einfach etwas Unschönes hinter sich lassen wollte. Als würde sie vor etwas davonlaufen wollen. Aber es war mir egal. Und es ist mir auch immer noch vollkommen egal.« Mittlerweile hatte George angefangen, heftig zu schluchzen, sodass er nicht weiterreden konnte. »Eigentlich ist mir auch immer noch *alles* egal. Ich würde sie sofort zurücknehmen. Denn ich liebe sie.«

KAPITEL 25

»Möchtest du noch mehr Makkaroni mit Käse, Baby?«, fragte Lizzy George. Sie war endlich zurück, und als eine erste Wiedergutmachung für ihr Verschwinden kochte sie ihm eines seiner Lieblingsgerichte. Es war das Gericht, das seine Mutter ihm oft gekocht hatte, wenn er mal wieder einen furchtbaren Streit zwischen seinen Eltern miterleben musste. Nun saßen sie da, die drei, glücklich zusammen; George, Lizzy und die kleine Molly.

»Wir sollten eine Familie sein, eine richtige Familie«, waren Lizzys erste Worte, nachdem George seine Wohnungstür geöffnet und sie dort vorgefunden hatte. »Oh, George, was habe ich nur getan? Ich war so im Unrecht. Ich hätte das nicht tun dürfen. Ich hätte dich nicht verlassen sollen. Wo ist Molly? Ich möchte ihr eine Mutter sein. Eine richtige Mutter mit allem Drum und Dran.« Dann küsste sie George, drückte ihn liebevoll zur Seite und ging in die Wohnung. »Würde es dich stören, wenn ich bei euch einziehe?«, fragte sie ihn, als sie in Richtung Küche ging. Es klang jedoch gar nicht wie eine Frage, mehr wie eine Information. *Ich werde nun bei euch einziehen, ob es euch passt oder nicht.*

Für George fühlte es sich an wie ein Traum. Ein wunderschöner, lang ersehnter Traum. Lizzy war zurück, sie wollte mit ihm zusammenziehen und ein Teil seiner Familie sein. Nun mussten sie endlich nicht mehr Verstecken spielen. Natürlich war es aufregend gewesen. Das hatte den Sex so aufregend gemacht. Dennoch, er war nicht gewillt, Molly länger anzulügen. Deshalb war es so nun perfekt.

Als George die Küche betrat, sah er Molly bereits am Küchentisch sitzen. Sie lächelte. Lizzy trug eine Schürze und sagte: »Setz dich hin, Darling.« Der Tisch war bereits gedeckt und genauso war das Essen bereits zubereitet.

»Wie hast du das denn geschafft?«, fragte George verblüfft. Dabei wurde ihm klar, dass dies das Erste war, was er bisher gesagt hatte. In dem Moment, als er Lizzy wiedergesehen hatte, hatte er sein Leben, ihre Leben, in ihre Hände gegeben.

George nahm eine Gabel voll Makkaroni und Käse und steckte sie sich in den Mund. Es schmeckte jedoch nicht gut. Eigentlich schmeckte es überhaupt nicht.

»Genießt du mein Essen?«, fragte Lizzy ihn und schaute dabei erwartungsvoll. Er wollte nicht ihre Gefühle verletzen oder, Gott bewahre, die Situation ruinieren. Deshalb sagte er *ja*. George war ein Mann, der Lügen nicht ausstehen konnte, jedoch hatte ihm Dolores einmal erzählt, dass es okay wäre, Menschen bezüglich ihrer Kochkünste anzulügen. Da einige Menschen durchaus sehr empfindlich reagieren können ihre kulinarischen *Kreationen* betreffend. Deshalb schlang George das geschmacklose Essen, das Lizzy für ihn und Molly zubereitet hatte, herunter.

Als George beobachtete, wie Lizzy das Haar der Sechsjährigen streichelte und die Kleine ihre neue Mutter glückselig anlächelte, bemerkte er etwas Sonderbares. Lizzys Hand hatte scheinbar irgendwann aufgehört, über Mollys Haar zu streicheln. Sie blieb einfach auf ihrem Kopf liegen. Zudem wirkte Mollys Lächeln nun wie versteinert. Sie erinnerten wieder an ein Stillleben. In George kam Panik auf. *Ist das hier alles nur ein Traum?*, fragte er sich. *Nein, bitte. Bitte, sei kein Traum, bitte!*

»Lizzy! Molly!«, wollte er sagen, aber seine Stimme klang, als wäre er unter Wasser. Sie klang entfernt, kaum hörbar. »Molly? Lizzy?«, versuchte er weiter, ihre Namen zu rufen, aber es wurde nur schlimmer. Seine Stimme wurde zunehmend unhörbar. George wachte weinend auf. Seine Verzweiflung, dieses Gefühl der Einsamkeit, waren unbeschreiblich. Bevor er tatsächlich aufstand, hatte er lange auf seinem Bett gelegen; völlig regungslos, ganz starr. Er dachte über Lizzy und diese ganze verdammte Situation nach. Das alles sowie der erneute Verlust hatten ihn gelähmt.

»Wie war Ihr Verhältnis zu Harry nach dem Zwischenfall im Innenhof?«, begann Dr. Manville. »Wenn ich mich recht erinnere, hatten Sie ihn einmal im Hof gesehen und es hatte sich ein wenig so angefühlt, als wäre er vor Ihnen weggelaufen, richtig? Aber gab es noch weitere Situationen, die Ihnen diesen Verdacht, nun ja, bestätigt haben?«

»Puh, ich habe ihn natürlich immer wieder gesehen, wenn ich den Abfall runtergebracht habe. Direkt unter dem Fenster dieses menschlichen *Abfalls*.« Nach allem, was geschehen war, war Harry tatsächlich immer noch ein Trigger für George gewesen. »Aber ja, da war noch diese Situation bei den Briefkästen. Er sah doch ganz schön verängstigt aus, als er mich sah«, erzählte er mit einem zufriedenen Lächeln auf den Lippen.

»Haben Sie ihn da angesprochen?«

»Wenn er sich entschuldigt hätte, vielleicht. Dann hätte ich ihm erzählt, dass er sich verpissen soll.«

»Okay. Gab es noch eine Situation, in der Sie tatsächlich mit ihm gesprochen haben?«

»Ja, schon, aber nur, weil ich leider keine Wahl hatte«, presste er sauer durch seine Zähne.

Es passierte, weil Molly nichts von Harrys und Dolores' Affäre gewusst hatte und auch, weil George ihr nie erzählt hatte, was in jener Nacht, als Lizzy bei ihnen übernachtet hatte, tatsächlich im Innenhof geschehen war. Es war die unangenehmste, seltsamste und peinlichste Situation überhaupt. Die drei Sugarmans waren an einem Samstag in einen Baumarkt in Georges Viertel gefahren, um ein paar Dinge zu besorgen. Als kleine Entschädigung für die letzten Wochen wollte George das Zimmer seiner Tochter frei nach ihren Wünschen renovieren. Seelisch und moralisch hatte er sich schon damit abgefunden, dass er an diesem Tag sein sauer verdientes Geld mit an hoher Wahrscheinlichkeit grenzend für alles Pinke, was sie finden würden, ausgeben müsste. Gott sei Dank war der Baumarkt mit sämtlichen Klein-Mädchen-Träumen ausgestattet. Eine Szene seitens Molly hätte er nicht ertragen können.

Es hätte George eigentlich klar sein müssen, dass er einen Hobbyhandwerker, wie Harry es nun einmal war, an einem Samstag im Baumarkt um die Ecke über den Weg laufen würde.

»Harry! Wie geht's dir?«, hörte George Molly plötzlich hinter sich begeistert rufen. *Was zum Teufel?*, dachte er augenblicklich. *Und wo ist eigentlich Mom und hat sie ihn auch schon erblickt?* Während er immer noch mit seinem Rücken zu Molly und Harry stand, hörte er, wie die Kleine in Richtung des verachteten Nachbars lief.

»Daddy, schau mal, wer hier ist«, hörte er als Nächstes. *Verdammte Scheiße!*

»Was für eine peinliche Situation«, brach es spontan aus Dr. Manville heraus. »Oh, George, es tut mir leid, dass ich Sie unterbrochen habe«, versuchte sie sich zusammenzureißen. »Es kam nur gerade so über mich, weil ich richtig fühlen konnte, wie Sie sich dabei gefühlt haben müssen.«

»Ist schon okay. Und danke für Ihr Verständnis!«

»Danke! Okay, was hat er denn dann gesagt? Oder hat er überhaupt etwas gesagt?«

Harry hatte offensichtlich genauso wenig gewusst, wie er mit der Situation umgehen sollte. Jedes Mal, wenn er George nach dem Vorfall im Innenhof gesehen hatte, war er vor Angst beinahe versteinert gewesen. Er hatte verstanden, dass man seinen doch eher gemütlich wirkenden Nachbarn nicht reizen sollte. Zudem bestand nun auch die Chance, hier auf Dolores zu treffen. Er wusste, dass die Sugarmans ihre Wochenenden gerne zu dritt verbrachten.

»Puh ... ähm ... schön dich zu sehen. Ich muss los. Bin spät dran«, stammelte Harry nur, und als er zudem erblickte, wie Dolores langsam hinter einem der Regale auftauchte, sagte er Molly nur noch hastig *bye* und verschwand.

»Was war das denn?«, fragte Molly völlig irritiert.

»Ach, der ist bestimmt zu spät dran für ein Date«, antwortete George ihr flapsig. Innerlich verspürte er ein wohliges und auch amüsiertes Gefühl. Scheinbar hatte er ihm doch ordentlich Respekt eingeflößt. *Herrlich, scheiße noch mal, herrlich*, dachte er deshalb zufrieden.

»War das gerade dein Nachbar?«, fragte ihn Dolores, die plötzlich hinter ihm stand. Er hatte sie nicht hinter dem Regal vorkommen sehen.

»Verdammt, Mom, du hast mich gerade zu Tode erschreckt«, schrie George beinahe vor Schreck.

»Ja, war er Omi«, antworte ihr Molly stattdessen. Dolores und George schauten sich kurz an und entschieden dann – mittels Gedankenübertragung – die Situation schlichtweg zu vergessen und damit fortzufahren, ihr Geld für pinke Scheußlichkeiten auszugeben. Dolores hatte sich nach der Enttäuschung mit Harry schnell wieder gefangen, und wie sie nun reagiert hatte, erleichterte George über die Maßen.

»Aber Sie waren ja auch dahin gehend besorgt, wie Dolores reagieren würde, wenn sie von Ihren Treffen mit Leonhard erfahren hätte, richtig?«

»Absolut!«

»Vertrackte Situation.«

»Ja, denn alles, was mit Ray zu tun hatte – sogar die leiseste Idee – hätte meine Mutter ja verletzen können. Ich hatte immer geahnt, wie sehr sie ihn nach wie vor liebte. Was ich sogar immer auch verstand. So unzuverlässig er auch sein konnte und so sehr wir immer davon ausgegangen waren, dass er ein Schürzenjäger und Spieler gewesen war, dennoch war Ray stets ein aufrichtig liebevoller Mensch. Nun ja, er schien sich ja wirklich um seine Menschen zu sorgen, zu kümmern. Er wollte niemanden verletzten. Er wollte ja auch ihre Zuneigung. Es war ein wenig so, als wäre er ... hm ... auf eine Art ...«

»Wie ein Kind?«, schlug Dr. Manville vorsichtig vor.

»Ja«, hauchte George. »Und wer kann einem Kind schon böse sein, das immer nur Gutes wollte, bei all dem Chaos, das es angerichtet hat?«

»Niemand«, bestätigte sie ihn. »Tja, vielleicht hatte er diese Wahnsinnsgeschichte auch durchgezogen, weil er auf der Suche nach Liebe war. Nach mütterlicher Liebe, die man nun einmal nur bei Frauen findet.« Über das zuletzt Gesagte musste George einem Moment nachdenken. Aber dann machte alles Sinn.

»Nun ja«, sagte George. »Damit könnte ich wenigstens leben.«

Kapitel 26

Irgendetwas war im Vergleich zu dem Mann aus der ersten Nacht anders gewesen. Eines Nachts, als George hinter Leonhard herlief, bemerkte er, dass Rays alter Kumpel einen ganz anderen Gang hatte. Der Mann aus der ersten Nacht war nach vorne gebeugt gelaufen, als wäre er in Eile. Zudem bewegte er seinen rechten Arm recht stark, als wäre er eine Art Paddel, um ihn schneller voranzubringen. Es war die Art, wie Ray stets lief – immer auf dem Sprung, immer in Eile, immer auf der Suche nach etwas. Sein Vater hatte diesen intensiven neugierigen Blick und dieser Blick wurde in seinem Gang widergespiegelt.

Leonhards Art zu gehen war ganz anders. Er war ein glücklicher, doch etwas naiver Mann, der zufrieden war mit dem, was er hatte oder was ihm die Leute gaben. Was nicht sehr viel war. Im Vergleich dazu hatte Ray immer mehr gewollt – mehr Geld, mehr Frauen, mehr Einfluss. Ray hatte auch nie gespielt, um des Spielen willen, sondern wegen des Geldes. Um ihm und seiner Familie mehr bieten zu können. Was er jedoch nie erreicht hatte. In Leonhards Gang spiegelte sich seine einfache und zufriedene Art wider – er schlenderte. Und da war noch etwas anderes Seltsames. *Obwohl dies auch ein Zufall sein könnte*, dachte George. Genauso wie sein Vater hatte der Mann der ersten Nacht perfekt gestyltes Haar inklusive eines Kammes in einer der hinteren Hosentaschen. Auch wenn Leonhard aussah, als hätte er erst kürzlich einen Besuch beim Friseur absolviert, saß sein Entenpopo doch etwas windschief. Als wüsste er gar nicht, wie man diese Frisur kämmt. *Und wo war eigentlich Leonhards Kamm?*, wunderte sich George. Diese Frisur brauchte nicht viel, aber dafür konstante Pflege. Wie oft hatte er seinen Vater dabei beobachtet, wie er sich die Haare nachgekämmt hatte. Ob Gang oder Frisur, George war sich weiterhin darüber im Klaren, dass er in jener Nacht doch ziemlich betrunken gewesen war, was seine Erinnerung wahrscheinlich getrübt hatte. Zudem hatte der Schlag auf den Kopf wohl zusätzlich sein Übriges getan.

Dennoch wurde zunehmend deutlich, dass etwas nicht ganz ins Bild passte, und es war nicht sein amateurhaft gekämmter Entenschwanz. Nein, es war Leonhards Geschichten über ihn und seinen guten alten Kumpel Ray. Er war nachlässig geworden und das nicht zu knapp. Leonhard hatte George davon erzählt, wie die zwei alten Freunde ins *Gloria* gegangen waren, das Filme zeigte, die mindestens zehn alt waren. Die zwei alten Herren hatten Stanley Kubricks Meisterwerk »2001: Space Odyssey« gesehen.

»Oh, was für ein toller Film!«

»Ganz richtig, Junge!«

Nachdem er zunächst darüber nachgedacht hatte, dass er diesen Film selbst gerne einmal wieder ansehen wollte, fiel ihm plötzlich ein Detail auf, das störte. Das *Gloria* war zu jenem Zeitpunkt gerade einmal seit sechs Monaten eröffnet. Er konnte sich so gut an die Eröffnung erinnern, da er mit Molly dabei gewesen war. An jenem Tag wurde einer seiner Lieblingskindheitsfilme, »Masters of the Universe«, gezeigt, und den wollte er seiner Tochter zeigen. Leider hatte die Sechsjährige nicht verstanden, was ihr Dad an diesem *doofen Film* so toll gefunden hatte, weshalb sie früher gegangen waren. Nach ihrer vernichtenden Kritik konnte George den Film irgendwie nicht mehr genießen.

»Also seid ihr zwei da öfter hingegangen?«, versuchte George nachzubohren.

»Oh ja, für fast zwei Monate waren wir jeden Montag da. Montags war zu der Zeit immer Kubrik-Abend.«

»Oh, wie schön. Und zeigen sie da auch gute Western-Filme im *Gloria*?«, fragte er weiter, um sicherzugehen, dass

Leonhard dieses eine *Gloria* meinte und nicht vielleicht ein ähnliches Kino.

»Ja, Mann! Sonntags kommen immer Western. Mann, Mann, die machen mich noch arm. In letzter Zeit habe ich echt viel Geld für Kinokarten gelassen.« In letzter Zeit. Leonhard hatte *in letzter Zeit* gesagt. *Du alter Zausel*, dachte George. *Okay, hier kommt ein letzter Test.*

»Und seid ihr im Anschluss jemals nebenan bei Earl's gewesen, um ...«

»Um uns dort einen guten Burger zu gönnen. Na klar, Junge. Darauf kannst du wetten!«, freute sich Leonhard. *Okay, das wars*, dachte George. Der Alte hatte definitiv über *das Gloria* gesprochen, das erst vor einem halben Jahr eröffnet worden war. George wusste nicht so recht, was er nun denken oder fühlen sollte. Auf der einen Seite fühlte er sich jedoch ganz klar verarscht. Leonhard hatte ihn ganz offensichtlich angelogen. Da waren stets Anzeichen dafür gewesen, dass nicht alles so ganz stimmig war, was George zunächst beschlossen hatte, zu ignorieren. Aber diese Geschichte war ein ganz deutlicher Beweis dafür, dass diese ganze Situation unnatürlich war. *Aber warum nur hatte er mich angelogen?*, fragte sich dieser. *Warum sollte er das tun? Mit welcher Absicht?* George kam zu der Schlussfolgerung, dass die Frage danach, *wer* ihn dazu gebracht hatte, wohl doch um einiges wichtiger war, und da gab es eigentlich nur zwei Optionen; Ray oder Dolores. Warum nur sollte Dolores Leonhard zu solch einer Scharade anstiften? Vielleicht, weil sie George davon abhalten wollte, weiter nach seinem Vater zu suchen? Um Ray weiterhin aus ihrem Leben herauszuhalten? Um George davor zu beschützen, noch einmal von seinem Vater verletzt zu werden? Und das aus einigen guten Gründen. Da Ray vielleicht einfach zu unzuverlässig war? Da Ray selbst seinen Sohn vielleicht gar nicht wiedersehen wollte? Georges Kopf drehte sich. Konnte wirklich seine Mutter dahinterstecken? Konnte er sich das wirklich vorstellen? Eher nicht. Außerdem hatte Dolores gar nicht wissen können, dass George zufällig auf Ray gestoßen war. Die Wahrscheinlichkeit, dass Ray selbst dahintersteckte, war deutlich höher. Dass es Ray war, dem er in der ersten Nacht versucht hatte, zu folgen. Dass es Ray war, der wahrscheinlich die schöne Rothaarige in dem goldenen Kleid bezahlt hatte. Obwohl Dolores das auch fertiggebracht hätte, musste es einfach Ray gewesen sein. *Es war definitiv Ray*, entschied George. Das ergab Sinn. Und vielleicht ging es hierbei auch gar nicht darum, George davon zu überzeugen, dass sein Vater verschwunden war. Vielleicht ging es vielmehr darum, dass Leonhard ihm all diese guten Geschichten über Ray erzählen sollte, sodass George umso glücklicher wäre, seinen Vater wiederzusehen. *Aber eigentlich machte das auch nicht viel mehr Sinn*, dachte er plötzlich. *Er wusste doch, dass ich ihn aktiv gesucht habe. Warum sollte ich nach ihm suchen, wenn ich ihn gar nicht sehen möchte?* In Georges Kopf drehte sich alles schneller und schneller.

»Junge, geht es dir gut?«, fragte Leonhard ihn plötzlich. Er hatte bis eben einen ausführlichen Monolog über seinen Lieblingswestern und Sergio Leone gehalten, sodass ihm gar nicht aufgefallen war, dass George überhaupt nicht zugehört hatte.

»Nur müde, mein Freund.«

»Ah, ich verstehe, Junge.« George legte Leonhard trotz allem freundschaftlich eine Hand auf seine Schulter und wünschte ihm eine gute Nacht. Jedoch ließen ihn die Gedanken an Ray und diese Scharade keine gute Nacht finden. Es folgte mal wieder eine schlaflose Nacht.

Als er am nächsten Morgen am Küchenfenster stand und seinen Kaffee genüsslich schlürfte, sah George, wie ein Umzugslaster vor dem Haus hielt. Für einen kurzen Moment geriet er in Panik. *Zog etwa Lizzy aus ihrer Wohnung?*, dachte er und stürmte aus seiner Wohnung in den

Flur. Ihre Tür war jedoch nach wie vor verschlossen und die Stimmen der Umzugshelfer, die aus dem Erdgeschoss kamen, blieben auch im Erdgeschoss. Nachdem er für ganze zehn Minuten zwischen seiner und Lizzys Wohnungstür gestanden hatte, sah er endlich ein, dass es hierbei nicht um Lizzy ging. Er beruhigte sich langsam wieder und ging zurück in seine Wohnung, zurück in seine Küche. George ging zum Fenster, schlürfte weiter an seinem Kaffee und schaute gedankenverloren auf den verlassenen Umzugslaster. Das Nächste, das er erblickte, überraschte ihn jedoch. Er erblickte, wie sein gut aussehender Nachbar Harry Umzugskartons in den Laster brachte. *Zieht er tatsächlich aus wegen mir?*, wunderte sich George. Sein Verdacht bestätigte sich, als Harry plötzlich in Richtung Georges Küchenfenster schaute. Er sah doch recht verängstigt aus. Die ganze Sache brachte George zum Lachen. Er war nicht stolz darauf, dass er sich mit Harry geprügelt hatte. Das war ihm eigentlich viel zu primitiv vorgekommen. Außerdem hatte er an jenem Abend auf eine unschöne Art die Kontrolle über sich verloren. Dennoch, es fühlte sich gut an, dem eitlen, arroganten Harry eine Lektion erteilt zu haben. Es fühlte sich sogar verdammt gut an, und er wusste, dass er sich dieses Gefühl nicht mehr wegnehmen lassen würde. In den letzten Wochen, ja Monaten, hatte er einen ganzen neuen Teil von sich kennengelernt. Einen Teil, den er bis dato scheinbar unterdrückt hatte. Weil er stets zu still, zu passiv und zu neutral gewesen war, hatten manche Leute die fixe Idee, ihn nicht ernst nehmen zu müssen. Ohnehin hielten die meisten Menschen ihn für einen harmlosen Teddybären. Aber jetzt fing der Teddybär scheinbar langsam an, sich in einen richtigen Bären zu verwandeln. Vielleicht sogar in einen Grizzlybären?

KAPITEL 27

Nachdem er lange und ausführlich geduscht hatte, stieg er aus der Dusche und trocknete sich mit einem semisauberen Handtuch ab, das mit permanenten Flecken übersät war. Er konnte sich schlichtweg nicht mehr daran erinnern, wann er angefangen hatte, es zu benutzen. Letzte Woche? Die Woche davor? Sein Badezimmer sah furchtbar aus. Die Fliesen, die Armaturen sowie der Schmutz waren bereits seit Ewigkeiten in diesem Badezimmer. Der Schmutz hatte sich schon vor sehr langer Zeit mit den Fliesen, Armaturen und dem klapprigen Regal, in dem noch ein paar weitere mehr oder weniger saubere Handtücher lagen, auf ewig vereint. In dem klapprigen Regal zwischen Tür und Dusche lagen zudem noch ein rostiger Rasierer und eine Zahnbürste, deren Borsten sich bereits weit nach links und rechts bogen – wie das Rote Meer, als Moses seine Leute raus aus Ägypten führte.

Hätte er sein Badezimmer auch nur ab und zu sauber gemacht, würde es gar nicht so schäbig aussehen. Gehörte er womöglich zu jenen Menschen, die der Auffassung sind, dass ein Badezimmer selbstreinigend sei, da dort stets Wasser fließt? Er hatte die kleine Nasszelle ohne Fenster wahrscheinlich nicht öfter als zwei- bis dreimal gereinigt, und genau aus diesem Grund waren die ehemals hellgelben Fliesen nun ockerbraun, die Armaturen grün und seine Bademate bestand mindestens zur Hälfte aus seinen Haaren.

Nachdem er sich abgetrocknet und rasiert hatte, ging er in sein Schlafzimmer. Es war nur spärlich eingerichtet. Da war lediglich ein Bett, dessen Laken ähnlich semisauber waren wie seine Handtücher, ein Plattenspieler, ein Kleiderschrank und ein großer Spiegel, in dem er nach wie vor einen gut aussehenden Mann antraf. Einen Mann, der irgendwie nicht so ganz zum Zustand seiner Wohnung passte. Im Vergleich zum Badezimmer konnte sein Schlafzimmer durchaus als sauber und ordentlich bezeichnet werden, da er ja hier auch nun einmal in regelmäßigen Abständen eine Lady hinbrachte.

Er zog sich an und machte sich ausgehfertig. Wie eh und je trug er ein sauberes frisch gebügeltes Hemd und Hose. Seine Schuhe waren ordentlich poliert. Er roch gut. Er roch frisch geduscht und nach Aftershave und Haarwachs. Er war fertig für die Nacht. Mit seinem Lieblingspub würde die Nacht wie gewohnt losgehen. Bevor er seine Wohnung verließ, ging er noch einmal in sein Wohnzimmer, in dem der Fernseher lief. Er hatte ein Fußballspiel angemacht, was nun recht laut durch seine Wohnung hallte. Eigentlich war ihm das Spiel egal gewesen, aber seine Anwesenheit ließ ihn sich weniger allein fühlen. Er schaltete den Fernseher aus, zog seine Jacke an, nahm das Päckchen Zigaretten, das auf dem kleinen Esstisch lag, steckte seine Schlüssel ein und sah ein letztes Mal in den Spiegel, der im Flur hing. Danach verließ er seine Wohnung.

Es war ein heißer Tag gewesen. Aber nachdem es am Nachmittag ordentlich geregnet hatte, war die Luft auf eine angenehme Temperatur gesunken. Die Luft roch einfach wunderbar. Sie roch nach Asphalt und Zement, die sich abgekühlt hatten. *Wunderbar*, dachte er und zündete sich eine Zigarette an!

In seinem Lieblingspub war es wie immer. Seine alten Kumpel warteten bereits auf ihn. Ihn, der immer noch der Mann der Stunde für sie war. Sie schauten alle auf ihre Art zu ihm auf. Sie fühlten sich wohl in seiner Gegenwart. Er gab ihnen etwas, dieses besondere Gefühl, Teil von etwas Gutem, Wichtigen, zu sein. Er war ein gut aussehender, charismatischer und im gleichen Maße warmherziger Mann. Natürlich schauten sie auch zu ihm auf, da er nach wie vor äußerst erfolgreich bei den Damen war. Es gab durchaus einige jüngere Frauen, die ihn attraktiv fanden. Er jedoch bevorzugte Frauen in seinem Alter. Nachdem er mit einer Frau geschlafen hatte, hörte er gerne eine seiner Lieblingsplatten. Er hatte einfach keine Lust, dabei jedes Mal erst erklären zu müssen, wer diese Musiker waren. Mit Frauen in seinem Alter, so glaubte er, würde das nicht passieren. Sie sagten meistens so etwas wie, *oh, dieser alte Kram. Hörst du denn nie mal Radio, wo sie aktuellere Sachen spielen?* Diese Kommentare ignorierte er jedes Mal höflich, da sie immerhin wussten, wer diesen alten Kram, den er so liebte, geschrieben hatte.

In jener Nacht war er nicht wirklich in Stimmung für ein kleines *Nümmerchen* gewesen. Er wollte viel lieber mit seinen alten Kumpeln abhängen. Im letzten Sommer war ihr geliebter Freund Barry ganz unerwartet verstorben; Herzinfarkt. Mit seiner Beerdigung, die sie natürlich schmerzlich an ihre eigene Sterblichkeit erinnert hatte, musste die alte Gang eine wichtige Entscheidung treffen. Sollten sie A von nun an gesünder leben? Oder sollten sie B von nun an noch mehr rauchen und trinken und jeden Tag so leben, als wäre es ihr letzter? Biologische zuckerfreie Grausamkeit versus eines fünfzehn Jahre alten Whiskeys und Fish and Chips nach einer durchlebten Nacht. Die Entscheidung war schnell getroffen. Es wurde Option B und seitdem benahmen sich die alten Herren, als wäre jede dieser Nächte ihre letzte, und ganz besonders wichtig war, sich regelmäßig zu sehen.

»Barry hätte das gefallen«, sagten sie bei jeder Runde Shots, um ihre Entscheidung zu legitimieren.

»Auf Barry!«

»Auf Barry!«

»Auf Barry, den alten Bastard!«

Sie hatten eine wunderbare Nacht. Sie hatten eine Flasche guten Whiskey, ein paar Zigarren und ein paar nette Ladys als Gesellschaft. Obwohl sie für seinen Geschmack schon etwas heruntergekommen waren. Dennoch benahm er sich ihnen gegenüber wie ein Gentleman.

»Ich verpiss mich, ihr alten Säcke«, sagte Jimmy als Erster, um seinen Heimweg anzutreten.

»Geht's dir gut, Kumpel? Oder möchtest du, dass dich einer, der wirklich was verträgt, nach Hause bringt?«, scherzte Henry und der Rest der Truppe fing an zu lachen.

»Ach, fick dich, Lieberman!«, lallte Jimmy leicht, winkte seinen Freunden noch zum Abschied und dann verschwand er die Sommernacht.

»Meine werten Herren, ich sollte auch gehen. Ich bin morgen bei meiner Tochter eingeladen und meine Enkel sind dann immer so *Opi hier, Opi da, Opi zum Teufel hier drüben*. Ihr versteht schon. Und deshalb brauche ich jetzt 'ne Mütze voll Schlaf.« Und mit diesen Worten verließ Miles als nächster die gemütliche Runde.

Er jedoch wartete noch, bis auch noch seine restlichen Freunde den Pub verlassen hatten. Er liebte die Atmosphäre, kurz bevor der Laden geschlossen wurde, und als er dann endlich seine sieben Sachen zusammenpackte, waren da lediglich noch vier oder fünf Gäste im Pub. Zwei jüngere Frauen, die sich gut zu amüsieren schienen, da sie über irgendetwas köstlich lachten. Ein Obdachloser, der für gewöhnlich das eine oder andere Bier auf Kosten des Hauses bekam. Der Besitzer hatte ein großes Herz. Dann war da noch ein jüngerer leicht kräftiger gebauter Mann, der an der Bar saß. Dieser junge Mann weckte seine Aufmerksamkeit. Sein wunderschönes kastanienbraunes lockiges Haar erinnerte ihn auf eine schmerzhafte Weise an jemanden. An jemanden, an den er fast stündlich dachte – seinen Sohn. Plötzlich musste Ray an seinen Sohn George denken, den er unendlich vermisste. Es verging kein Tag, an dem er nicht an George dachte, und natürlich auch an Dolores. Diese wunderbare Frau, die ihm seinen Sohn geschenkt hatte. Er dachte jeden Tag daran, wie er sie beide verlassen hatte.

Ray verließ den Pub, zündete sich eine Zigarette an und wartete darauf, dass der junge Mann auch rauskommen würde. Als der jüngere Mann endlich über die Schwelle des Lokals trat, brauchte Ray nur einen kurzen Blick, um zu erkennen, dass es wirklich sein Sohn George war. Ray war den Tränen nahe. *Mein Junge*, dachte er wehmütig. Bevor George jedoch ganz aus der Tür getreten war, fing Ray an zu gehen. Er ging mal wieder weg von seinem Kind. George zu sehen, ließ ihn auch Panik spüren. Er hätte seinen alten Herrn bestimmt auch wiedererkannt. Immerhin sah Ray noch ganz genauso wie früher aus, nur halt deutlich älter. Aber was wäre, wenn George sich von Ray angewidert fühlen würde? Ray selbst war von sich angewidert wegen der Sache vor rund 30 Jahren. Dennoch, er war so glücklich, seinen Jungen hier zu sehen. Sein geliebter kleiner George. Jedoch hatte er auch so große Angst, alles nur noch schlimmer zu machen. Was er ja auch schon längst getan hatte. Da war etwas, das er George erzählen musste, aber er war noch nicht so weit. Würde er überhaupt jemals bereit dazu sein? Ray brauchte mehr Zeit. Viel mehr Zeit. Er musste die Sache langsam angehen.

So lief er in jener Nacht vor George davon, obwohl er ihn doch so gerne gesprochen hätte. Es gab nichts, nach dem er sich mehr gesehnt hatte. Ray lief weiter, bis er plötzlich hinter sich einen Schlag hörte. Er drehte sich um und sah, wie George auf dem Boden saß, während jemand von ihm weglief. *Das muss ein Dieb gewesen sein*, dachte Ray. *Ein dreckiger kleiner Dieb hat meinen Jungen überfallen.* Aber Ray blieb einfach stehen. So sehr ihn dieser Anblickt auch schmerzte, entschied er sich dazu, lediglich abzuwarten, ob George wieder aufstehen würde oder ob er Hilfe holen müsse. Als George endlich aufstand und wieder begann zu laufen, spürte er tiefe Erleichterung. Ray wartete, bis George ein paar Meter gelaufen war, und fing dann an, ihm zu folgen. Er wollte sichergehen, dass George nach

Hause kommen würde, und natürlich wollte er auch wissen, wo dieses Zuhause war.

Seit jener Nacht wartete Ray jeden Abend darauf, dass sein geliebter Junge das Haus verließ, um ihm dann zu folgen. Jede einzelne Nacht.

Kapitel 28

Bevor sie George endlich ihre Aufmerksamkeit widmete, schrieb Dr. Manville ganz energisch irgendetwas in ihre Notizen. »Es tut mir leid, George. Ich bin in einer Minute bei Ihnen. Es ist nur so, dass ...«, die Therapeutin beendete nicht einmal ihren Satz. Sie war viel zu sehr mit ihren Notizen und dem scheinbar vorangegangenen Fall beschäftigt. *War der Typ vor mir etwa ein noch größerer Spinner?*, wunderte sich George? *Was hat er denn angestellt? Mit seiner Mutter geschlafen?*

»Okay«, Dr. Manville fing nun endlich seine Sitzung an. »Nochmals, entschuldigen Sie die Verzögerung. Worüber möchten Sie heute reden?«

»Wie wäre es mit meinem Vater, der mich verarscht hat?«, schnappte George in ihre Richtung.

»Richtig! Hatten wir darüber gesprochen, wie Sie letztendlich herausfanden, dass Leonhard Sie, sagen wir mal, an der Nase herumgeführt hatte?« George gab der Therapeutin einen Blick, der sie hätte töten können.

»Ich denke schon.« Er war nun noch wütender.

»Ich verstehe, die ganze Sache macht Sie immer noch wütend.«

»Aggressiv!«

»Gut, dann halt aggressiv. Wenn ich mich richtig erinnere, hatten Sie davon erzählt, wie Leonhard sich beim Erzählen einer Geschichte verheddert hatte und Sie somit herausgefunden hatten, dass er Sie die ganze Zeit über belogen hatte, richtig?«

»Dieser alte Wichser hat sich einfach saublöd angestellt«, unterbrach George seine Therapeutin. Er fühlte in keiner Weise das Bedürfnis, sich für seine Ausdrucksweise zu entschuldigen. »Er hat mir die ganze Geschichte davon erzählt, wie er und mein feiner Herr Vater regelmäßig dieses Kino, das erst seit sechs Monaten geöffnet hatte, besuchten. Und dieser alte Bastard bemerkte seinen Fehler noch nicht einmal dann, als ich immer und immer wieder nachgebohrt habe. Dieser Vollidiot hat einfach immer weiter erzählt.«

»Okay«, unterbrach Dr. Manville Georges verbalen Wutausbruch. »Ich frage Sie jetzt lieber nicht, wie Sie sich gefühlt haben, als Ihnen das klar wurde.«

»Danke, Doc!«

»Aber wie haben Sie reagiert, als Ihnen klar geworden ist, dass Ihr Verdacht bestätigt wurde. Ich meine, haben Sie einen Moment gebraucht, bis es sich gesetzt hat, oder sind Sie direkt wütend geworden?«

»Das ist tatsächlich eine gute Frage. Ich wusste nicht mal wirklich, ob ich in jenem Moment auf Leonhard sauer sein sollte.« George hatte sich wieder ein wenig gefangen. »Meine allererste Reaktion war, glaube ich, Leonhard zu sagen, dass ich müde wäre und deshalb nach Hause gehen wolle. Ich meine, wenn ich dem klapprigen alten Sack eine verpasst hätte, wäre der doch nie wieder aufgestanden. Also habe ich mich fürs Erste zusammengerissen und ihn da stehen lassen. Und ganz ehrlich, den Spaziergang nach Hause hatte ich echt nötig in dem Moment. Weil ich, während ich so vor mir hinlief, über einiges nachgedacht habe. Sie wissen schon, ob mein Vater oder vielleicht doch meine Mutter dahinterstecken würde.«

»Haben Sie mal mit Ihrer Mutter darüber gesprochen? Ich meine, es ist doch recht interessant, dass Sie sich sie auch als Strippenzieherin vorstellen konnten«, bemerkte die Therapeutin. »Was ließ Sie daran denken, dass Ihre Mutter vielleicht dahinterstecken könnte?«

»Sie wissen ja, dass meine Mutter eine passionierte Mutter ist?«

»Oh ja, absolut!«

»Zunächst dachte ich, dass sie vielleicht immer noch Kontakt zu Ray hatte. Ray und Leonhard oder vielleicht auch einfach nur Leonhard. Immerhin hatten sie sich ja scheinbar gekannt. Ich dachte, dass sie ja möglicherweise Leonhard dazu angestiftet haben könnte, mir nachzulaufen, um mir ein paar nette Geschichten über meinen Vater zu erzählen, jedoch auch, dass er scheinbar die Stadt verlassen hätte. Damit ich nicht auf die Idee komme, weiter nach ihm zu suchen. Ich dachte mir, so absurd diese Theorie auch klingen mag, dass Dolores so etwas wirklich geplant haben könnte, um Ray weiterhin aus meinem Leben rauszuhalten.«

»Um Sie zu schützen vor weiterem Schmerz. Ja, das könnte durchaus Sinn machen.«

»Schon. Aber letzten Endes war die Theorie dann doch etwas vage. Ich meine, nicht der Teil, was sie sich dabei gedacht hätte und wie sie es hätte umsetzen wollen. Jedoch, wie es dazu gekommen wäre. Wie gesagt, wie hätte meine Mom wissen sollen, dass ich in jener Nacht einen Mann gesehen hatte, der mein Vater hätte sein können.«

»Nun ja, durch Ihren Vater«, sagte Dr. Manville so leise, als hätte sie diese Worte doch lieber nicht gesagt. Danach herrschte für einige Minuten eisige Stille, bis die Therapeutin versuchte, ihren Fehler wiedergutzumachen. Sie hätte es einfach nicht sagen sollen. Was hatte sie sich dabei nur gedacht? »Dennoch«, begann sie vorsichtig, »hätte sie es wahrscheinlich auch nicht gemacht, da sie Sie damit auch nur noch mehr dazu hätte bringen können, Ihren Vater sehen zu wollen.« George schaute sie nicht an, aber er nickte zustimmend, was für jemanden wie ihn in solchen Momenten eine große Geste sein konnte.

»Richtig«, grummelte er. »Und außerdem ist Dolores auch nicht gerade eine Strippenzieherin.« Plötzlich musste George lachen, was seine Therapeutin mehr als überraschte. »Wenn die gute alte Dolores gesehen hätte, in welchem *Zustand* Leonhard war, hätte sie ihm bestimmt erst mal ein Make-over verpasst. Dem schäbigen alten Bastard«, lachte er. »Sie würde ihn komplett neu einkleiden, nachdem sie ihn in einen dieser Schönheitssalon geschleppt hätte.« Der Gedanke darüber, wie Dolores den schäbigen alten Leonhard von Geschäft zu Geschäft schleifen würde, wo er pausenlos Hemden und Hosen anprobieren müsste, amüsierte George sichtlich. Genauso wie die Vorstellung darüber, wie Leonhard in einem Schönheitssalon gequält werden würde. In Georgs perfekter Welt hätten sie damit angefangen, sämtliche Nasenhaare zu zupfen.

»Wie schlafen Sie zurzeit eigentlich, George?« Dr. Manville riss ihn mit der Frage aus seinen Gedanken, jedoch zuckte George nur mit seinen Schultern.

»Weiß nicht«, antworte er mal wieder. Bevor Dr. Manville jedoch das fühlen konnte, was sie bei dieser Phrase seinerseits stets fühlte – Verzweiflung –, fügte George noch hinzu: »Weiß nicht. Ich weiß es wirklich nicht. Ich weiß, dass ich etwas träumen muss, da ich ja jeden Morgen ohne Decke und Kissen im Bett aufwache, weil ich sie nachts aus dem Bett getreten haben muss. Aber so wild die Träume auch sein müssen, ich kann mich einfach an nichts erinnern.«

»Ich verstehe. Wissen Sie, dass macht das Unterbewusstsein oftmals als eine Art Schutzfunktion. Ich meine, Sie wissen ja, inwieweit Albträume einen Menschen verändern können.«

»Puh!«

Die Nacht, in der George herausgefunden hatte, in welcher Scharade er sich mit Leonhard befunden hatte, schlief er einen ungewöhnlich traumlosen Schlaf von guten fünf Stunden. Für die meisten Menschen wären fünf Stunden Schlaf wahrscheinlich zu wenig gewesen. Für jemanden wie George, der an einem massiven Schlafmangel litt, waren es jedoch fünf traumhafte Stunden. George wunderte sich dennoch aufrichtig darüber, warum eine

Enthüllung wie diese ihn besser und länger hatte schlafen lassen, als er das die Monate zuvor getan hatte, und ganz besonders wunderte er sich darüber, warum ihm solch eine Enthüllung keinerlei Träume beschert hatte; besonders Albträume.

»Nun ja, das ist nicht gänzlich überraschend.«

»Wie meinen Sie das, Dr. Manville?«

»Nun ja, Sie waren, oder sind es noch immer, äußerst verärgert über das Schauspiel Ihres Vaters. Was ich sehr gut verstehen kann. Nun wussten Sie, dass Ihr Vater in der Nähe war und sich um Sie, nun ja, *gekümmert* hat. Ihm lag ja scheinbar viel daran, dass Sie ihn mögen. Hm, ihn wieder lieben würden.«

»Aber er hat mich an der Nase herumgeführt«, George klang wieder etwas empört.

»George«, begann die Therapeutin und schaute ihm dabei tief in die Augen, was George irritierte. »George, ich weiß, dass Sie ein intelligenter Mann sind, der genau hinschaut, wenn Sie verstehen? Und deshalb weiß ich, dass Sie ganz genau wussten, was Rays Intention gewesen war. Denken Sie nicht auch?« George schaute nur verlegen auf seine Hände. Nun wusste Dr. Manville, dass sie ihn auf eine Art ertappt hatte. »Ich will ja nicht sagen, dass das alles sonderlich erwachsen und ehrlich von ihm war. Eher im Gegenteil, George. Um sein Ziel zu erreichen, hat Ray nun einmal Leonhard vorgeschickt, um Ihnen all diese netten Sachen über ihn zu erzählen. Er wollte wahrscheinlich wieder zu Ihrem Kindheitshelden werden, der für viele Kinder ja nun einmal der Vater ist.«

George blieb weiterhin still. Nicht nur, dass sie ihn irgendwie *ertappt* hatte. Obendrein hatte sie es geschafft, dass er sich nun schuldig fühlte.

»Verteidigen Sie ihn jetzt etwa?«, sagte er endlich.

»Nein! Absolut nicht«, verteidigte sich die Therapeutin nun selbst. »Aber es ist nun mal mein Beruf, hinter die

Kulissen des Handelns der Menschen zu schauen. Sonst würde ich meinen Job einfach nicht richtig machen. Ich weiß auch nicht, George. Ich meine, nach allem, was passiert ist, verstehe ich nur zu gut, was dieses Thema – Ihr Vater – für Gefühle in Ihnen auslösen muss. Dennoch sollten wir versuchen, objektiv zu bleiben.

»Ich möchte jetzt gehen«, sagte George plötzlich und stand von der Couch auf.

»George! Bitte!«

»Kann ich gehen oder bekomme ich dann Ärger, weil ich die Sitzung früher beendet habe?«

»George? Nein, Sie werden keinen Ärger bekommen. Aber sind Sie sich sicher, dass Sie die heutige Sitzung so beenden möchten? Wir sollten das hier noch aufklären, bitte!«

»Aber wozu denn, hä? Es kann doch eh nicht besser werden«, schrie er. George stürmte aus Dr. Manvilles Büro und schmiss ihre Tür hinter sich zu.

Wieder zurück auf seinem Bett lag George für einige Zeit dort und tat nichts anderes, als an die Decke zu starren und zu weinen. Über diese Zeit zu reden, verletzte ihn tief. Was wäre, wenn er überreagiert und deshalb verdient hatte, für immer in diesem Zimmer zu verrotten? Ohne Molly. Ohne die Freiheit, jederzeit hingehen zu wollen, wo er möchte. Ohne Molly, ohne Dolores. Ohne Molly.

Kapitel 29

»Was meinst du damit, Kumpel? Du willst nicht zum Pokern kommen?«

»Wie ich schon gesagt habe, ich fühle mich heute nicht besonders.«

»Oh, Ray!«

»Beruhig dich, Leonhard, ich kriege keinen Herzinfarkt oder dergleichen, okay? Es ist nur so ... ähm ... ja.« Ray suchte verzweifelt nach einer glaubhaften Ausrede. Er hätte sich einfach besser auf dieses Telefonat vorbereiten sollen. »Ja, also ... ich hatte gestern Damenbesuch. Du weißt schon.«

»Oh, Ray«, antwortete Leonhard nun in einer ganz anderen Tonlage.

»Ja, und es wurde ein wenig später. 04:00 Uhr morgens oder so.«

»Mann, du alter Aufreißer«, Leonhard schnarchte ein Lachen. »Mann, wie machst du das bloß? Mit den Ladys?«

»Puh, ich kann es dir auch nicht sagen.«

An diesem Abend plante er, zum Pub zu gehen, anstatt zum Poker beim guten alten Leonhard. An diesem Abend wollte er inkognito unterwegs sein. Denn auch Ray wollte sein lang vermisstes Familienmitglied wiedersehen. Er benötigte etwas Vorbereitungszeit, bevor er seinem geliebten George höchstpersönlich begegnen würde. Fürs Erste reichte es Ray, herauszufinden, ob George zu seinem Lieblingspub zurückkommen würde. Würde sein Sohn zurückkommen, dann mit hoher Wahrscheinlichkeit, weil er Ray erkannt hatte. Allerdings gäbe es da ja auch noch eine weitere Option, dachte er. Option B wäre, dass George ihn eben nicht erkannt hatte und deshalb nicht zurückkommen würde. Oder, Option C, er hat ihn nicht erkannt. Jedoch hatte er sich wie sein alter Herr einst in

den ranzigen, aber dennoch gemütlichen Schuppen verliebt. Was für eine schier erschlagene Auswahl an Optionen. Rays frisch frisierter Kopf fing an, sich zu drehen.
Letzten Endes gab es nur eine Möglichkeit, es herauszufinden – Ray musste ins Dancing Sailor, dem Pub seines
Vertrauens.

Er stand zunächst eine Weile vor seinem Lieblingspub
und rauchte eine Zigarette nach der anderen. Er war genauso nervös wie damals, als er im zarten Alter von 13
seine Unschuld verloren hatte. Ray war doch recht früh-
reif gewesen, ganz im Gegenteil zu seinem Sohn. Hinter
Mädchen und später dann Frauen her zu sein, war stets
ein wichtiger Bestandteil seines Lebens gewesen. Neben
seinem gesunden Appetit auf Sex hatten sie ihn auch stets
fasziniert. Was und wie sie dachten, fühlten, wie sie sich
bewegten und was jede einzelne seiner Eroberungen so
richtig in Fahrt gebracht hatte. Mittlerweile konnte er
von einem ausgiebigen Fundus an sexuellen Erfahrungen
(Schwierigkeitsgrade variierend) zehren. Frauen hatten
stets sein Leben dominiert. Ray war süchtig nach ihnen
gewesen. Sie hatten ihn verrückt gemacht, und aufgrund
seines guten Aussehens und seines Charismas hatte er immer genügend Gelegenheiten gehabt, sein liebstes Thema
zu studieren.

In jener Nacht jedoch wollte Ray ein anderes Lieblings-
thema studieren; seinen Sohn George. Er hatte beobachtet,
wie George den Pub gegen 11:00 betreten hatte. Seitdem
hatte er draußen hinter den Mülltonnen gestanden und
auf die Tür des Lokals gestarrt. Seinen Sohn an diesem
Abend wiedergesehen zu haben, hatte ihn so unendlich
glücklich gemacht, dennoch mischte sich in seine Freude
auch Bitterkeit. *Was wäre, wenn es noch eine Option D geben
würde? Was wäre, wenn er zurückgekommen wäre, um mir die
Meinung zu geigen oder mir eine reinzuhauen, nachdem er es
endlich herausgefunden hatte?*, befürchtete Ray.

Da George nun ein zweites Mal zum Pub gekommen war, gab es Option A (er kam, um seinen Vater wiederzusehen), Option C (er kam nur des Pubs zuliebe) und Option D (er kam, um seinem Vater ordentlich eine zu verpassen). Auch wenn Ray wusste, dass er Option D durchaus verdient hätte, wollte Ray doch lieber auf Nummer sichergehen. Er musste ganz genau wissen, welche Absichten sein Sohn verfolgte. *Aber wie zum Teufel sollte er das anstellen?*, fragte sich der gute alte Ray. Vorzugeben, jemand anderes zu sein, wäre eine lächerliche Idee.

Plötzlich war seine Aufmerksamkeit wieder voll und ganz bei der Tür des Pubs. Nachdem für 30 Minuten niemand rein- oder rausgegangen war, öffnete sich endlich wieder die Tür. Und da war er: George. Seine wunderschönen kastanienbraunen Locken wurden von der Straßenlampe, die direkt neben dem Pub stand, erleuchtet. Trotz seiner pummeligen, etwas ungepflegten Art sah er so sehr wie seine Mutter aus, romantisierte Ray. Die wunderschöne Dolores. Auf eine männliche Art hatte er die meisten Gesichtszüge vor ihr geerbt. Ihre stahlblauen Augen, ihr sanfter Blick, ihre schönen hohen Wangenknochen. Aufgrund von Dolores' blondem und Rays dunklem, aber auch leicht rötlichem Haar war George mit seinem Schopf gesegnet.

»Er hat dein wunderschönes Lächeln, Baby«, hatte Dolores oftmals gesagt. »Er wird mal genauso ein Frauenheld wie du«, hatte sie des Weiteren oftmals gesagt. Manchmal als Kompliment, meistens jedoch als Vorwurf.

»Ich weiß auch nicht, Baby. Weißt du, woher er seinen Hang zum Übergewicht hat?«

»Hm, wahrscheinlich von deinem Onkel Stew.«

»Oh ja, richtig! Oh, armer Onkel Stew.«

Dennoch, für Ray war George stets sein hübscher kleiner Junge gewesen, der es liebte, etwas zu knabbern, während er seine Nase in einem Buch hatte. Während seine Eltern stets recht auf ihr Äußeres bedacht und kontaktfreudig waren, war George irgendwie immer das Gegenteil von all dem gewesen. Er war ein freundlicher, jedoch zurückhaltender, fast introvertierter Junge. Ray und Dolores gehörten zu den Menschen, die durch ihr gutes Aussehen und ihr Charisma scheinbar immer im Mittelpunkt standen. Was sie auch genossen haben. Auch George sehnte sich nach Zuneigung. Aufrichtige Zuneigung. Jedoch schien er davon nicht abhängig zu sein.

Von seinem Versteck aus beobachtete Ray, wie George sich auf den Heimweg machte. Er wartete noch einen kurzen Moment ab und fing dann an, ihm zu folgen. Für den Anfang reichte es Ray, George einfach noch einmal bis nach Hause zu folgen. Ob sein Sohn wohl eine eigene Familie hatte? Er wusste über seinen Jungen lediglich, wo er wohnte. Nachdem er Dolores und George verlassen hatte, hatte er ihnen noch einige Jahre danach etwas nachgestellt. Trotz allem wollte er sicher sein, dass es ihnen gut ging. Außerdem vermisste er die beiden furchtbar. Unzählige Male hatte er Dolores dabei beobachtet, wie sie ihren gemeinsamen Sohn zur Vorschule gebracht hatte. Unzählige Male hatte er Dolores dabei beobachtet, wie sie Erledigungen machte oder in ihr Fitnessstudio gegangen war. Er erinnerte sich nur allzu gut an ihre Gelenkigkeit. Nach einer Weile schien sich Dolores von allem erholt zu haben, und in dem Moment, als sie anfing, sich wieder mit anderen Männern zu treffen, hatte Ray aufgehört, ihr nachzustellen. Fortan schaute er nur noch nach George. Dolores mit anderen Männern zu sehen, konnte er schlicht nicht ertragen. Er hatte sie ja nach wie vor geliebt. Ray wollte sie. Wollte sie küssen, sie berühren. Ray wollte mit ihr schlafen. Bezüglich der Frage, was eine Frau so richtig in Fahrt bringt, war sie mit Abstand sein liebstes Objekt gewesen. Sie war so sinnlich und genoss jeden Teil des Aktes. *Aber jetzt durfte sie irgend*

so ein Arschloch mit seinen schmutzigen Händen begrabbeln,
fluchte Ray innerlich.

Auch George ging es in der Zeit nach Rays Verschwinden zunehmend besser. Er hatte seine Freunde und trotz seines zunehmenden Übergewichtes sah er dennoch gesund und munter aus. Als der Junge älter wurde jedoch – ungefähr in seiner beginnenden Adoleszenz –, hatte Ray damit aufgehört, ihm zu folgen. Auch nach acht Jahren war es für ihn immer noch schmerzhaft gewesen, seine Familie ohne ihn zu sehen. Er musste sich auf das Leben, das er gewählt hatte, konzentrieren. Das Leben ohne Dolores und George.

Dem erwachsenen George zu folgen, brachte all diese Erinnerung wieder zum Leben. Die Erinnerung, wie Dolores von einem anderen Mann geküsst wurde, nachdem er sie fest an sich gedrückt hatte. Die Erinnerung daran, wie Ray seinen Sohn hatte sagen hören, dass er keinen Vater habe. »Weiß nicht«, hatte er seinem Freund Jamie erzählt. »Der Mann ist einfach gegangen, ohne einen Brief oder so zu hinterlassen. Vielleicht schwirrt er hier irgendwo rum. Aber ganz ehrlich, ich habe keinen blassen Schimmer. Und es ist mir auch scheißegal. Wenn es nach mir geht, habe ich einfach keinen Vater.« Das hatte wehgetan.

Ray erinnerte sich auch daran, wie der dreizehnjährige Matti George mal gefragt hatte, wie es seiner heißen Mom denn so gehen würde. »Sag ihr, ich habe eine große Überraschung für sie«, hatte er gesagt und dabei wie ein notgeiler Idiot geklungen. Ray erinnerte sich auch daran, wie er Matti danach einen kleinen Streich gespielt hatte. Vorgebend, er sei der Direktor von Mattis Schule, hatte er dessen Mutter angerufen und ihr erzählt, dass Matti eine Schlägerei angezettelt hätte. Obwohl sich Mattis Mutter beileibe nicht vorstellen konnte, wie ihr schmächtiger kurzsichtiger Junge es geschafft haben soll, eine *Schlägerei* anzuzetteln, folgten für eben diesen Jungen Monate ohne Entertainment. Keine Videospiele, keine CDs, kein was auch immer.

In der Zwischenzeit waren George, und auch Ray, bei seinem Haus angekommen. Er beobachtete, wie sein Sohn scheinbar verzweifelt nach seinen Schlüsseln kramte. Das war tatsächlich mal eine Gemeinsamkeit zwischen Vater und Sohn; latentes Chaos gemischt mit unter der Oberfläche wabernder Vergesslichkeit. Die Tatsache, dass George in einer soliden Gegend wohnte, beruhigte ihn. *Vielleicht könnte ich ihm ja auch mal tagsüber folgen*, überlegte Ray. Er musste einfach wissen, ob sein Sohn eine eigene Familie hatte, die ja folglich auch die seine wäre.

Auch in der zweiten Nacht blieb Ray noch eine ganze Weile vor Georges Haus sitzen. Ganz fasziniert schaute er auf das Fenster, in dem drei Minuten, nachdem George das Haus betreten hatte, das Licht anging. Der Schatten eines kräftigeren Mannes in jenem Fenster lieferte ihm eine gewisse Bestätigung. *Bist das du, mein Junge?*

KAPITEL 30

Seit einigen Tagen nun war George auf der Suche nach Ray gewesen, während eben dieser George observiert hatte. Schon allein aufgrund der Tatsache, dass George immer wieder zu seinem Lieblingspub zurückkam, war Ray der glücklichste Mann der Welt. Selbst wenn sein Sohn zurückgekommen war, um ihm eine reinzuschlagen, war er doch wegen ihm wiedergekommen. Eine unglaubliche Wut auf Ray zu haben, war ja letzten Endes nichts anderes als eine Emotion. Es wäre ein Zeichen. Ein Zeichen dafür, dass ihm sein alter Herr in keiner Weise egal war. Aber George sah so gar nicht wütend aus. Vielmehr sah er verloren, verzweifelt und traurig aus, was Ray das Herz brach. Seinen geliebten Sohn so zu sehen, machte es ihm unglaublich schwer, die Scharade aufrecht zu halten. Dennoch tat er es. Wie hätte er denn allen Ernstes, nachdem er George und Dolores in aller Eile und ohne eine Nachricht verlassen hatte, zu ihm hingehen und etwas wie *Hey, Junge, wie lief es denn die letzten Jahre so für dich* sagen können? Wie hätte er bloß? Wie hätte er bloß nach all den Jahren ein Gespräch mit George anfangen können? Ray war auf der Suche nach einem geschmeidigen Einstieg für ihr erstes richtiges Wiedersehen.

George war hartnäckig. Auch nachdem er Ray nach so vielen Abenden nicht wiedergesehen hatte, war er dennoch nicht bereit gewesen, aufzugeben. Jede Nacht beobachtete Ray, wie George den Pub betrat und dort mehrere Stunden darauf wartete, dass sein Vater auftauchen würde. So sehr Ray auch von Georges ungebrochenem Willen erfreut war, musste er doch vorsichtig sein. Dennoch, er musste sich endlich etwas einfallen lassen, bevor sein Junge doch noch aufgeben würde. Rays erster Geistesblitz war dann, George kurzweilig abzulenken. Da er so die leise Vermutung hatte, dass sein Sohn aktuell über kein Sexleben, in das noch andere Menschen involviert waren, verfügte. Zudem war George aufgrund seiner Schüchternheit auch nicht gerade ein Womanizer, und deshalb entschied Ray, auf die Waffen einer Frau zurückzugreifen. Die schöne Arabella, die ihm noch einen Gefallen schuldig war, sollte es sein. Erst kürzlich hatte der gute alte Ray sie von einem widerlichen Freier befreit.

»Nur weil du sie bezahlt hast, heißt das nicht, dass du respektlos zu ihr sein darfst«, hatte er dem Typen noch gesagt, bevor er ihm die Nase gebrochen hatte. Aus reiner Notwehr natürlich. Und da er sich sicher war, dass sein Sohn eine Frau mit nichts anderem als Respekt behandeln würde, bat er Arabella darum, sich ihr schönstes Kleid überzuschmeißen und George eine kleine Aufmunterung zukommen zu lassen.

»Sei ein wenig nett zu ihm, Arabella!«

»Na klaro! Sieht er denn genauso gut aus wie du, Ray-Schätzchen?«

»Hm ... nun ja ... er hat das Gesicht der schönsten Frau der Welt.«

»Äh, wie bitte?«

»Ach, vergiss es einfach. Sei einfach etwas *netter* zu ihm, okay?«

»Natürlich! Was du willst, Ray-Schätzchen.« In der folgenden Nacht machten sich Ray und die Frau in Gold, Arabella, auf den Weg zu einer Straßenecke, von der Ray wusste, dass George sie auf seinem Heimweg passieren würde. Als Ray und Arabella gegen 02:15 George langsam in ihre Richtung kommen sahen, nahm jeder seine Position ein. Ray versteckte sich. Auch wenn er Arabella dazu angestiftet hatte, George einen Blowjob zu geben, fühlte er sich doch vielmehr so, als hätte er sie dazu angestiftet, George auszurauben. Ray hatte aus vielen Gründen ein schlechtes Gewissen. Denn auf vielerlei Weise war er die Ursache gewesen, warum sich sein Sohn so verloren fühlte. Warum er nachts durch die Straßen irrte. Warum er keinen Schlaf finden konnte, und es hatte alles bereits vor seiner Geburt begonnen; der ganze Schlamassel. Ray hatte eine falsche Entscheidung getroffen, die in etwas sehr Schönem resultierte. Etwas, das er nie wieder rückgängig machen wollte. Nicht in tausend Jahren. Leider hatte es jedoch auch in etwas sehr Furchtbarem resultiert. Etwas, das einigen Menschen Schmerz verursacht hatte.

Zur selben Zeit bereitete Arabella sich darauf vor, George die nächsten Minuten mit ihrem besonderen Service zu beglücken. Als sie zu ihm rüberging, erblickte sie einen Mann mit dem wärmsten Gesichtsausdruck, den sie jemals bei einem Menschen gesehen hatte, und auch wenn ihr Ray etwas anderes, etwas doch Seltsames, über Georges Gesicht erzählt hatte, erblickte sie dennoch auch Ray in den Gesichtszügen seines Sohnes. Arabella erblickte ihren langjährigen Freund, nur halt mit weicheren Gesichtszügen. Auch Ray hatte ein freundliches und vertrauenerweckendes Gesicht. Georges Gesichtsausdruck war jedoch so zerbrechlich, unsicher und gleichzeitig gab er den Menschen, die ihn anschauten, stets ein Gefühl, durch das ihnen das Herz erwärmt wurde. Er hatte immer diese bestimmte Aura gehabt. Ray konnte sich immer noch daran erinnern, wie die Leute im Supermarkt oder im Wettbüro, wo er mit dem Dreijährigen an den Wochenenden hingegangen war, stehen blieben und seinen kleinen Jungen einfach nur anschauten. So befremdlich diese Momente oftmals auch gewesen waren, so konnte Ray doch stets beobachten, wie freudig erstrahlt die Menschen seinen Jungen angeschaut hatten. Männer wie Frauen, alte wie junge, und auch wenn George aufgrund seiner Unsicherheit diese Menschen nie angelächelt hatte, musste er ihnen dennoch etwas gegeben haben. Ray hatte immer geglaubt, dass es Georges Augen waren, die ihm diese Wärme verliehen hatten. Jedoch war es schlicht immer Georges Unschuld gewesen. Diese Unschuld, die angefangen hatte zu verschwinden, in jenem Moment, als George realisierte, wie sehr er es genossen hatte, sich mit Harry zu prügeln. Und wie sehr er es genossen hatte, dass Harry danach so große Angst vor ihm gehabt hatte, dass er sogar ausgezogen war. Dennoch, diese Unschuld war noch nicht vollständig verschwunden, und deshalb fühlte Arabella beim Anblick von George das Gleiche, was die meisten Menschen bei seinem Anblick spüren.

Natürlich wollte Ray nicht mitansehen, wie Arabella seinem Sohn etwas Freude schenkte. Er war bereits auf dem Weg nach Hause, um George nicht mit heruntergelassenen Hosen sehen zu müssen. Physisch sowie metaphorisch. *Ich kann Arabella das jetzt aber nicht jede Nacht machen lassen*, dachte er so bei sich. Ray brauchte eine langfristigere Ablenkung. Eine elegantere Ablenkung, die ihm noch mehr Zeit im Hintergrund verschaffen würde. Eine Ablenkung, die George auf die tatsächliche Begegnung von Angesicht zu Angesicht vorbereiten würde. Das Einzige, was ihm da einfiel, war, jemand anderen vorzuschicken. Ein weiterer loyaler Freund, der den guten alten Ray erst einmal ins rechte Licht rücken würde. Welcher seiner Freunde würde ihm diesen Gefallen wohl tun? Die Wahl fiel schnell; Leonhard. Der treuste aller Freunde, Leonhard. Er könnte George ja vielleicht erzählen, dass Ray im Moment nicht in London wäre und seinen Sohn deshalb gerade nicht persönlich treffen konnte. Dennoch, George durch Leonhard glaubhaft zu machen, Ray wäre für eine Weile verschwunden, würde ja nicht ausreichen. Um die Ablenkung perfekt zu machen, musste George anfangen zu glauben, dass er seit der ersten Nacht quasi Leonhard gefolgt war.

»O...o...okay?«, stotterte Leonhard unsicher. »Und was genau ist jetzt dein Plan, Kumpel?«

»Du musst dir wirklich wegen nichts Sorgen machen, mein Freund«, versicherte Ray seinem zerstreuten Freund. »Da gibt es eigentlich nur eine Sache, die du tun musst, Len. Geh zu unserem Lieblingspub und schaffe es, dass mein kleiner Junge dich anspricht. Okay?«

»Dein *kleiner Junge* geht nachts in den ...«

»Nein!«, unterbrach ihn Ray schnell. »Nein. Ich nenne ihn halt einfach immer noch so. Du weißt doch, dass ich ihn verlassen habe. Ihn und Dolores, als er noch klein war. Okay?«

»Oh, ich verstehe, Ray«, stotterte Leonhard. »Sei nicht so hart zu dir selbst. Weißt du, mein Dad hat mich und meine Ma auch verlassen, als ich klein war. Und sieh mich an Ray! Aus mir ist doch auch etwas geworden.«

»Nun ja ... ähm ... ja klar.« Nun stotterte Ray. Aber dann schaute er seinen alten Kumpel an und ergänzte, »der beste Freund, den ein Mann haben kann.« Und er meinte es ganz genauso, wie er es gesagt hatte.

Um seinen Plan perfekt zu machen, schleppte Ray seinen alten Weggefährten zu seinem Lieblingsfriseur und ging mit ihm shoppen. Er kam natürlich für sämtliche Kosten auf. Letzten Endes brauchte es zwei volle Tage, um eine verträumte Version von Ray zu erschaffen. Aber dann war Leonhard fertig verwandelt. Von jetzt an trafen sie sich jede Nacht, bevor Leonhard George traf. Jede Nacht unterrichtete Ray seinen Freund darin, was er seinem kleinen Jungen erzählen sollte. Leonhard auf der anderen Seite berichtete darüber, was er seinem Sohn erzählt hatte und was dieser wiederum über seinen Dad wissen wollte. Alles schien wie am Schnürchen zu laufen und irgendwie schien auch jeder der drei Männer etwas Positives aus der Situation zu ziehen. George und Ray erfuhren mehr übereinander und Leonhard erhielt die ungeteilte Aufmerksamkeit seines geliebten Freundes und fühlte sich somit einfach nur gut. Alles schien wie am Schnürchen zu laufen, bis zu jener Nacht, in der Leonhard davon erzählte, wie oft er und Ray ins Gloria gegangen waren oder immer noch gingen. Bis zu jener Nacht, in der Leonhard von seiner schönsten Zeit mit dem guten alten Ray davongetragen wurde. Bis zu jener Nacht, in der Leonhard ein wenig zu viel Whiskey vor seinem Treffen mit George gehabt hatte. Von nun an musste Ray sich etwas anderes überlegen.

KAPITEL 31

Da lag er nun auf seiner unbequemen Pritsche und dachte darüber nach, wie es wohl Molly ginge. Sein kleines Mädchen mit den kastanienbraunen Haaren. Sein kleines Äffchen, das nun bei seiner Großmutter lebte. Sie hatte es gut bei Dolores. Daran bestand für George keinerlei Zweifel. Dennoch war die Tatsache, dass ihr Vater nun in der Geschlossenen lebte, sicherlich kein Grund für sie, Freudensprünge zu machen. Molly wollte ihren Vater unbedingt sehen. Das hatte ihm Dolores bei ihren fast täglichen Besuchen immer wieder gesagt.

»Die Kleine vermisst ihren Vater«, hatte sie ihm eindringlich gesagt und dabei seine Hand gedrückt, um die Lage zu verdeutlichen.

»Willst du wirklich, dass sie mich so sieht?«

»George!«

»Eigentlich will ich nicht mal, dass du mich so sehen musst.« George wurde energisch.

»Bitte tu das nicht«, flüsterte Dolores. »Bitte verbiete mir nicht, zu kommen«, weinte sie nun. George konnte ihr nicht antworten. Er hatte selbst einen dicken Kloß im Hals. Er schaute nach unten und drückte nun ihre Hand als Zeichen, dass er ihr nicht verbieten würde, ihn weiterhin zu besuchen. Nachdem beide Sugarmans für eine Minute leise vor sich hin geweint hatten, zog Dolores einen großen Umschlag aus ihrer Tasche.

»Das hat sie für dich gemalt, mein Schatz.« Dolores hatte eine Zeichnung aus dem Umschlag gezogen und sie vor George auf den Tisch gelegt.

»Schau, wie sehr sie dich liebt.« George zog das Bild zu sich rüber und erkannte einen dicklichen Mann, der ein kleines Mädchen auf den Schultern trug. Neben seiner Freude über Mollys Liebesnachricht an ihren Daddy brachte ihn das Betrachten dieses Kunstwerkes gezwungenermaßen auch ein wenig zum Schmunzeln. Molly hatte mit dem Unvermögen einer Sechsjährigen für Proportionen sich und ihren Vater gemalt. Dabei hatten Georges rotbraune Locken das Ausmaß eines Heiligenscheins angenommen. Molly ihrerseits war auf dem Bild fast genauso groß wie ihr Vater, und wie in jedem Bild, das von einem Kind stammte, durfte auch hier keine Sonne mit einem Gesicht fehlen.

»Ich werde es in meiner Zelle aufhängen, Mom.«

»Das ist gut! Darüber wird sie sich freuen.« Dolores klang hörbar erleichtert.

Und nun lag er da auf seiner unbequemen Pritsche, betrachtete sein heiligenscheintragendes Ich, das sein nicht ganz so kleines Mädchen auf seinen Schultern trug und stellte sich vor, wie Molly beim Schauen ihrer Lieblingsserie vor sich hin kicherte. In Wahrheit hatte Molly, seit ihr Vater nicht mehr bei ihr gewesen war, nur sehr selten gelacht oder gekichert. Sie waren für sechs Jahre wie Yogi Bär und Bubu gewesen. Nun aber waren sie für eine nicht absehbare Zeit getrennt.

»George, ich kann ja verstehen, dass Sie nicht möchten, dass Ihre Tochter Sie so sieht. Aber bedenken Sie eines: für Molly kann es sich anfühlen, als würden Sie sie für etwas bestrafen wollen.«

»Das ist doch Blödsinn!«, unterbrach George seine Therapeutin. »Ich habe sie noch nie für etwas bestraft. So etwas kennt sie von ihrem alten Herrn gar nicht«, grummelte er weiter.

»Aber wir reden doch hier nicht von Banalitäten wie die Tapete mit Wachsmalstiften zu dekorieren. Sie versagen Molly seit vier Monaten, den Menschen zu sehen, der ihr am nächsten steht.« Jetzt wurde George hellhörig.

»Und Sie haben ihr die Situation auch mit keinem Wort erklärt, wenn ich mich richtig erinnere. Mit einem Schlag waren Sie aus ihrem Leben verschwunden.«

Verdammt, die Seelenklempnerin hatte recht, dachte George. Jetzt brach es aus ihm heraus und er fing an, zu weinen. All die Zeit wollte er Molly nur beschützen und natürlich auch ihren Fragen ausweichen. Letzteres hatte er ja einfach auf Dolores abgewälzt, ohne sie zu fragen, geschweige denn, sich dafür bei ihr zu entschuldigen. Natürlich hatte er sich gegenüber Molly geschämt. Nachdem er der Kleinen monatelang seine scheinbar täglich wechselnden Gemütszustände zugemutet hatte, war er nun aufgrund eines Aktes völliger Unzurechnungsfähigkeit fast vollständig von ihr getrennt.

»Wenn ich sie sehe, dann ...«, George begann endlich zu sprechen, aber es blieb ihm im Hals stecken.

»Dann haben Sie Angst davor, was es mit Ihnen machen würde, richtig?«, ergänzte die Therapeutin.

»Ja«, hauchte George. Wenn er sie sehen würde, könnte er doch nie wieder so einfach zurück in seine Zelle gehen. Ihren Vater so zu sehen, würde Molly bestimmt zum Weinen bringen. Das könnte er unmöglich ertragen. Er wollte sie so in Erinnerung behalten, wie er sie zuletzt gesehen hatte. Bevor er seinen eigenen Vater vor lauter Wut umgebracht hatte. Ray hatte sich nicht einmal gewehrt. Als hätte er irgendwie darauf gewartet, dass George das tun würde.

»Sie wollen Molly so in Erinnerung behalten, wie Sie sie zuletzt gesehen haben«, erriet Dr. Manville ganz richtig. »Nun ja, nichts liegt mir ferner, als Sie zu verletzen, George. Aber ...«

»Aber wer weiß, wie lange ich hier noch sitzen werde.«

»Ganz richtig! Und deshalb sollten Sie Molly früher oder später, besser früher natürlich, zu sich einladen.«

»Pff, einladen. Soll ich noch einen Kuchen backen? Sie wissen schon, wo ich lebe?«

Seit vier Monaten lebte George nun schon in der geschlossenen Abteilung der Gefängnispsychiatrie. Er konnte zwar seine Zelle verlassen und in den Gemeinschaftsraum gehen, um dort fernzusehen, mit den anderen Verrückten Gesellschaftsspiele bis zum Abwinken zu spielen oder dort Dolores zu treffen. Aber er hatte weder Lust irgendwelche gehirnzellentötenden Seifenopern zu schauen noch die klebrigen Karten anzufassen (niemand konnte genau sagen, ob sie mit Essen oder Fäkalien beschmiert waren). Er ging fast täglich in den Gemeinschaftsraum. Jedoch nur, wenn seine Mutter kam. Seit ein paar Tagen allerdings ging George auch ab und zu einmal aus anderen Gründen in den vergilbten, tristen, lebensmutentziehenden Gemeinschaftsraum seiner neuen Heimat. Denn er hatte so was wie einen *Freund* gefunden. Auch wenn er sich bei den ganzen Tabletten, die sie ihm gaben, nicht ganz sicher war, ob der gute alte Ron nicht vielleicht doch eine Halluzination war. Waren sie sich in mancher Hinsicht doch viel zu ähnlich. So, dass es George manchmal eine Gänsehaut über den Rücken trieb.

Es war ein Mittwoch und George war eigentlich um 04:00 Uhr nachmittags mit Dolores verabredet. Doch dieses Mal verspätete sie sich unerwartet.

»Sie kommt bestimmt bald«, hörte George eine freundliche warme Stimme hinter seinem Rücken sagen. Er drehte sich um und erblickte einen Mann um die 50, der ihn aufrichtig freundlich anlächelte. Ein wenig erinnerte er ihn an seinen verstobenen Nachbarn Mr Barker. »Deine Mutter scheint eine wirklich nette Lady zu sein. Ich wünschte, ich hätte jemanden, der mich so regelmäßig besucht«, fuhr er fort.

»Ja, schon klar ...«, stammelte George und wischte mit seiner Schuhspitze verlegen auf dem Boden herum. Er war Dolores ja nicht nur dankbar für ihre Treue. Natürlich hatte er auch ein schlechtes Gewissen ihr gegenüber. Zunächst einmal hatte er Ray umgebracht. Den Mann, den sie wahrscheinlich immer noch liebte. Dann hatte er sie

mit Molly und obendrein noch mit all ihren Fragen zu-
rückgelassen, und jetzt fuhr sie auch noch beinahe jeden
Tag eine Stunde hin und zurück, um ihn hier zu besuchen.
An einem der traurigsten Orte der Welt.

»Wirklich nette Lady«, wiederholte Ron. *Na, komm schon,*
dachte George. *Sag mir, was für eine attraktive Frau meine
Mutter ist und bla, bla, bla.* »Sie erinnert mich an meine
Mutter. Gott möge sie beschützen.«

»Was?«, blökte George beinahe. Damit hatte er echt
nicht gerechnet. Eher mit so was wie »Wow, wenn das
meine Mutter wäre, dann dürfte sie mich jeden Abend
ins Bett bringen.« So hatte es einmal einer seiner Kollegen ausgedrückt, als er Dolores sah, als sie George sein
Lunchpaket zur Arbeit gebracht hatte, als er noch bei ihr
gewohnt hatte.

»Entschuldige meine Manieren! Ich bin übrigens Ron«,
sagte er lächelnd und senkte seinen Kopf kurz als Ausdruck der Begrüßung.

»Ach, quatsch! Ich bin George.« Als er das sagte, lächelte
er seit Langem mal wieder.

Kapitel 32

»Kannst du mir mal erzählen, wo zum Teufel du letzte Nacht warst?« Dolores war außer sich vor Wut, und alles, was sie sagte, klang mehr wie ein Schrei. Nicht auf eine hysterisch schrille Art. Es war ein kraftvoller furchteinflößender Schrei. So als würde sie ihm gleich den Kopf abbeißen. »Nach welcher von deinen Schlampen riechst du, hä?« Sie hatte ihre Fäuste in die Taille gepresst. Das hieß, dass sie die ganze Nacht wach gewesen war und nun, dank des Schlafmangels, noch gereizter war. Dolores sah aus wie eine Furie.

»D, bitte!«

»Was, D? Hä? Was willst du, Ray? Oder hast du wieder mal unser Geld verzockt?«

An diese Szene, und wie oft sie vorgekommen war, musste Ray denken, als er an der Bar seines Lieblingspubs saß und ein Glas seiner Scotch-Hausmarke schlürfte. Ihm war immer bewusst gewesen, was für ein mieses Spiel er mit dieser Frau gespielt hatte. Und er war sich immer bewusst gewesen, dass es ein böses Ende geben würde. Dennoch, er konnte nicht anders. Er konnte sie nicht verlassen. Zu sehr hatte er sich nach ihr gesehnt, wenn sie nicht zusammen waren. Ray hatte vermisst, wie sie sich anfühlte, wie sie schmeckte. Aber er vermisste auch, wie sie ihn anschaute – verliebt, verärgert, wütend, wie sie lachte. Nur wenn sie ihn enttäuscht oder traurig anblickte, das hatte er nie vermisst. Das hatte ihm das Herz gebrochen. Wenn sie jedoch wütend auf ihn war, dann hatte er ihr Temperament sehen können, ihren Stolz. Das liebte er an Dolores. Diese leidenschaftliche Frau, die ihm erst eins mit der Bratpfanne überziehen würde, danach allerdings würden sie sich im Schlafzimmer ausführlich vertragen. So eine Frau verließ man einfach nicht.

»Hör mal, Ray, alter Junge«, riss ihn Leonhard plötzlich aus seinen Gedanken. Jeder Gedanke an Dolores hatte mit einer Erinnerung daran geendet, wie sie Sex hatten.

»Was geht, mein Freund?«, grummelte Ray und versuchte dennoch freundlich zu klingen. *Dieser Blödmann,* dachte Ray und nippte etwas bockig an seinem Glas. »Sherry, Schätzchen, schenk dem alten Ray doch bitte noch mal nach«, sagte er und hob sein leeres Glas in Richtung Cherry-Schätzchen, die hinterm Tresen Gläser polierte. Sherry war ungefähr in Rays Alter und sah ein wenig so aus, als hätte man sie in den späten Siebzigern eingefroren und nun wieder aufgetaut. Was auch auf ihr Erscheinungsbild bezüglich ihres Alters zutraf. Trotz des Alkoholkonsums, den die Thekentätigkeit nun einmal so mit sich brachte, und ihrer Kette rauchenden Stammgäste, die sich an ihre Bar krallten, sah Sherry verhältnismäßig frisch aus. Man hätte sie locker zehn Jahre jünger schätzen können.

»Hey, Ray«, stammelte Leonhard verlegen und grinste etwas dümmlich. »Hör mal ... ähm ... wie geht es dir heute?«

»Was willst du, Leonhard?«

»Hast du es eilig, alter Freund? Triffst du dich gleich mit 'ner Lady, hä? Kein Problem, kein Problem. Wir können wann anders reden.« Aber jetzt wurde Ray hellhörig. Er kannte seinen alten Kumpel Leonhard und wie unzurechnungsfähig er sein konnte. Auch schon lange vor seiner Drogenexperimentierphase. Sie alle hatten sich damals ordentlich was eingeschmissen. Aber keiner von den anderen war so *demoliert* aus dieser Phase herausgekommen.

»Len! Du schwitzt ja wie blöde.« Ray hatte sich endlich in Richtung seines Freundes umgedreht, sodass er ihm in die Augen sehen konnte. Jetzt fing Leonhard erst richtig an, zu transpirieren. »Sherry, Schätzchen!«

»Ja, Ray-Baby?«

»Sag mal, ist es hier besonders heiß drin, oder was?«, sagte Ray mit einem verschmitzten Lächeln und verlor seinen Freund dabei keinen Moment aus den Augen.

»Ich weiß nicht, was du meinst, Ray, alter Freund«, stammelte Leonhard und dabei lief ihm der Schweiß so über die Stirn, dass er an die Niagarafälle erinnerte.

»Vielleicht wäre es weniger heiß hier drin, wenn du rausgehen würdest, Ray-Schätzchen«, kicherte Sherry-Schätzchen.

»Len, du sagst mir jetzt auf der Stelle, was los ist!«

»Okay, Ray.« Leonhard senkte den Kopf und schaute verlegen auf seine Schuhe und dann erzählte er ihm die ganze Geschichte. Wie er sich verplappert hatte und dass es seitdem fünf Tage her sei, dass er George gesehen habe. Dass er es aber nicht so gemeint habe. Dass er diese gemeinsamen Kinobesuche doch einfach nur so schön fand und so weiter und so fort. Ray, der eigentlich mit so einer Aktion seitens Leonhard gerechnet hatte, war allerdings kurz davor, einem seiner ältesten Freunde ins Gesicht zu brüllen. *Du dämlicher hirnloser Vollidiot! Deine Mutter war wohl Trampolinweltmeisterin, als sie mit dir schwanger war. Du verdammtes scheiß Riesenbaby. Himmel, Arsch und Wolkenbruch!*

»Was?«, keuchte Ray stattdessen. »Du hast was?«

»Ähm, ihm von unseren Besuchen im *Gloria* erzählt. Meinst du, er hat was mitbekommen?«

»Herr Gott, Len. Natürlich hat er das. Der Junge liebt diese alten Fetzen. Das hat er von seinem alten Herrn.« Ray klang dabei doch ein wenig stolz. »Mein Junge hat Geschmack. Der zieht sich nicht diesen Schund rein, den sie einem heutzutage als Filme verkaufen wollen.«

»Oh«, flüsterte Leonhard betroffen.

»Ja, und außerdem weiß ich durch meine Stalkerei, dass er gar nicht mal so weit davon entfernt wohnt. Scheiße, Mann!«, schob Ray hinterher.

»Ja, scheiße, Mann!«, erwiderte Leonhard. Wie gerne wäre Ray jetzt in eine seiner Sexerinnerungen mit Dolores geflohen. Aber der Anblick seines Freundes verdarb ihm alles.

»Du blöder Idiot!«, raunzte plötzlich Sherry über ihren Tresen.

»Lass gut sein, Süße«, beschwichtigte sie Ray.

»Du bekommst erst mal keinen Alkohol mehr«, feuerte sie aber dennoch hinterher. Leonhard schaute nun wie ein kleiner Junge, dem sein Eishörnchen heruntergefallen war.

»Mensch, Ray, was machen wir denn jetzt?« Nun war guter Rat teuer. George wusste, dass sein Vater lebte, in der Stadt war und ihn obendrein noch an der Nase herumgeführt hatte. Der nächste Schritt musste wohl überlegt sein, denn er wollte um kein Geld der Welt seinen Jungen verlieren. Nicht noch einmal.

»Sherry, gibst du mir noch mal einen? Und dem Blödmann da auch«, sagt Ray milde und legte seinem Freund seine rechte Hand auf dessen linke Schulter. Er wusste, dass das, was er in den letzten Wochen von Leonhard verlangt hatte, viel gewesen war, und für jemanden wie Leonhard einfach mal viel zu viel. Wie oft hatte er ihm als Junge oder später als junger Mann helfen müssen, weil jemand Leonhards Naivität oder Schlichtheit böswillig ausgenutzt hatte. Das konnte Ray auf hundertachtzig bringen. So etwas konnte er einfach nicht leiden. Aber jetzt hatte auch er ihn ausgenutzt. Obwohl Ray doch wusste, wie sehr sich sein alter Freund in die Sache stürzen würde. Sein über die Maßen loyaler Freund Leonhard.

»Es tut mir leid, alter Freund. Ich habe mich wie ein Arsch aufgeführt«, sagte Ray und ließ Sherry noch eine weitere Runde Scotch für beide einschenken.

»Ray, ich habe dich enttäuscht«, jammerte Leonhard.

»Ach, sei doch still«, grummelte Ray und rieb sich mit der linken Hand über die Augen. Er wusste ganz genau, dass er selbst im Grunde alles versaut hatte und das nicht mal mit der Aktion, als er Frau und Kind hatte sitzen lassen. Nein, mit seiner bescheuerten Aktion, Leonhard als Vorhut zu missbrauchen. Das Spiel war endgültig vorbei. *Und wenn er jetzt nicht alles komplett ruinieren wollte, dann half nur noch eines: die Wahrheit, die gottverdammte Wahrheit*, dachte Ray.

»So, jetzt nehme ich das in die Hand«, lallte Ray fast schon ein wenig. Er hatte versucht, Leonhards Geständnis mit Scotch herunterzuspülen.

»Was hast du vor?«, fragten Leonhard und Sherry schon beinahe simultan.

»Ich will meinen Jungen zurück!« Ray sprang etwas ungalant vom Barhocker, schnappte sich seine Jacke und halb stürmte, halb torkelte er aus dem Pub.

Kapitel 33

Wer ist eigentlich dieser Ron? Und was zum Teufel macht er hier?, fragte sich George. Ron war die Sorte Mann, die man sich Cognac trinkend vor einem Kamin vorstellte und dabei würde er einem dann französische Gedichte aus dem 18. Jahrhundert vorlesen. Er hatte diese angenehme leicht tiefe, leicht brummige Stimme, die Vertrautheit und Wohlbefinden erzeugte. Zudem hatte Ron eines der freundlichsten, aber auch verschmitztesten Gesichter, die George je gesehen hatte. Auf ihn wirkte Ron wie ein netter Kumpel, mit dem man aber auch gut und gerne mal den ein oder anderen derben Witz reißen konnte. Also, warum zum Teufel war er hier?

Der Tag, an dem sich Dolores unerwartet verspätet hatte, endete darin, dass sich der doch eher stillere George geschlagene zwei Stunden mit Ron unterhielt. Zugegebenermaßen redete Ron mindestens zu zwei Drittel dieser Zeit. Dennoch, George genoss seine Gesellschaft zutiefst und antwortete mit unerwarteter Freude auf Rons Fragen. Ron allerdings fragte erst einmal nicht nach den Gründen, weswegen George seine Zeit hier verbringen musste.

»Hast Glück, dass du hier gelandet bist!«, waren einige der wenigen, eher vagen Andeutungen bezüglich ihres gemeinsamen Domizils. »Ich habe schon an ganz anderen Orten ausharren müssen.«

»Wie meinst du das?«, fragte George aufrichtig interessiert. »Orte wie, na ja, diesem hier?«

»Nun ja, wie soll ich sagen … ja, auch. Ich war tatsächlich schon in dem einen oder anderen Etablissement wie diesem hier«, scherzte Ron und lächelte dabei verstohlen. »Ich will ehrlich zu dir sein, George. Ich bin schon ein verrückter Vogel, wenn du verstehst.« George nickte zustimmend, aber auch auffordernd. Er war nun interessiert an Ron und gleichermaßen neugierig. Die Tage hier drinnen konnten einem schon den Willen, zu leben, vorzeitig aushauchen. Passierte hier doch nun wirklich nichts, aber auch gar nichts. Selbst der ruhige George hatte sich schon des Öfteren dabei ertappt, wie er sich eine ordentliche Aufenthaltsraum-Schlägerei herbeigesehnt hatte. Oder wenigstens, wie einer der Pflegerinnen ein Blusenkopf in Höhe ihres Dekolletés aufgehen würde. Aber nicht einmal dieses Vergnügen wurde ihm gegönnt. Jetzt allerdings war da jemand, der ihm von Grund auf sympathisch war und der ihm aus freien Stücken vielleicht eine spannende Geschichte erzählen würde. Ein Königreich für eine gute Geschichte. Die Psychiatriebibliothek hatte George in der kurzen Zeit, die er hier gewesen war, schon komplett durchgelesen – samt den kaum zu ertragenden Liebesromanen.

Ron sah aus, als würde er zu einer längeren Geschichte ausholen, denn er schien sich vorzubereiten. Ron platzierte sich neu in seinem durchgesessenen Sessel und nahm einen Schluck Wasser aus einem Plastikbecher, mit einer Geste, als wäre tatsächlich Cognac darin. Für George war es schon eine Freude, Ron dabei zuzuschauen. Selten hatte George solch eine Faszination für einen Menschen empfunden und schon gar nicht für einen Fremden in so kurzer Zeit. Ja, Mr Barker hatte er von Anfang an gemocht. Aber nie war er so fasziniert von ihm gewesen. Das empfand er, wenn überhaupt, nur für Frauen wie seine geliebte Geny oder zuletzt Lizzy.

»Ich weiß gar nicht so recht, wo ich anfangen soll«, riss Ron ihn aus seinen Gedanken. »Aber am besten wäre es vielleicht damit, warum dies nicht mein erster Besuch in der Klapsmühle ist.« Nun wurde es interessant und George lehnte sich gerade gespannt nach vorne, als er die Stimme seiner Mutter hörte. »George, Schätzchen, es tut mir leid, dass ich jetzt erst komme. Du hast ja keine

Ahnung, was mir vorhin passiert ist. Sind eigentlich alle Menschen dämliche Idioten?«, wettere Dolores. »Oh entschuldige bitte! Du hast ja Gesellschaft, hoppla!«

Nachdem George seine Enttäuschung zurückgedrängt hatte, stellte er die beiden einander knapp vor und führte dann seine Mutter rüber zu den Besuchertischen.

»Sehen wir uns nachher zum Abendessen?«, fragte Ron. *Komisch*, dachte George, diese Frage ließ in ihm nicht nur Freude entstehen. Irgendetwas daran fühlte sich nicht richtig an. Die Verbindlichkeit? Das Tempo ihrer Bekanntschaft? Dennoch, er nickte nur kurz in Rons Richtung und schlappte dann Dolores hinterher in Richtung ihres Stammtisches.

»George, die Presse hat mich belagert, verfolgt«, fing Dolores an. Als sie davon sprach, fing sie an zu zittern.

»Seit wann?«

»Seit heute. Molly hat Gott sei Dank noch nichts mitbekommen. Sie war schon in der Schule.«

»Scheiße!«

»George!«

»Ja, was denn?«

»Ich weiß nicht, wohin mit der Kleinen. Wo kann ich sie hinbringen, damit sie uns nicht wiederfinden, George?« Dolores versuchte krampfhaft, nach einer Lösung zu suchen, aber George war wie paralysiert. »Schätzchen, du musst mir hier helfen«, flehte sie ihn an.

»Ich weiß, ich weiß«, antwortete er ihr und wischte sich dabei mit der rechten Hand übers Gesicht. »So eine gottverdammte Scheiße«, grummelte er. Aber dann kam ihm ein Einfall. Ein Einfall, der auf der einen Seite besonders ausgefuchst, weil unerwartet, war. Auf der anderen Seite jedoch eine Unzumutbarkeit für seine Mutter sein würde.

»Was ist? Du schaust, als würde dir was auf der Zunge liegen.« Dolores schaute ihn erwartungsvoll an. Sie war verzweifelt und forderte nun endlich seine Unterstützung ein. In den letzten Monaten hatte sie gekämpft, das Leid aller drei Sugarmans getragen. Ihren Sohn hatte sie, ohne mit der Wimper zu zucken, unterstützt und verteidigt, während sie ihre Enkelin unzählige Male hatte trösten müssen. Und was war mit ihr? Ray war tot. Sie hatte ihn geliebt. Ja, auch nach all den Jahren und nach allem, was passiert war. Sie hatte ihn geliebt, und wenn es nach ihr ginge, war da stets eine starke Verbindung zwischen ihnen gewesen. Nun jedoch war sie ganz auf sich gestellt. Sie war an einem Punkt, an dem sie einfach nicht weiterwusste. »Verdammt noch mal, rede mit mir«, schrie sie ihn fast an.

»Es gibt eigentlich nur einen Ort, der mir einfällt. Aber das kann ich dir nicht antun.«

»Rays Wohnung«, flüsterte Dolores. George nickte nur und schaute dann auf seine Hände.

»Mom, ich weiß gar nicht ...«, fing er verlegen an. George suchte händeringend nach Worten. Dass er ihr das jetzt antun musste, war der Gipfel. Am liebsten wäre er abgehauen; mit ihr und Molly. Oder noch besser – er hätte die Zeit zurückgestellt.

»Rays Wohnung.« Dolores Gesichtsausdruck war so deutlich, wie er nur sein konnte. Ihr Gesicht hatte jegliche Farbe und Ausdruck verloren.

»Mom, hör mir zu! Ich weiß, dass das das Letzte ist, was ich von dir verlangen sollte. Aber scheiße noch mal, mir fällt nichts Besseres ein.« Dolores war immer noch stocksteif und nun liefen ihr ein paar Tränen übers Gesicht. »Mom, bitte! Bitte sag was! Schrei mich an oder wonach dir sonst gerade so ist.« Selten war George so sichtlich aufgebracht. Aber was seine Mutter da gerade seinetwegen durchmachte, hätte jeden aus der Fassung gebracht. »Oh Gott«, fing George plötzlich an, zu weinen. »Mom! Nimm Molly und geh ganz weit mit ihr weg. Vergesst mich und fangt an, ein neues Leben zu führen, ohne diesen ganzen

Scheiß, den ich euch eingebrockt habe.« War das nun sein toller Einfall? War das die große Lösung? Wohl kaum! Denn jetzt zeichnete sich Angst auf Dolores Gesicht ab, und Wut.

»Du Idiot! Wie soll ich vergessen, einen Sohn zu haben? Wie soll Molly vergessen, einen Vater zu haben? Hä? Kannst du mir das mal verraten?« Endlich steckte wieder Leben in Dolores. Sie stand auf, platzierte ihre Fäuste auf dem Tisch und beugte sich rüber zu George. »War das das Dümmste und Furchtbarste, was du jemals getan hast? Ja! Hast du meines und Mollys Leben unwiderruflich auf den Kopf gestellt? Ja! Aber ich sage dir jetzt mal was, mein lieber Junge: Ich bin deine Mutter und ich liebe dich! Also ja verdammt, ich gehe in Rays Wohnung. Aber wenn du auch nur noch einmal in irgendeiner Weise einen Kontaktabbruch zwischen uns erwähnst, dann Gnade dir Gott!« Die Ansprache hatte ordentlich gesessen. George hatte Gänsehaut. Dolores ihrerseits war nun so in Rage, dass sie nur noch ihre Tasche packte und ein kurzes »bis morgen dann!« in die Richtung ihres Sohnes raunzte. George hingegen brauchte noch die eine oder andere Minute, bevor er die Ansprache seiner Mutter verdaut hatte und aufstehen konnte.

KAPITEL 34

Heute würde er es tun. Er würde endlich zum Haus seines Sohnes gehen und geradewegs bei ihm klingeln. Daran würde kein Weg vorbeiführen. Ray saß auf der Kante seines Bettes, seine Ellenbogen auf seinen Oberschenkeln gestützt und dachte angestrengt nach. Wie sollte er vorgehen? Was sollte er zuerst sagen? Sollte er vielleicht einen Helm tragen – für den Fall der Fälle? Aber zunächst einmal musste er einfach aufstehen und sich fertigmachen. Ray ging in die kleine Küche seines Appartements und machte sich sein übliches Frühstück. Jeden Morgen aß er Spiegeleier mit Schinken und eine Scheibe Brot dazu. Das hatte ihm schon seine Mutter zum Frühstück gemacht, eine Zeit lang dann seine geliebte Dolores, die eine oder andere Liebschaft, aber ansonsten immer er selbst. Es gab Traditionen, die Ray nie aufgeben würde. Genauso wie seine Frisur. Nachdem er seinen riesigen Berg Eier und Schinken mit einem großen Kaffee heruntergespült hatte, ging er ins Bad, um sich ausgehfein zu machen.

Die Frisur saß und so machte sich Ray Susniak auf in Richtung Tube-Station. Er würde einen kleinen Umweg nehmen, um in King's Cross umsteigen zu können. Dort gab es einen seiner Lieblings-Pastry-Shops. Sein üppiges Frühstück hielt nie länger als zwei Stunden an und so brauchte Ray schnellstmöglich ein zweites Frühstück. Aber er war wählerisch und somit musste er einen kleinen Umweg nehmen, um sich mit dem einen oder anderen Pie einzudecken.

Die Tube ratterte gemütlich vor sich hin und während Ray genüsslich an seinen Pies knabberte, dachte er immer noch angestrengt darüber nach, was er seinem Jungen als Erstes sagen würde. Sätze wie *George, du bist das Abbild deiner Mutter* oder *Ich bin ein elendiger Lump, aber vergib mir* schossen ihm zwar mehrfach durch den Kopf. Dennoch standen sie nicht wirklich zur Debatte. Wie wäre es mit einem einfachen *Junge, es tut mir aufrichtig leid, was ich dir angetan habe und das mit Leonhard war auch somit das Bescheuertste, was ich mir jemals ausgedacht habe*? Dann könnte George ihm eine reinhauen, um seine Aggressionen loszuwerden, und dann könnten sie miteinander reden. Oder er würde ihm die Tür vor der Nase zuknallen. In Rays Augen war das jedoch das Schlimmste, was passieren konnte.

Die Tube hielt an Georges Station und Ray begab sich mit zittrigen Beinen nach draußen. Sein erster Blick war möglichen Verpflegungsmöglichkeiten gewidmet. Aber an solch einer kleinen Tube Station konnte er sich das gehörig abschminken. »Mist!«, fluchte er so laut, dass ein kleiner Yorkshire neben ihm vor lauter Schreck aufbellte und sein Frauchen Ray einen entsprechenden Blick widmete. Ihre Empörung glich jener, als hätte er die Hundebesitzerin gerade gefragt, ob sie mit ihm nicht mal um die Ecke gehen wollte. Er entschied sich einfach, ihren Blick zu ignorieren, und machte sich in Richtung Ausgang auf. Es war ein nasskalter Tag und Ray klappte den Kragen seiner 20 Jahre alten Lederjacke hoch, um sein Gesicht ein wenig zu schützen. Er war nicht die Sorte Mann, die für alle Fälle einen Regenschirm dabeihatte. Wenn sich bei Ray Susniak eine Erkältung anbahnte, wusste er ihr mit einem ordentlichen Grog den Garaus zu machen. Ein altes Familienrezept – zwei Drittel Rum, der Rest der Rezeptur blieb einem selbst überlassen. Seiner Frisur konnten Regen und Wind auch nichts anhaben. Hatte er doch immer seinen Kamm dabei.

Da war er nun; vor Georges Tür. Es war bereits 01:00 Uhr mittags. Nur einige der Wohnungen waren von innen beleuchtet. Die seines Sohnes schien auf den ersten Blick nicht beleuchtet. Als Ray jedoch ein wenig um das nach links frei stehende Haus ging, erblickte er ein kleines Licht in einem der Zimmer. *Gehörte es noch zu Georges und Mollys Wohnung?*, fragte er sich. Ray ging immer wieder um die Ecke des Hauses – nach vorne, nach links, nach vorne, nach links. Aber ja doch, es musste dazugehören, entschied er. Es gab einfach kein Zurück mehr. In der Wohnung schien jemand zu sein, und Ray hatte seine Sorgen so weit verdrängen können, dass er nur noch den Willen verspürte, seinen Sohn zu sehen. George, George, George!

George war im Wohnzimmer und legte im Schein einer kleinen Lampe Mollys Wäsche zusammen, während im Fernsehen eine Kochsendung lief. Er hatte immer noch den Traum, irgendwann einmal kochen zu lernen. Kartoffel-Maronen-Püree an Ente à l'orange und karamellisierten Minikarotten. Molly würde das wahrscheinlich eh nicht schmecken. Waren ihre Geschmacksnerven und -knospen dank ihm doch völlig verkümmert oder wahrscheinlich nie da gewesen. In seiner Vorstellung hatte sich Mollys Körper recht zügig dazu entschieden, seine Energie anderweitig einzusetzen, zum Beispiel zugunsten der Entwicklung ihrer Sturheit.

George war gerade dabei, Mollys Lieblingspaar Strumpfhosen zu einem Knäuel zusammenzuschieben, als es klingelte. *Wahrscheinlich wieder ein Päckchen für einen Nachbarn*, war sein erster Gedanke. Er legte die umständlich zusammengelegte Strumpfhose in den Wäschekorb und stand auf. In seinen Gedanken ärgerte er sich jetzt schon darüber, dass er überhaupt zur Tür ging. Letztens hatte er ein riesiges Paket angenommen, welches der Besitzer allerdings erst sechs Tage später meinte, abholen zu müssen. Bereits mit etwas Wut in sich aufkommend griff er nach der Wohnungstür. Sobald er die Tür öffnete, wurde jedoch aus seiner Wut ein ganz anderes Gefühl. Mehr so eine Art Verwirrtheit.

»Ich fasse es nicht«, hauchte er. »Was zum ...« George
war bei dem Anblick seines alten Herrn völlig perplex.
Natürlich hatte er nach der Nummer mit Leonhard damit gerechnet, Ray früher oder später zu treffen. Aber so?
Warum wurde Ray mit einem Schlag so direkt?

»George«, begann Ray und lächelte gequält.

»Ich fasse es einfach nicht«, wiederholte sich George.

»Junge! Ich habe dir einiges zu erklären.«

»Ja, das denke ich aber auch.«

»Lässt du mich rein?«

»Sag mal Junge, du hast nicht zufällig ein paar HobNobs
oder englische Muffins im Haus?«, sagte Ray, nachdem er
an Georges Küchentisch Platz genommen hatte. George
schaute ihn nur entgeistert an, drehte sich dann aber ganz
automatisch um und öffnete einen der Küchenschränke.

»Ich habe beides. Was willst du?«

»Vielleicht einen Muffin, hm? Hast du Butter und Mar-
melade, Junge?« Plötzlich stieg in George dieses heimelige
Gefühl auf. Er erinnerte sich darin, wie viel Ray früher
schon gegessen hatte, und um seinen alten Herrn nach-
zueifern, machte er es ihm irgendwann als kleiner Junge
nach. Nur leider war George im Vergleich zu seinem Vater
jemand, dessen Stoffwechsel nicht so auf Hochtouren lief.
Ray gehörte zu diesen Menschen, die recht schlank waren
und permanent Hunger hatten. »Unverschämte Gattung
Mensch«, nannte es Dolores immer, wenn sie ihm mal wieder einen Nachschlag serviert hatte.

Da saß er nun. Sein Vater. Ray Susniak, und er sah fast
genauso aus wie vor gut 30 Jahren. Rays ganze Aufma-
chung. Sein besonderes Lächeln. Ja, und auch seine An-
gewohnheit, fast durchgängig etwas zu essen.

»Wie geht es dir, Junge?«, fing Ray unsicher an. George
jedoch starrte ihn nur an. »Weißt du, ich fang einfach
mal mit den jüngsten Ereignissen an. Hm, ja, also das mit

Leonhard war zugegebenermaßen ein unfeiner Zug von mir. Das tut mir leid, Junge!«

»Ein unfeiner Zug?«

»Hab dich ganz schön an der Nase herumgeführt, hm?« Wieder gab George keine Antwort. Er hatte schwer mit sich zu kämpfen. Ray sollte endlich zum Punkt kommen.

»Um es kurz zu machen: Es war eine feige Aktion von mir, um mit dir in Kontakt zu kommen.«

»Allerdings!«, grummelte George.

»Was sollte ich denn machen, nach all der Scheiße, die ich abgezogen hatte?«

»Dann warst du es also doch? In der allerersten Nacht?«, unterbrach ihn George plötzlich.

»Ja und ich war auch jede andere Nacht da.«

»Was? Und du hast dich nie gezeigt?« George wurde langsam wieder etwas wütender. Ray zögerte, ob er ihm die ganze Wahrheit erzählen sollte. Ob George nach der Reaktion Verständnis für seine Intention haben würde?

»Sag mal, Ray! Wie alt zum Teufel bist du eigentlich, hä?«, brach es aus George heraus. »Ich kann mir schon denken, was du vorhattest. *Lass uns mal 'nen anderen vorschicken! Soll er George mal ein paar schöne Sachen über mich erzählen, damit er seinen alten Herrn mag.* War das dein toller Plan? Wie viel hast du dem alten Zausel bezahlt, damit er mich an der Nase herumführt, hä?« George hatte sich mit seinen Fäusten auf den Küchentisch gestemmt. Er sah Ray wütend an. In ihm stieg eine scheinbar grenzenlose Wut auf und er hatte Angst, die Kontrolle über sie zu verlieren.

Kapitel 35

Es war beeindruckend, welch riesige Portionen Ron verdrücken konnte. Seit ein paar Tagen verbrachten George und Ron ihre Mahlzeiten an einem Tisch und seitdem beobachtete George mit einer gewissen Belustigung Rons Essverhalten. Es war nicht einfach so wie bei Ray, der permanent aß. Ron schlang dabei auch noch wie ein Getriebener. Manchmal war seine Gabel so voll, dass es aussah, als würde er sich den Kiefer ausrenken, um sich die volle Ladung in den Mund zu schieben. Ein weiterer Unterschied war, dass Ron eher Georges Stoffwechsel und somit seine Statur hatte.

Während dieser Mahlzeiten, die George unwillkürlich immer mit Raubtierfütterungen verglich, erzählte Ron so einige interessante Geschichten über sich. Zu Georges Leidwesen auch mit vollem Mund. Manchmal hatte er die berechtigte Angst, dass ihn ein dicker Brocken aus dem Mund seines Gegenübers treffen könnte. Aber das ignorierte er gekonnt. Waren Rons Geschichten und insbesondere, wie er sie erzählte, doch einfach zu faszinierend. Ganz besonders die Geschichte, wie es zu Rons erstem Gefängnisaufenthalt kam.

»Ja, weißt du«, begann Ron seine Geschichte, die ihn bald in ein anderes Licht rücken würde, da sie so gar nicht zu ihm passte; zu seiner Cognac-vor-dem-Kamin-Art.

»Ich war noch sehr jung und meine Eltern waren arme Leute. Ich wollte etwas aus mir machen. Mir selbst etwas beweisen. Und dazu brauchte ich nun einmal Geld. Zumindest dachte ich das in meinem aufblühenden männlichen Stolz.« George mochte es, wenn Ron sich so blumig ausdrückte. Manchmal klang er sogar fast ein wenig poetisch.

»Nun ja, lange Rede, kurzer Sinn: Eines Tages fragte mich mein alter Klassenkamerad Jimmie, ob ich nicht

Lust hätte, mit ihm *ein Ding* zu drehen. Ein *Ding* drehen? ‚Welche Art von *Ding* schwebt dir denn vor‘, habe ich ihn daraufhin gefragt. Er meinte dann nur, wir könnten doch ein paar Leute um ein bisschen Kleingeld erleichtern. Woraufhin ich ihm entgegnete, dass ich aber bestimmt keine älteren netten Damen um ihr Geld bringen würde. Weißt du, die haben es im Alter schon schwer genug. Haben ihr ganzes Leben geschuftet, um sich abends das Gejammer ihres Alten noch anhören zu müssen. Nicht mit mir, habe ich Jimmie gesagt. ‚Was also dann?‘, fragte er mich daraufhin. Tja, was dann?« Ron machte eine Pause, um seinen Plastikbecher, gefühlt mit einem widerlich süßen Sirupgetränk, in einem Zug auszutrinken.

»Weißt du«, fuhr er fort, nachdem er sich noch schnell einen ganzen Pudding in zwei Löffelzügen genehmigt hatte. »Es musste halt etwas sein, das wenig Aufmerksamkeit erregte, gleichermaßen wenig Gefahr bedeutete, aber trotzdem lohnend war. Nun ja, die beiden ersten Punkte sind ja, wie wir nun wissen, nicht in Erfüllung gegangen, und wenn ich ehrlich bin, der dritte auch nicht wirklich.« George musste in seinen Pudding, den Ron gierig anstarrte, lachen.

»Wir waren halt zwei dumme Trottel, die an hoffnungsloser Selbstüberschätzung litten. Ich sags dir. Nun ja, um dem Faktor der geringstmöglichen Aufmerksamkeit zu huldigen, entschieden Jimmie und ich uns dazu, auf dem Bau, wo sein Vater sich Tag für Tag abplagte, Material zu stehlen. Jede Nacht ein bisschen, um es dann, wie wir dachten, für *viel Geld* zu verhökern. Tja, der ursprüngliche Plan, immer nur kleine Mengen, zum Beispiel Kupfer, zu entwenden, diese dann zu sammeln und in großen Mengen zu verhökern, klingt ja so weit auch noch ganz sinnig. Was mir aber bis dato nicht ganz klar war, war, dass der liebe Jimmie an einer noch viel ausgedehnteren Selbstüberschätzung litt. Gepaart mit Schlichtheit. Für ihn bedeuteten nämlich *kleine Mengen* auch mal einzelne Gegenstände. So wie ein Bagger zum Beispiel.«

»Oh!«

»Ganz richtig! Tja, und dann war es bald nicht mehr so ganz ohne Aufmerksamkeit. Kannst dir ja denken, dass es spätestens mit dem Verschwinden des Baggers eine ganze Menge Aufmerksamkeit gab. Aber es wird ja noch viel besser.« In George stieg Vorfreude auf. Nicht nur, dass er Ron stundenlang zuhören konnte. Jetzt bot er ihm auch noch eine Geschichte à la Gangsterkomödie. Ein weiteres Filmgenre, das Molly schmerzlich als *doof* bezeichnet hatte.

»Naiv wie wir waren, dachten wir allen Ernstes, wir könnten die ganze Angelegenheit rückgängig machen.«

»Okay?«

»Weißt du, wir haben einfach darauf gesetzt, dass sie erst einmal davon ausgehen würden, dass jemand das Teil irgendwo falsch geparkt hätte. Deshalb war unsere geniale Idee, das Teil einfach wieder zurückzubringen.«

»Warte mal, wie habt ihr es eigentlich vom Baugelände zu ..., wo habt ihr die ganzen Sachen eigentlich gebunkert?«

»Zu erstens, wir hatten auch einen kleineren Laster leihweise von der Baustelle entwendet, um den Bagger zu transportieren. Das war eine Aktion, sag ich dir. Das Ding da draufzufahren, hätte uns fast umgebracht. Also mich, besser gesagt. Jimmie, dieser Idiot. Entschuldige bitte den Ausdruck. Jimmie meinte, er könne den Bagger einfach mittels einer Rampe, bestehend aus zwei ungleich langen Brettern, hinten auf den Lastenwagen fahren. Das allein war schon in höchstem Maße unrealistisch, seine Fahrkünste allerdings haben dem Ganzen noch die Krone aufgesetzt. Nun ja, wie es die Gesetze der Physik verlangen, neigte sich der Bagger beim Drauffahren zu einer Seite hin. Da, wo das kürzere Brett war. Und da, wo ich stand.«

»Oh!«

»Ganz genau! Ich war damals um einiges schlanker und dementsprechend wendiger. Letzten Endes haben wir es dann doch geschafft und den Bagger dort hingebracht, wo der bis dato mickrige Rest schon lagerte. Im Garten meiner geliebten Großmutter.« Wieder musste George ein heftiges Lachen unterdrücken. Wollte er doch nicht den Fluss der Geschichte unterbrechen.

»Dass wir bis zu dem Zeitpunkt nur so wenig erbeutet hatten, kam uns bei der Verhandlung aber zugute. Es war einfach viel zu wenig, um es als Diebesgut überhaupt in Betracht zu ziehen.« Nun lachte auch Ron, »5.000 Gramm Kupfer in zwei Wochen.«

Der Rest von Rons erstem *Ding* war eine Mischung aus Idiotie und unglücklichen Umständen. Idiotie, weil sie nicht darüber nachdachten, dass die Baufirma nun einen Wachmann engagiert hatte und die beiden somit nicht einfach mal eben einen Lastwagen leihweise entwenden konnten, um den Bagger wieder aus Omis Garten zu holen. Sie wurden beim erneuten Betreten der Baustelle sofort ertappt. Der unglückliche Umstand bestand aus Beißer, dem Hund des Wachmanns. Diese Bestie von einem Hund begrüßte die beiden just in dem Moment, als sie die Baustelle betraten. Nach einem kurzen jämmerlichen Fluchtversuch sprang Beißer Jimmie ans Bein und brachte ihn sofort zu Fall. Ron blieb stehen und wollte seinem Freund noch helfen, was er dann etwas unfreiwillig auch tat. Beißer sprang von Jimmies Bein zu Rons Arm.

»Ich war nur froh, dass er nicht mein bestes Stück erwischt hatte«, sagte Ron, und es war immer noch Erleichterung in seiner Stimme zu hören.

»Das Ganze war eine Katastrophe, sag ich dir. Aber wir hatten es ja auch irgendwie verdient. Nun ja, weißt du, das war halt der wenig glorreiche Anfang der ganzen Misere. Wenn du erst einmal im Knast warst, sieht dich danach jeder nur noch als Verbrecher. Da spielt es auch keine Rolle, dass man erst 18 und völlig naiv war.« George sah Ron für einen Moment genauer an. Er hatte ein aufrichtig freundliches Gesicht und wirkte bisher alles in allem ehrlich und wenig narzisstisch. Zudem machte Ron auch nicht gerade Eindruck, von minderer Intelligenz zu sein.

»Bist da so reingerutscht, was?«

»Ganz genau! Ganz schnell führt eines zum anderen. Keiner gibt dir 'nen Job, 'ne Chance. Du brauchst ja immerhin Geld zum Leben. Tja, und dann hatte ich es auch noch fertiggebracht, ein Kind zu zeugen.«

»Du bist Vater?«, fragte George erstaunt. Ron hatte bisher mit nicht einem Wort ein Kind erwähnt. Sein kleines Mädchen erwähnte George in den meisten Fällen mit als Erstes. Mal abgesehen davon, dass sie ihm alles bedeutete, war sie für einen eher unsicheren Menschen wie ihn ein dankbares Gesprächsthema.

»Aber weißt du, was mir am meisten leidtut, George?«, begann Ron plötzlich. »Dass ich meine Kleine dadurch nie mehr gesehen habe. Will ihren alten Herrn einfach nicht sehen. Sie ist jetzt ungefähr in deinem Alter.«

Kapitel 36

»Sag mal, hast du mir dann eigentlich auch die Nutte geschickt?«

»Sag nicht Nutte. Sie ist eine alte Freundin.«

»Ach so! Und schickst du dann alle deine alten Freundinnen los, um anderen einen zu blasen?«

»Eher nicht.« George wurde immer wütender. Er ging aus der Küche ins Wohnzimmer und wieder zurück. So aufgebracht war er. »Was hast du dir eigentlich dabei gedacht, mir diesen alten Zausel auf den Hals zu hetzen? Dachtest du wirklich, ich wäre zu blöd, es zu merken?« Sein Tonfall war schon fast der eines Schreiens.

»Nein! Um Gottes willen. Ich war einfach feige. Ich hatte 'ne scheiß Angst. Versteh doch!«

»Ich verstehe sehr gut! Du hattest Angst, dass ich dir eine verpassen würde, oder? Hast gedacht, ich wäre so ein Primitivling.« Aber dann fiel ihm ein, wie primitiv er mit Harry umgegangen war. Wie primitiv er seine Mutter verteidigt hatte, und das alles auch, weil Harry ihn so sehr an Ray erinnert hatte. Kannte sein Vater etwa diese Seite an ihm, die er selbst erst seit Kurzem kannte? Bei dem Gedanken an Harry musste George plötzlich an Lizzy denken. Wie eifersüchtig er zunächst war und wie schmerzlich er sie immer noch vermisste.

»Natürlich denke ich nicht, dass du ein Primitivling bist«, riss ihn Ray aus seinen Gedanken. »Aber ich dachte, dass ich es verdient habe.« Darauf wusste George nichts zu erwidern.

Plötzlich überkam Ray eine Müdigkeit. Diese Art von Müdigkeit, die über einen kommt, wenn alles zu viel wird und das Unterbewusstsein einen beschützen will. Auf der einen Seite war Ray froh und dankbar dafür, bis in Georges Wohnung vorgedrungen zu sein. Er hatte sogar eine ganze

Packung von Georges English Muffins verdrückt, und dass George jetzt mal alles rauslassen konnte, gönnte er ihm aus tiefstem Herzen. Aber diese Vorwürfe brachten in ihm viele Erinnerungen hoch. Wie eine beleibtere, maskulinere Version von Dolores bombardierte sein Sohn ihn nun mit Vorwürfen. So wie sie es immer getan hatte und genau wie George dabei die Fäuste auf den Küchentisch stemmte. Ja, Ray kannte Georges hitziges Temperament. Er hatte es in sechs Jahren nur selten gesehen. Aber wenn es kam, dann heftig. Es war von der Häufigkeit und dem Ausmaß vergleichbar mit einem Vulkanausbruch. In der Regel war Verletztheit der Auslöser. Seine oder die von seiner Mutter. Es war eine dieser wirklich schlimmen Streitereien zwischen seinen Eltern, als der dreijährige George anfing, mit gröberen Spielsachen nach seinem Vater zu werfen. George weinte hysterisch, schrie und warf unkontrolliert Spielsachen nach ihm. Nur Dolores konnte ihn beruhigen. Bei Rays Versuch, auf ihn zuzugehen, fing der Dreijährige an, nach ihm zu schlagen.

»Scheiße noch mal! Es tut mir leid! Alles tut mir so verdammt leid!«, schrie Ray fast. *Ja, das sollte es auch, du verdammter Hurensohn*, dachte George. Er kaufte ihm ab, dass es ihm leidtat. Er verstand sogar, dass seine Scharade mit Leonhard nicht aus einer bösen Absicht heraus entstanden war. Dennoch wurde seine Wut kein Stück kleiner. Im Gegenteil. Jetzt saß er da wie ein Häufchen Elend, das auf Mitleid hoffte. Der arme alte Ray, der nie jemanden etwas Böses wollte. Der einfach ein Sklave seiner Hin-und-her-Gerissenheit war. Aber nur weil er demütig war, hieß das nicht, dass George ihm vergeben musste.

»Und? Wie stellst du dir das jetzt hier vor? Sollen wir jetzt anfangen, Vater-Sohn-Aktivitäten zu unternehmen?«

»Das kann ich ja wohl kaum von dir verlangen. Aber wie wäre es, wenn ich dir einfach was aus der Zeit damals erzähle, hm? Du kannst mich alles, was du willst, fragen.«

Das war tatsächlich ein guter Verschlag, dachte George. Immerhin hatte er Tausende von Fragen, die ihn seit Jahren plagten. Aber gerade fiel es ihm unendlich schwer, das Angebot seines Vaters anzunehmen. Das war ein zu großes, zu schnelles Zugeständnis.

»Ich muss meine Tochter abholen«, sagte er als eine Art Ausrede. Er hätte frühestens in einer Stunde losgehen müssen.

»Meine Enkeltochter«, strahlte Ray.

»Nenn sie nicht so«, fauchte George zurück.

»Bitte! Dann sag mir wenigstens ihren Namen!«, flehte Ray, aber George biss die Zähne zusammen und schaute zur Seite.

»Soll ich dir gleich noch ein paar Fotos von ihr schenken?«, fauchte George weiter. »Ach, und übrigens, Witwer bin ich auch. Wo wir schon bei den familiären Intimitäten sind.«

»Ach Gott, Junge!« Ray war erschüttert. Das hatte er nicht gewusst. Dass seinem Jungen auch noch so etwas widerfahren musste, daran hatte er gar nicht gedacht. »Das tut mir leid ... wann? Ich meine, wann ist es denn passiert?« George schaute Ray an. Langsam wurde es ein Stück ruhiger in ihm.

»Molly war noch ganz klein. Na, dann weißt du jetzt auch, wie sie heißt. Egal, ich muss jetzt los, ja?« George ging in den Flur und zog sich ohne zu zögern Jacke und Schuhe an.

»George? Darf ich wiederkommen?«, fragte Ray, als er ihm folgte. Dabei entdeckte er ein Foto von George und Molly, das am Garderobenspiegel klemmte. Auf dem Foto trug George Molly auf den Schultern. Die beiden wurden auf wunderschöne Weise von der Sonne angestrahlt. Mit hoher Wahrscheinlichkeit hatte Dolores das Foto aufgenommen. Geliebte Dolores.

»Ich weiß nicht«, grummelte George und suchte wie immer nach seinen Schlüsseln. »Hör zu! Das ist mir gerade

irgendwie zu viel. Ich weiß gar nicht, was ich denken soll.«
Er schaute Ray kein einziges Mal an, während er mit ihm
sprach. George stürzte die Treppen runter, als wäre er vor
Ray auf der Flucht.

»Lass mich dir wenigstens meine Nummer geben«,
flehte Ray ihn an, während er seinem Sohn hinterhereilte.
Aber George hatte es einfach nur eilig, von seinem Vater
wegzukommen. Er stürmte raus auf die Straße und über-
querte diese so hastig, dass es beinahe noch einen Unfall
gegeben hätte. Ray blieb auf der anderen Straßenseite stehen und schaute ihm nach. Er hatte verstanden. Er hatte
verstanden, dass George in diesem Moment seine Ruhe
vor ihm brauchte. Er hatte aber auch verstanden, dass
George ihm eine Tür geöffnet hatte. Er hatte ihm nicht
gesagt, dass er sich zum Teufel scheren soll und nie wiederkommen brauchte. Er hatte gesagt, *Ich weiß nicht*, als
Ray ihn gefragt hatte, ob er wiederkomme durfte. George
war sauer – berechtigterweise. Aber er wollte auch, dass
Ray nun endlich da war. Dass er ihm all seine Fragen be-
antworte. Sollten die beiden wirklich in Kontakt treten,
konnte dies schmerzhaft werden und vielleicht würde
George Ray dann komplett aus seinem Leben verbannen.
Davor fürchtete er sich. Aber er musste es riskieren. Er
war es George nun auch schuldig, sein Versprechen ein-
zulösen.

Gleiches Spiel, neues Glück? Von nun an würde Ray sei-
nem geliebten Jungen wieder folgen. Nur diesmal so, dass
George ihn auch dabei bemerkte. Ganz nah und deutlich.
Ganz ehrlich.

Kapitel 37

Zuerst hatte George der Tatsache, dass Ron eine Tochter erwähnte, die auch noch in seinem Alter war, nicht wirklich Beachtung geschenkt. Ein Kind zu zeugen, war nicht das Schwerste. Wenn er über seine Kindheit nachdachte, dann wusste er, dass so gut wie jeder verantwortungslose Gauner ein Kind in diese Welt setzen konnte. Dazu bedurfte es keiner Beziehung, in der ein Kind gezeugt wurde. Dazu bedurfte es ja nicht mal Liebe. *Dazu bedurfte es lediglich zweier Menschen, die es miteinander trieben*, resümierte George. Genau deshalb schenkte er Rons Tochter zunächst wenig bis gar keine Beachtung. Einige Tage später, beim Frühstück, um genauer zu sein, passierte es jedoch. Da fiel dieser eine beiläufige Satz, der George aufhorchen ließ. Der dazu führte, dass ihm sein Erdbeermarmeladentoast fast im Halse stecken blieb. Es war wirklich nur sehr beiläufig, dass der gute alte Ron darüber sprach, dass seine Kleine ihren Lebensunterhalt mit, wie er es nannte, Verrenkungen verdiente. *Verrenkungen?*, dachte George zunächst. *Was denn bitte für Verrenkungen?* Für einen kurzen Moment sah er vor seinem inneren Auge eine Frau, die sich kostümiert als Schlange wie eine Brezel verbog. Dieser Gedanke war zu gleichen Teilen witzig, aber auch im höchsten Maße erotisch. Hatte er an diesem traurigen Ort, und auch aufgrund der jüngsten Ereignisse, seine Sexualität doch fast vollständig verdrängt. Bei der Vorstellung von einer über die Maßen dehnbaren Frau schien sie sich allerdings ihren Weg in sein Bewusstsein zurückzuerobern. Dann jedoch begann es bei ihm an noch ganz anderer Stelle zu rattern.

»Ach, diese unnatürlichen Verrenkungen, das ist was für die, die es brauchen«, hatte Mrs Greenbaum einmal zu Dolores gesagt, als diese ihr von ihrer Yogastunde berichtete. Yogastunde. Meinte Ron vielleicht das mit Verrenkungen? War seine Tochter etwa eine Yogalehrerin? So wie Lizzy?

»Ich habe gehört, Sie haben sich mit jemandem angefreundet?« Dr. Manville riss ihn aus seinen Gedanken. Er selbst hatte ihr nicht von Ron erzählt. Das musste eine der Betreuerinnen gewesen sein.

»Kann sein«, grummelte er. »Weiß nicht.«

»Gut«, erwiderte die Therapeutin. Sie wusste genau, dass dies wieder eine der extra zähen Stunden sein würde. Georges neu gewonnene Freundschaft schien für ihn etwas ganz Persönliches zu sein, das er nicht teilen wollte. So war er halt. Alles, was ihm wichtig war, schloss er ganz tief in sich ein. Damit es ihm nicht verloren gehen konnte. So wie sein Vater, der ihm sogar zweimal verloren gegangen war. »Nun gut.« Dr. Manville war sich unsicher, denn sie wollte ein weiteres ganz persönliches Thema ansprechen – Mollys Besuch. Nachdem Ron ihm erzählte hatte, dass seine Kleine ihn nicht mehr sehen wollte, musste George sofort an seine Kleine denken und dass sie nichts lieber wollte, als ihren Dad zu sehen. Dieser Gedanke schmerzte ihn in diesem Moment so sehr, dass er Dolores noch am selben Tag anordnete, Molly beim nächsten Besuch mitzubringen.

»Gestern war es ja so weit«, sagte die Therapeutin mit einem Lächeln in der Stimme. »Möchten Sie darüber reden? Ich kann mir vorstellen, dass es vielleicht ... nun ja ... nicht ganz so einfach war.« George antworte erst einmal nichts. Wollte er diesen Moment wirklich auseinanderpflücken, indem er ihn seiner Therapeutin bis ins Detail schilderte? »Aber ich wette, dass es für Molly ganz besonders war.« Dr. Manville versuchte, George anzuspornen. Er jedoch blieb stumm. Wollte er doch viel lieber immer wieder die schönen Momente des gestrigen Tages in seinem Kopf abspielen. Auch wenn der Anfang zunächst einfach nur furchtbar gewesen war. Molly stand hinter Dolores und traute sich erst einmal gar nicht an den Beinen ihrer Großmutter vorbei in Richtung ihres Dads zu schauen.

»Sie ist sehr aufgeregt«, flüsterte Dolores ihrem Sohn zu. »Bis eben war sie noch total euphorisch. Aber jetzt ist es scheinbar gekippt«, ergänzte sie. So ist das manchmal mit kleinen Kindern. Ihre Euphorie schien zunächst grenzenlos – bis sie sie übermannte. Dann wurden sie ganz schüchtern.

George ging in die Knie und berührte seine Tochter ganz langsam, ganz vorsichtig an ihrem linken Arm. »Hey, meine Kleine«, flüsterte er. »Willst du mich drücken, Molly? Komm her, meine Kleine«, sagte er ganz sanft. Die Stimme ihres Vaters zu hören, brachte sie zum Weinen. Molly schluchzte hemmungslos. Ganz vorsichtig zog George sie rüber zu sich und nahm sie in die Arme. »Alles gut«, flüsterte er ganz sanft. Mittlerweile hatte sich auch Dolores ein paar Tränen aus dem Gesicht wischen müssen. Auch sie hatte bei dem Gedanken an dieses Treffen tiefe Ängste gehabt. Wie würde Molly reagieren, wenn sie ihren Vater so sah? An diesem fremden, traurigen Ort. In welcher Verfassung würde sie wohl im Anschluss an das Treffen sein? Molly war ein tapferes kleines Mädchen, aber auch ihre Stärke würde nicht grenzenlos sein.

Molly brauchte noch eine Weile, bis sie sich beruhigt hatte. Sie hatte Georges Kragen fast vollständig nass geweint. Während er sie beruhigend leicht hin und her wog, fingen er und Dolores an, sich leise zu unterhalten. Um der ganzen Situation etwas Normalität zu geben. Um dem Ganzen das Surreale zu nehmen.

»Wie geht es deinem Freund Ron, Schätzchen?« Dolores war überglücklich, dass ihr Junge einen Freund gefunden hatte. Hier an diesem tristen Ort. Auch wenn Ron ganz offensichtlich ein Krimineller war, erkannte sie, dass er George einfach guttat. Immerhin hatte er nun endlich zugestimmt, dass Molly ihn besuchen durfte. Zudem kannte sie ihren Jungen gut genug, dass sie wusste, dass er sich nicht zu irgendeinem *Blödsinn* bequatschen lassen würde. George war, auch wenn er den Beruf des Müllmanns vorgezogen hatte, ein intelligenter Mann. Ein Mann, den man nicht so einfach beeinflussen konnte. Vielmehr war Dolores einfach froh, dass George sich hier mit jemandem verstand, dem er auch zu vertrauen schien. Das war nach der Geschichte mit Ray nie einfach für ihn gewesen.

»Oh, schau mal, wer da aufgehört hat zu weinen«, sagte Dolores plötzlich ganz erfreut. Molly hatte sich beruhigt und begonnen, ihrer Großmutter und ihrem Dad zuzuhören.

»Hey, Süße«, sagt George und gab seiner Tochter einen Kuss. »Hey, meine Süße! Alles klar?« Molly nickte nur und klammerte sich ganz fest an George.

»Ich habe uns was mitgebracht«, sagte das Sugarman-Familienoberhaupt, um die Situation weiter zu entspannen. Dolores entpackte ihren kleinen Picknickkorb, in dem Kuchen, Saft und Tee waren, und dann saßen sie da im Aufenthaltsraum der Psychiatrie und aßen Apfel-Zimt-Kuchen. *Was für eine gute Idee*, dachte George. Essen war stets ein Element zwischen ihm und Molly gewesen, das sie verband. Langsam fing sie auch an, den festen Griff um ihren Vater herum etwas zu lockern, und knabberte an einem Stück Kuchen.

»Na gut! Auch wenn Sie scheinbar nicht über gestern sprechen wollen, scheint es Sie aber freudig zu stimmen.« Dr. Manville hatte George beobachtet, während er scheinbar über das Treffen mit Molly nachdachte und ein Lächeln auf seinem Gesicht entdeckt.

»Ja, das tut es«, bestätigte er ihr. »Es war sehr schön. Aber ich möchte es trotzdem nicht ... analysieren, wissen Sie?«

»Das verstehe ich, George. Außerdem reicht es mir schon völlig, dass es Ihnen gutgetan hat«, antwortete die Therapeutin ganz aufrichtig und lächelte ihn an.

Ja, es tat ihm gut – mehr als das. Molly war bei diesem Treffen immer mehr aufgetaut und verkündete zum Schluss, dass sie morgen gleich wieder zu ihm kommen wollte, und darauf freute sich George. Es war nun 03:00 Uhr nachmittags und um 04:00 Uhr würde er seine Kleine wieder in den Arm nehmen dürfen. Alles andere war ihm schlichtweg egal. Er hatte sogar ganz vergessen, bei Ron wegen seiner Tochter nachzuhaken.

KAPITEL 38

Dolores lebte nun schon seit zwei Wochen in Rays Wohnung. Bevor sie mit Molly dort behelfsmäßig einziehen konnte, musste sie der Wohnung allerdings zunächst eine Tiefenreinigung verpassen. Hatte Ray hier doch mehr oder weniger *gehaust*. Auch wenn Dolores eigentlich nicht viel anderes erwartet hatte, war sie doch ein wenig schockiert. Neben dem Badezimmerteppich, der locker zur Hälfte aus Rays Haaren bestand, war einfach die ganze Wohnung von einer dicken gleichmäßigen Staub- und Haarschicht bedeckt. Lediglich die Bettwäsche schien den Eindruck zu erwecken, dass sie mehr oder wenig regelmäßig gewechselt wurde. Das wusste sie sogar mit ziemlicher Sicherheit. Genauso wie sie die Bettwäsche kannte, die Ray zuletzt genutzt hatte. Ja, denn sie selbst hatte nur kurz vor Rays Tod in ihr gelegen – mit Ray. Sie hatte ihn zufällig in Georges Hausflur getroffen und es hatte sich noch genauso angefühlt wie damals. Das hatte sie gleichermaßen überrascht wie die Tatsache, ihm überhaupt über den Weg zu laufen und dann auch noch in Georges Haus.

Da stand er nun, unten bei den Briefkästen, und zündete sich noch schnell eine Zigarette an, bevor er rausgehen wollte. Als sie ihn sah, traf es sie wie ein Donnerschlag. Ihre Knie wurden weich und sie hatte dieses Kribbeln im Bauch, das sie immer nur bei Rays Anblick bekommen hatte. Auch zu der Zeit, als sie zusammen waren. Diese Verliebtheit war nie verschwunden. Sie hatte ihre Konflikte wahrscheinlich auch immer noch mehr angeheizt.

»Dolores«, hauchte Ray gleichermaßen verblüfft. Obwohl er stets darauf gehofft hatte, ihr hier zu begegnen. Natürlich war ihm klar, dass George so etwas mit hoher Wahrscheinlichkeit zu verhindern versuchte, in dem er sich nur zu einer Uhrzeit mit Ray traf, zu der Dolores nicht vorbeikommen würde. Dennoch hatte er die Hoffnung nie aufgegeben, und nun stand sie da; so wunderschön. »Dolores«, wiederholte er sich und strahlte sie an.

»Was tust du hier?«, fragte sie ihn ganz entgeistert. Aber Ray ging einfach auf sie zu und strich ihr über die Wange. Erst ließ Dolores es geschehen – fühlte es sich doch immer noch gut an – aber dann riss sie sich zusammen und ging einen Schritt zurück. »Du Spinner, was fällt dir eigentlich ein?«, schnappte sie nun.

»Dolores, warte!«

»Was?«, fauchte sie ihn schon fast an. »Was fällt dir eigentlich ein? Hier aufzutauchen? Mich einfach anzufassen? Was bildest du dir eigentlich ein?«, schnauzte sie ihn, nun erhobenen Hauptes, an. Da war sie wieder; diese temperamentvolle Frau. Wenn sie ihm jetzt noch eine Ohrfeige geben würde, konnte er sich nicht mehr beherrschen.

»Dolores! Du bist ja noch viel schöner«, säuselte er.

»Hau ab, du Idiot!«, schrie sie nun fast. Aber innerlich passierte gerade etwas ganz anderes mit ihr. Hatte sie doch die ganzen letzten 30 Jahre darauf gehofft, ihn wiederzusehen.

»Lass uns einen Kaffee trinken gehen.«

»Was? Nein!«

»Komm schon, bitte! Ich muss mit dir reden. Ich muss dir so viel erklären.«

»Nein, musst du nicht«, raunzte sie ihn an, in der Hoffnung, dass er nicht lockerlassen würde. Sie konnte immer noch seine Hand auf ihrer Wange spüren. »Obwohl, ich würde zu gerne wissen, was du hier tust. Warst du etwa bei George?«

»Ja!« *Das ist meine Gelegenheit*, dachte Ray. »Ja, genau! Lass uns über unseren Jungen sprechen«, sagte er fast hastig und in Ray stieg Vorfreude auf. Darauf musste sie sich einfach einlassen. Was für eine Gelegenheit.

»Fein!« Dolores gab nach kurzem Zögern auf. »Ich will wissen, was da los ist ... zwischen euch beiden.« An den Rest des Nachmittags konnte sich Dolores nicht mehr wirklich erinnern. Nur noch an den Abend und die Nacht – als sie mit Ray im Bett war. In einer Kurzversion hatte er ihr alles erzählt – George, Leonhard, seine Scharade, wie er George förmlich belagerte, bevor dieser mit ihm sprechen wollte. Dann hatte er ihr wieder über die Wange gestrichen und sie ganz ohne Umschweife geküsst. Für einen kurzen Moment hatte sie es zugelassen. Dann hatte sie sich dem Kuss entzogen und ihm eine geklebt. Was ihn aber erst so richtig anspornte. Ray zog Dolores an sich und küsste sie richtig. Sie gab nach – ihren weichen Knien, ihrem Kribbeln, ihrem sexuellen Verlangen nach Ray, dem alten Gauner.

Nun saß sie in seiner Wohnung, aus der sie seinen Schmutz und somit irgendwie auch ihn rausgeputzt hatte, um dort mit ihrer gemeinsamen Enkeltochter einziehen zu können. Ray war tot. Sie würde nie wieder seine Berührung spüren. Umso mehr war sie froh, dass sie an jenem Tag so schwach gewesen war. An jenem Tag und auch noch an ein paar Tagen danach. Ja, es war noch genauso wie damals. Sie waren wie Magnete – wie zwei unglaublich gegenpolige Magnete. In all den Jahren, in denen sie zusammen waren, hatte es nicht eine Nacht gegeben, in der sie nicht Sex miteinander hatten. Auch wenn Dolores ihn manchmal noch so sehr gehasst hatte, zogen sich ihre Körper ganz automatisch zueinander hin. Nach Ray war so gut wie jeder Mann nur noch eine Enttäuschung gewesen. Bis auf Harry. Was aber wahrscheinlich auch nur daran gelegen hatte, dass er Dolores so sehr an Ray erinnert hatte.

»Du hast den alten Ray wieder zum Leben erweckt«, lachte er, nachdem sie sich das dritte Mal geliebt hatten. Dolores kicherte nur.

»Du warst schon immer ein Sexbesessener. Das ist deine beste, aber auch schwächste Eigenschaft«, scherzte sie.

»Ich habe dich vermisst, meine Süße«, sagte er nun ganz ernsthaft und küsste sie. »Nicht nur körperlich.«

»Ach, Ray«, Dolores rollte sich von ihm weg. »Warum hast du uns das alles angetan?«

»Ich weiß, Baby!«, er legte ihr seine Hand auf die linke Schulter, in der Hoffnung, sie würde sich wieder umdrehen.

»Ich hätte alles für dich getan, aber du konntest einfach nicht ehrlich zu mir sein.«

»Dolores, bitte! Dreh dich wieder um! Jetzt gehe ich nie wieder von dir weg, okay?«

Waren sie Seelenverwandte? Das hatte sie sich oft gefragt. Auch Ray hatte sich das oft gefragt und dies auch oft für sich beschlossen. Der Sex war die eine Sache. Da war jedoch auch noch diese andere Sache zwischen ihnen.

Als Ray Susniak Dolores Sugarman das allererste Mal erblickt hatte – es war Anfang der Achtziger in einem Club, der für seine fein erlesene Rock-Schallplatten-Sammlung bekannt war – fühlte er sich nicht nur aufgrund ihrer Schönheit zu ihr hingezogen. Es fühlte sich an, als wäre nun das lange Warten vorbei. Dass er bis dato auf etwas gewartet hatte, war ihm bis zu jenem Abend nicht bewusst gewesen. Als Dolores jedoch – im Hintergrund lief wie ein musikalisches Omen »I Was Made for Loving You« von Kiss – den Club betrat, änderte sich für Ray plötzlich die ganze Welt.

Es dauerte nicht lange, bis Dolores bemerkte, dass sie jemand förmlich anstarrte. Der Club war randvoll. Aber dennoch, sie konnte ihn irgendwie spüren.

»Ich bin Ray«, sprach er sie ganz klassisch an. »Wie heißt du?«

»Ich bin Dolores. Hallo, Ray«, strahlte sie ihn an. Dolores hatte etwas Magisches an sich und er fragte sich ganz unwillkürlich, ob man sie auch noch strahlen sehen könnte, wenn man sämtliche Lichter samt der *blöden* Discokugel im Club ausschalten würde. Es war um ihn geschehen. Sie hatte etwas Warmes, etwas Anmutiges, etwas Gütiges, etwas ganz Besonderes an sich. Von nun an würde er dieser Frau hoffnungslos verfallen sein. Von nun an würde er sehr vielen Menschen sehr wehtun. Einfach, weil er sie doch so sehr liebte.

Kapitel 39

Die Kindheit war nicht einfach gewesen. Wahrscheinlich waren sie nie eine harmonische Familie gewesen. Dennoch, als Lizzy anfing, ernsthaft zu verstehen, was für eine Katastrophe ihre Familie war, war sie im zarten Alter von acht. Es hatte immer deutliche Zeichen gegeben. Ihr Vater hatte zunehmend weniger Zeit zu Hause und ihre Mutter zunehmend weniger Zeit im Hier und Jetzt verbracht. Waren es zunächst nur der Alkohol und ein Joint hier und da gewesen, wurde der Cocktail, der ihr das Hirn vernebelte, in den darauffolgenden Jahren immer heftiger. Dass ihre Mutter mit hoher Regelmäßigkeit Drogen nahm, verstand Lizzy erst Jahre später. Da war sie bereits im Teenageralter. Sie konnte nicht verhindern, dass ihre Mutter an den Folgen einer Überdosis sterben würde. Lizzy war fünfzehn, als ihr Vater die Familie endgültig verließ, und von diesem Moment an musste sie dabei zusehen, wie sich ihre Mutter Schritt für Schritt umbrachte.

Obwohl ihr Vater in den letzten Jahren, bevor er ging, scheinbar damit aufgehört hatte, nachts durch die Straßen zu ziehen, ihr gemeinsames Geld zu verspielen oder es für andere Frauen auszugeben, stritten sich ihre Eltern mit der beinahe gleichen Intensität. Es kam der Moment, an dem Lizzy anfing, dieses Verhalten, diesen Zustand, für den Normalzustand zu halten. Diese Selbstverständlichkeit des permanenten Konflikts führte dazu, dass Lizzy mit Freunden, Klassenkameraden sowie Lehrern um jede Kleinigkeit stritt. Ganz egal, worum es ging; Verabredungen, das Tauschen und Leihen von Büchern oder Ähnlichem. Ganz egal, es endete stets mit einem Streit, in dem Lizzy zum Schluss lauter schrie als alle anderen und somit den Streit zu ihren Gunsten beendete. Mit zwei Erwachsenen zusammenzuleben, die jegliche Situationen

unglaublich emotional und mit jeder Menge Schimpfwör-
ter angingen, ließ sie denken, dass dies nun mal der Normalzustand sein müsste. Dieses anstrengende Verhalten
führte bald dazu, dass Lizzy fast vollständig allein war.
Nur ein einziger Freund, eine treue Seele, verstand, was
hinter allem stand und konnte somit Lizzys Launen hän-
deln.

Lizzys schlimmste Erinnerung an diese Zeit, neben dem
Tod ihrer Mutter, war der Moment, in dem ihre Mutter dermaßen verzweifelt durch das Verhalten ihres Mannes gewesen war, dass sie Sachen nach ihm warf und ihm sogar
ins Gesicht schlug. All die Tränen. Diese tiefe, tiefe Verzweiflung. Dieser verletzte Gesichtsausdruck, der sie zur
Personifizierung des Schmerzes hatte werden lassen, und
das Unvermögen, diesen Mann endlich zu verlassen. Lizzys Vater hingegen erhob niemals die Hand gegen seine
Frau. Diese Tatsache war eine der letzten Hoffnungen, die
sie in sich trug. Dennoch, die Beziehung ihrer Eltern und
insbesondere diese nicht zu durchschauende Art ihres
Vaters hatten Lizzy stark geprägt. Es prägte sie dahin gehend, wie sie ihr Leben führen würde – allein und unabhängig. Es prägte sie dahin gehend, wie sie die Männer in
ihrem Leben wählen würde – vorsichtig und unverbind-
lich. Aber vor allem prägte es sie dahin gehend, wie sie
mit ihrem Vater umgehen würde – distanziert. Was Jahre
später auch George zu spüren bekommen würde. Obwohl
sie ihn doch so lieben würde.

Ihr Vater war nie ein Arschloch gewesen, obwohl er mit
seiner Art ihre Mutter in den langsamen Suizid getrieben
hatte. Ein Mann wie er, ein Mann, den man nicht an sich
binden konnte, hätte niemals ein ernsteres Verhältnis
mit einer so labilen Frau wie Lizzys Mutter eingehen dürfen. *Er musste von ihrer Schönheit geblendet gewesen sein*,
dachte Lizzy oft. Da ihre Mutter lange als Tänzerin ge-
arbeitet hatte, war sie neben ihrer Schönheit zudem sehr

anmutig gewesen. Sie hatte diese besondere Aura. Von all diesen Dingen war Jahre später jedoch so gut wie nichts mehr übrig geblieben. Nur manchmal, wenn sie schlief, konnte man noch etwas von ihrer früheren Schönheit erkennen. Was Lizzy nicht wusste, und sie von ihrem Vater nie erfahren hatte, war die Tatsache, dass sie der Grund war, warum er nicht gegangen war. Mit der Schwangerschaft hatte ihre Mutter versucht, ihn an sich zu binden. Ja, sie hatte es aus Kalkül getan, um ihn damit emotional zu erpressen, und um ihre Gefühle nicht noch mehr zu verletzen, behielt ihr Vater dieses Geheimnis lieber für sich. Lizzy sollte nicht wissen, unter welchen Umständen sie in diese Welt gekommen war – ein Verzweiflungsakt seitens ihrer Mutter. Seine Tochter hatte schon mehr als genug gelitten, entschied ihr Vater.

Dennoch, auch wenn er menschlich genug war, an seine Tochter zu denken, hätte er vieles auch verhindern können. Zum Beispiel, indem er nicht das Geld für die Miete, das Essen und für Kleidung verspielt hätte, und er musste eine Menge davon für Glücksspiel und Frauen ausgegeben haben, denn trotz seines gut bezahlten Jobs lebten die drei hauptsächlich am Existenzminimum. Somit schlossen Lizzys Mutter und später auch sie selbst daraus, dass er das Geld für mindestens eine andere Frau ausgab. Das hatte Lizzys Mutter tief verletzt. Das hatte Lizzy selbst im Alter von acht verstanden. Was sie aber nie so richtig verstanden hatte, waren die fünf Jahre, in denen er von den Frauen abgelassen und versucht hatte, wieder Teil dieser *Familie* zu sein. Er kam jeden Abend pünktlich von der Arbeit nach Hause, gab nur einen sehr geringen Teil seines Geldes für Glücksspiel und Alkohol aus und verbrachte sogar Sonntagnachmittage mit Frau und Kind. Trotzdem stritten sich ihre Eltern bis aufs Blut.

Aber vielleicht hatte Lizzys Mutter trotz all ihres Suffs und der geistigen Vernebelung ihres Gehirns durch die

Drogen dennoch gemerkt, dass er nur physisch anwesend gewesen war. Dass er sich zwar Mühe gegeben hatte. Nur leider aus den falschen Gründen. Aus Verpflichtung. Jedoch nicht ihr gegenüber. Sondern ganz allein gegenüber seiner Tochter. Da Lizzy nie erfahren hatte, wie es zu ihrer Geburt gekommen war, würde sie auch nie verstehen, warum die letzten fünf bis sechs Jahre als *vollständige* Familie so furchtbar gewesen waren. Somit würde sie auch nie verstehen, dass ihr Vater, trotz all seiner Fehltritte, ein Mensch war, dem seine Mitmenschen nicht egal gewesen waren.

Die letzten 20 Jahre hatten sich Lizzy und ihr Vater nur sporadisch gesehen. Bis zu ihrer Volljährigkeit hatte sie bei einer Tante gelebt, die kurz nach Lizzys 21. Geburtstag durch einen Unfall starb. Ihre Tante hatte Lizzy Stabilität und Zuneigung geschenkt. Mit ihrem Tod jedoch war zumindest die Zuneigung wieder aus ihrem Leben verschwunden. Die Stabilität hatte Lizzy dank ihrer Tante für sich selbst aufbauen können. Sie machte ihren Schulabschluss und arbeitete seitdem im Yogastudio ihrer Tante, das sie nach deren Tod weiterführte. Das war wichtig für Lizzy, da es auch ihre Unabhängigkeit sicherte.

Unabhängig von und vor allem distanziert blieb sie auch zu ihrem Vater. Hatte er ihr noch einige Jahre lang Geld zugeschickt, das sie in erster Linie annahm, um ihre Tante finanziell zu entlasten, gab er es irgendwann doch auf. Ab dem Zeitpunkt, als ihre Tante nicht mehr für sie gesorgt hatte, gab es für Lizzy keine guten Gründe mehr, sein Geld weiterhin anzunehmen. Sie schickte ihm jeden Betrag, den er ihr zuvor hatte zukommen lassen, zurück. Das ging ein Jahr lang so. Bis ihr Vater aufgab. Ein Jahr lang hatte er immer wieder das Geld zu ihr zurückgeschickt, in der Hoffnung, sie würde es letzten Endes doch annehmen. Ein Jahr lang hatte sie es ihm immer wieder zurückgeschickt. Sie wollte niemandem etwas schuldig sein. Sie wollte von niemandem abhängig sein, niemanden zu nah kommen lassen. Hatten alle Menschen, die ihr nahestanden, sie doch irgendwann verlassen. Ihr Vater, weil er es zu Hause nicht mehr ausgehalten hatte. Ihre Mutter, weil sie zu schwach war, um von den Drogen zu lassen. Und letztendlich auch ihre Tante, auch wenn Lizzy ihr diesbezüglich nichts vorwarf.

So saß sie nun ganz allein in dem kleinen Büro ihres Yogastudios. Ganz allein, ohne George. Sie musste ihn wegstoßen und das brach ihr das Herz. Sie konnte nicht wieder zurück in diese Wohnung, in der ihre Liebe angefangen hatte. An dem Tag, an dem sie verschwand, hatte sie das Wichtigste gepackt und war damit in ihr Yogastudio, dessen Adresse sie George mit voller Absicht nie gegeben hatte, geflohen. Somit saß sie nun jeden Abend in ihrem kleinen Büro und trauerte ihrer wunderschönen Zeit mit George hinterher.

Kapitel 40

»Ehrlich gesagt interessiert mich die ganze Scheiße mit Leonhard nicht«, unterbrach George Ray, als dieser ihm seinen vollständigen Plan im Detail wiedergeben wollte. »Ich kann mir schon denken, warum du das Ding durchgezogen hast. Ich frage mich nur, warum du ausgerechnet *ihn* dafür genommen hast.«

»Ganz einfach, Junge, er würde alles für mich tun«, sagte Ray milde.

»Idiot!«, grummelte George leise vor sich hin, aber noch laut genug, dass es sein Vater verstehen konnte. An diesem Punkt zu sein – dass George ihn noch einmal reingelassen hatte und in ganzen Sätzen mit ihm sprach –, hatte Ray ein paar Tage gekostet. Bis George sich darauf eingelassen hatte, war Ray mehrere Male an der Tür abgewiesen worden. Dass ihm letzten Endes doch noch einmal Einlass gewährt wurde, lang nicht zuletzt auch daran, dass sein kleiner Junge an jenem Tag gute Laune gehabt hatte. George hatte in der Nacht zuvor gut und traumlos geschlafen, was für ihn wie ein großer Erfolg war. Zudem hatte ihm Mrs Clark mal wieder Kekse gebacken. Ja, und als er dann seinen alten Herrn vor seiner Haustür hatte stehen sehen, als er nach Hause kam, war George selig genug gewesen, um ihn hereinzulassen.

»Wie genau kam es dazu, dass Sie ihm zugehört haben? Ich meine, was genau hat er Ihnen denn erzählt?«, hakte Dr. Manville nach.

»Tja, er hatte es ganz geschickt angestellt. Der alte Gauner hatte mir eine Anekdote aus meiner Kindheit erzählt. Eine Anekdote von ihm und mir. Er meinte dann noch, dass es eine seiner Lieblingserinnerungen wäre.«

»Elegant, das muss man schon sagen.«

»Ganz genau, Doc. So hat er mich natürlich zum Zuhören gebracht.«

»Darf ich fragen, was seine Lieblingserinnerung war, George?«

»Weißt du, Junge«, begann Ray. »Das Meer. Das hast du schon immer geliebt. Das Geräusch der Wellen, der Möwen und die Stimmen der Menschen, die durch die Geräusche des Wassers, der Möwen und des Windes nur noch gedämpft zu hören sind.« Ray hatte völlig recht. Am Meer hatte sich George stets gut gefühlt. Es war immer diese Mischung aus dem Respekt vor den Naturgewalten und dem Gefühl der Heimeligkeit durch all diese Gerüche und der Leckereien, die man am Strand kaufen konnte, und ja, ganz besonders, wie sich die Stimmen der Menschen, gedämpft unter den Geräuschen der Natur, anhörten, hatte ihm stets einen inneren Frieden gegeben. Er mochte Menschen, jedoch wurden sie ihm oftmals zu viel. Besonders, wenn sie nicht aufrichtig waren oder meinten, ihn aufgrund seiner besonnenen Art nicht ernst nehmen zu müssen, und deshalb liebte er dieses gedämpfte Geräusch. Da waren Menschen und somit würde er nicht allein sein. Dennoch waren sie auch irgendwie durch einen Schleier von ihm getrennt.

»Kannst du dich noch daran erinnern?«, fuhr Georges Vater fort. »Na gut, ich meine, du warst ja auch noch recht klein, aber ...«

»Du bist oft mit mir ans Meer gefahren. Das weiß ich noch«, unterbrach George ihn tatsächlich. Plötzlich begann Ray zu lächeln, denn nun wusste er, dass sein Junge auch durchaus positive Erinnerungen an ihn gehabt haben musste.

»Ganz ehrlich, das freut mich, dass du das noch weißt«, sagte er zu seinem Sohn, der ihn jedoch in jenem Moment nicht mehr in die Augen schauen konnte. George hatte sich ein wenig weggedreht und schaute nun aus dem Küchenfenster. Er war noch nicht ganz bereit, Ray seine Gefühle zu zeigen. In seinem Hals steckte ein dicker Kloß. Als Ray klar wurde, was mit George gerade passierte, reagierte er entsprechend und fuhr mit seiner Geschichte fort. Er wollte seinen Sohn nicht überfordern oder verschrecken, indem er ihn jetzt in den Arm nahm oder ihm etwas sagen würde wie *Lass es einfach raus, Junge*. Nein, er entschied sich dazu, weiter von einer seiner Lieblingserinnerungen zu erzählen, um ihm zu zeigen, wie viel diese Momente für ihn bedeutet hatten. »Du warst gerade erst drei Jahre alt geworden. Was wirklich ein schönes Alter ist. Auch wenn du noch nie der *Gesprächigste* gewesen bist, konntest du uns jetzt doch schon recht genau sagen, was du brauchtest oder wolltest. Tja, oder halt auch nicht. Du weißt ja mittlerweile selbst, wie viel leichter die meisten Dinge dadurch werden, dass ein Kind sich ausdrücken kann. Aber egal, wir zwei waren nach Brighton gefahren. Deine Mom hatte uns zwar ein unglaublich großes Lunchpaket geschnürt. Der Wahnsinn, wer sollte das alles essen?«, lachte Ray und innerlich musste auch George ein wenig lachen, denn das passte sehr gut zu seiner Mutter. In Dolores' Welt gab es scheinbar so etwas wie den plötzlichen Tod durch Verhungern. »Aber ich wollte unbedingt, dass du diese frittierten Muscheln probierst, die ich als Junge schon so geliebt hatte. Also bin ich mit dir zu diesem Typen, der, obwohl der Stand eigentlich immer recht fragwürdig ausgesehen hatte, tatsächlich die besten frittierten Muscheln hatte. Ich weiß noch, wie du zu mir hochgeschaut hast, als ich dir ein Stück gegeben habe. Du hast mich so erwartungsvoll angeschaut mit deinen großen Augen.« Dann hielt Ray inne, denn nun hatte er selbst einen dicken Kloß im Hals stecken. »Na ja, du hast das Stück genommen und es dir vorsichtig in den Mund gesteckt«, fuhr er langsam fort. »Und dann hast du gelacht. Dir schien es also zu schmecken, dachte ich dann. Ich meine, dir muss es wirklich gut geschmeckt haben. Dann hast du mir nämlich die ganze Ladung frittierter Muscheln weggefuttert«, lachte er und hatte dabei Tränen in den Augen. Ray konnte sich noch ganz genau daran erinnern, wie George gelacht hatte und wie sich dieses Lachen mit den Geräuschen des Strandes vermischt hatte. Wie es sich auch mit den Gerüchen des Strandes vermischt hatte. Nachdem Ray diese Geschichte erzählt hatte, herrschte eine ganze Weile Ruhe in der Küche. George hatte sich nun vollständig zum Küchenfenster umgedreht, um seine Tränen zu verbergen. Während Ray sein Gesicht in seinen Händen versteckte.

»Das ist wirklich eine sehr schöne Geschichte, George. Und dann wussten Sie ja auch, warum Sie immer so gerne am Meer waren,« sagte die Therapeutin. *Waren. Sie hatte gesagt, warum Sie so gerne am Meer* waren, dachte George augenblicklich. Denn Besuche am Meer gehörten nun wohl erst einmal der Vergangenheit an. Das schmerzte ihn zutiefst. Hatte er doch, wie schon sein eigener Vater einst, mit Molly regelmäßig das Meer besucht. Nun würde es mal wieder zu Dolores Aufgabe werden, diese Tradition fortzuführen. Diese Tradition, die zunächst ein Vater begonnen hatte, aber nun aufgrund seiner Abwesenheit nicht weiterführen konnte. Was nun scheinbar auch zu einer Tradition geworden war.

»George, bei allem, was Sie mir so von Ihren ersten wirklichen Begegnungen mit Ihrem Vater berichten, stellt sich mir doch eine Frage«, bemerkte die Therapeutin am Ende der Sitzung, obwohl dies nicht sehr geeignet war, fünf Minuten, bevor sie ihren Patienten wieder sich selbst überlassen würde.

»Ich kann mir schon denken, was jetzt kommt«, grummelte Dr. Manvilles Patient.

»Sie haben ihn zunächst mehrfach abgewimmelt. Und als Sie ihn hereingelassen haben, dann, na ja, haben Sie ihn ja auch erst einmal weiter abgewiesen, sozusagen. Sie wollten ihm ja erst einmal überhaupt nicht zuhören. Bis er Ihnen diese schöne Geschichte erzählte.«

»Sie wollen wissen, warum ich ihn nie selbst gefragt habe, weshalb er uns verlassen hatte?«

»Ja, George. Ich meine, es ist klar, dass Sie ja auch berechtigterweise Angst vor der Antwort hatten.«

»Aber jetzt denken Sie doch mal nach, Doc«, sagte George und lehnte sich in Richtung seiner Therapeutin. Er schaute sie mit einem Blick an, der ihr schon fast eine Gänsehaut verpasste. Es war ein Blick, gemacht aus Überlegenheit und Fordern. »Was glauben Sie denn, was dann wohl passiert wäre, hä? Wenn ich den Grund und all den Rattenschwanz, der dranhängt, gleich zu Beginn erfahren hätte?«, fragte George mit Nachdruck und zog dabei seine Augenbrauen hoch. So hatte Dr. Manville George noch nie gesehen. Traurig, bockig, wütend. Ja, das waren alles Emotionen, die sie ungefiltert miterlebt hatte. Aber in jenem Moment bereute die Therapeutin ihre Frage zutiefst, denn nun schien George etwas zu fühlen, mit dem sie nicht umgehen konnte. Sie fühlte sich bedroht. Nicht körperlich. Das hätte sie von George gegenüber einer Frau nie erwartet. Jedoch mental. Zudem wollte sie seine Frage lieber nicht beantworten. Lieber nicht laut aussprechen.

KAPITEL 41

Rons Gesellschaft hatte George bisher einfach nur gutgetan. Besonders nach diesem doch recht unschönen Treffen mit Molly hatte er sich sehr auf seinen neuen Freund gefreut. Es war der Tag vor ihrem siebten Geburtstag gewesen. Dass dieser Tag, den Molly gewohnt war, mit ihrem Dad und ihrer Omi sowie einigen ihrer kleinen Freunde zu feiern, dieses Jahr für sie ganz anders ablaufen würde, hatte sie doch ganz offensichtlich wütend gemacht. Das Ausbleiben einer Party mit ihren Freunden war ihr wahrscheinlich schon fast egal gewesen. Auch die Tatsache, dass diese sie auf Geheiß ihrer Eltern nun mieden, konnte Molly erstaunlich gut wegstecken. Zumindest gab sie das vor. Dass sie jedoch ihren Geburtstag nicht wie gewohnt mit ihrem Dad an einem Ort ihrer Wahl und dazu noch ganz ungezwungen feiern konnte, machte sie wütend. Doch eigentlich war es noch viel schlimmer als das. Ihr wurde damit auch schmerzlich bewusst, dass es auf unbestimmte Zeit so bleiben würde. Was *auf unbestimmte Zeit* bedeutete, hatte ihr Dolores erklären müssen, nachdem Molly gedacht hatte, dass es sich dabei vielleicht um ein paar Wochen handeln würde, und ständig nachgefragt hatte, wann ihr Dad denn nun endlich nach Hause kommen würde.

»Kann eine unbestimmte Zeit auch eine Ewigkeit sein?«, hatte sie ihre Omi am Ende dieses Gespräches gefragt und dabei traurig auf ihre Hände geblickt. Molly sah aus wie ein Häufchen Elend, als sie das gefragt hatte. Sie schien das Ausmaß der Dinge schmerzlich verstanden zu haben. In diesem Moment wusste Dolores nicht, welches Gefühl in ihr stärker war; der Hass auf George für diese Katastrophe oder der Schmerz, den sie beim Anblick ihrer Enkeltochter in jenem Moment spürte. *Wie viel konnte sie eigentlich noch ertragen?*, fragte sich Dolores aufrichtig. Ja, sie hasste George für diese Katastrophe. Dennoch wusste sie auch, dass sie nicht ganz unschuldig in dieser Sache gewesen war.

Jenes Treffen der drei Sugarmans vor Mollys Geburtstag war von Anfang an zum Scheitern verurteilt gewesen. Trotz ihrer akuten Wut auf ihren Sohn – da sie mal wieder eines dieser Gespräche mit Molly führen musste – hatte sie ihn vorher noch eine Nachricht zukommen lassen, in der sie ihn schon einmal vorwarnte. *Bitte stelle dich darauf ein, dass Molly heute sehr schlecht drauf ist. Es geht um ihren Geburtstag und dass wir ihn hier verbringen werden. Wage es nicht, uns zu verbieten, dafür hierherzukommen!* Nach Dolores letzter Ansprache und aufgrund seines schlechten Gewissens, das durch den Umzug in Rays Wohnung nur noch größer geworden war, war George seiner Mutter gegenüber *gehorsam* gewesen. Das war er ihr einfach schuldig und es war das Einzige, das er nun noch für sie als Entschädigung leisten konnte.

Zu Beginn des Treffens hatte sich Molly für geschlagene fünfzehn Minuten geweigert, auch nur ein Sterbenswörtchen zu sagen. Fünfzehn Minuten waren für eine Sechsjährige oder besser gesagt für eine Sechsjährige mit Mollys Temperament eine recht lange Zeit, um zu schweigen. Ab Minute sechzehn sprach sie nun endlich, allerdings demonstrativ nur mit Dolores. Molly hatte das Bedürfnis, ihren Vater zu bestrafen. Jedoch hatte sie in keiner Weise das Bedürfnis, ihren Frust offen zu äußern beziehungsweise ihn zu besprechen. Passiv aggressiv war somit das Motto dieses Treffens. Das ging dann volle fünfundvierzig Minuten so weiter, bis Dolores das Treffen zugunsten ihrer eigenen Nerven abbrach, um sich dann auf den langen Heimweg in Richtung Wohnung ihres toten Mannes, wo sie nun leben musste, zu bewegen. Entsprechend kühl fiel somit auch die Verabschiedung aus. Während Molly ohne ein Wort der Verabschiedung in Richtung Ausgang stürmte, gab Dolores ihm noch einen Kuss auf die Wange und grummelte ein obligatorisches *Ich liebe dich*.

George war in der vergangenen Zeit nie so froh darüber gewesen wie an diesem Tag, Ron hier als Freund zu haben. Mit Dr. Manville über so etwas zu reden, war nicht seine erste Wahl gewesen. Sie hatte wieder alles analysieren und interpretieren wollen. Auch wenn ihm klar war, dass dies gedacht dazu war, um ihm zu helfen, konnte und wollte er diese Hilfe einfach nicht annehmen. Mit Ron war das anders. Wenn er merkte, dass es seinem Freund George nicht gut ging, ließ er ihn in Ruhe. Vielmehr tendierte er dazu, ihm eine Geschichte zu erzählen, in der Hoffnung, sie würde George erheitern. Aber ausgerechnet an jenem Tag, als George die erheiternde Gesellschaft seines Freundes am dringendsten brauchte, erzählte Ron ihm eine Geschichte, die ihn letzten Endes dazu brachte, sich von Ron zurückzuziehen. Wie hätte diese Geschichte spurlos an ihm vorübergehen sollen? Zunächst hatte Ron versucht, ihn mit einer Anekdote aufzumuntern. Dann war er allerdings irgendwie abgeschweift.

Ron erzählte ihm von einem *Ding*, dass er gedreht hatte zu jener Zeit, als er scheinbar gerade Frau und Kind hatte. Seine sich verrenkende Tochter. Genau das war der Grund, warum er plötzlich vom Thema abgewichen war und anfing, von seiner Tochter zu erzählen. Es war nicht einfach nur so gewesen, dass der gute alte Ron Frau und Tochter gehabt hatte, die er regelmäßig enttäuschte, indem er Schulden machte oder tagelang weggeblieben war. Nein, es war vielmehr so, dass er seine Frau damit so in die Verzweiflung getrieben hatte, dass sie irgendwann angefangen hatte, ihren Kummer zu ertränken.

»Ich weiß, viele hätten mir dazu geraten, die Frau um ihrer selbst willen zu verlassen. Aber das konnte ich nicht. Ich musste doch ein Auge auf meine Tochter haben«, hatte

Ron irgendwann mitten in seiner Geschichte gesagt. Während andere diese Gedanken vielleicht sogar noch als gütig empfunden hätten, stieg in George viel mehr die Frage danach auf, warum er überhaupt mit diesem Lebensstil eine Familie gegründet hatte. Er musste augenblicklich an sich und seine Mutter denken. George hatte oft darüber nachgedacht, wie es ihm ergangen wäre, wenn Dolores nicht so stark gewesen wäre. Natürlich war es schwach von ihr gewesen, Ray nicht selbst verlassen zu haben. Nachdem er gegangen war und auch während der schlimmsten Zeiten mit ihm war sie für George dennoch stets stark geblieben. Hatte Ron denn nicht erkannt, dass er einer Frau wie seiner eigenen so ein Leben nicht zumuten konnte?

Irgendwann inmitten dieser Geschichte stellte sich George jedoch eine Frage, die ihm unter den Nägeln brannte. Ron hatte ihm ganz zu Beginn ihrer Freundschaft davon berichtet, dass seine Tochter nichts mehr von ihm wissen wolle. Er musste es wissen. War es schlicht und ergreifend wegen der ganzen Schulden und Rons wiederholter Aufenthalte in Gefängnissen? Oder war da etwa mehr gewesen?

»Hey Mann, du hast mir doch erzählt, dass deine Tochter dich nicht mehr sehen will, richtig? Ist wohl wegen der Schulden und dem Knast, hä?«, versuchte es George elegant. Ja, auch er war kein Meister darin, Dinge direkt anzusprechen. Was seine Therapeutin nur allzu gut wusste. Nachdem George seine *Frage* ausgesprochen hatte, verfinsterte sich Rons Gesicht. Was sich in seinem Gesicht abzeichnete, war eine Mischung aus Trauer, Wut, Hass und Verzweiflung. Für einen Moment legte er sein Gesicht in seine Hände und schien sich zu sammeln. Danach schaute er mit leerem Blick in den Raum und sagte: »Na ja, irgendwann bin ich dann doch gegangen. Ich habe sie mit ihrer Mutter allein gelassen. Und irgendwann ... ja ... da war sie ganz ohne Eltern. Da hatte sich Rita dann totgesoffen.«

Das wars, dachte George. *Das wars! Wie konnten sie jetzt noch Freunde sein? Wie?* George war für einen kurzen Moment erstarrt, aber dann, ohne ein Wort zu sagen, aufgestanden und gegangen. Er konnte nicht länger mit Ron in einem Raum sein. Das Atmen fiel ihm schwer. Seine Gliedmaßen fühlten sich schwer und steif an. Aber ansonsten wusste er nicht, was er fühlen sollte. Außer, das wars! *Das wars*, dachte George und in seinem Kopf wurden diese Worte zu einem Mantra.

KAPITEL 42

»Hör mal, Junge«, begann Ray. Nach ihrem ersten richtigen Gespräch, das nicht damit geendet hatte, dass George seinen Vater hatte stehen lassen, sondern in dem er vielmehr ganz deutlich gespürt hatte, wie sehr sein Vater ihn doch liebte, war es für Ray spürbar einfacher geworden, an seinen Sohn heranzutreten.

»Darf ich Donnerstag um diese Zeit wiederkommen?«, hatte Ray George ganz direkt gefragt, als er sich an jenem Tag wieder auf den Heimweg machte. Obwohl George zwar, anstatt zu antworten, lediglich auf seine Schuhe geschaut hatte und eventuell sogar etwas genickt hatte – es war wirklich so dezent gewesen, dass jeder andere es vielleicht gar nicht wahrgenommen hätte – deutete Ray dies als stumme Einwilligung. An jenem Tag war Ray ganz beschwingt die Treppen heruntergegangen. Es war jener Tag gewesen, an dem er Dolores unten bei den Briefkästen über den Weg gelaufen war. Es war jener Tag, der im Nachgang einer der besten Tage in Ray Susniaks Leben gewesen war. Mit seinem Sohn hatte er vielleicht gerade einen kleinen Durchbruch erlebt und nun war er obendrein auch noch der Liebe seines Lebens begegnet. Gekrönt wurde jener Tag natürlich noch damit, dass er und Dolores sich mehrfach geliebt hatten und sich dazwischen sowie danach verhalten hatten wie zwei Teenies; frisch verknallt und sorgenfrei.

»Hör mal, Junge. Ich weiß ja, dass wir erst ganz am Anfang sind und ich mich auch noch als vertrauenswürdig erweisen muss.« George beobachtete seinen Vater beim Sprechen ganz genau an jenem Donnerstag und nickte, um das Gesagte zu bestätigen. Ganz richtig, Ray musste sich erst einmal als vertrauenswürdig erweisen. »Aber ich kann an nichts anderes denken, als an die Tatsache, dass ich eine Enkeltochter habe.« George schnaufte genervt und drehte sich zum Küchenfenster. Jetzt fing er damit an. *Wie konnte er nur?*, ärgerte sich George. In seinen Augen wurde Ray gerade ein wenig gierig. Dennoch konnte er wiederum den Wunsch seines Vaters auch nachvollziehen. Das musste er sich eingestehen. Molly war ja trotz allem auch für Ray ein Familienmitglied. Und George selbst wusste ganz genau, wie es sich anfühlte, zu wissen, dass es da draußen noch einen Teil seiner Familie gab, den man unbedingt treffen wollte.

»Hör mal, Junge«, riss Ray ihn aus seinen Gedanken. »Ich weiß, dass das viel verlangt ist. Das weiß ich wirklich«, sagte er demütig. »Aber ich würde so gerne wissen, wie Molly so ist.«

»Sie ist wie Dolores«, platzte es plötzlich aus George heraus und auf eine Art, sodass beide Männer lachen mussten. Ray war sofort klar, worauf sein Junge angespielt hatte. Dolores forsche, freche und manchmal auch aufsässige Art. »Ja, an deiner Mom ist vieles dominant und somit wahrscheinlich auch ihre Gene«, sagte Ray schmunzelnd. »Hm, darf ich fragen, wie Mollys Mom so war?«, fragte er dann vorsichtig. Irgendwie freute es George, dass Ray nach Geny fragte. Denn auch Geny war ja Teil der Familie und auch, wenn sie viel zu früh gegangen war, blieb sie jedoch weiterhin ein wichtiger Teil. Und ja, Molly hatte natürlich auch sehr vieles von ihr.

»Tja, ich traue es mich gar nicht zu sagen. Aber auch sie war Mom recht ähnlich. Nur deutlich weniger dominant.« George hielt kurz inne und lächelte bei dem Gedanken an Geny. »Sie war so liebevoll und witzig. Sie war schon forsch und frech, aber lange nicht so aufbrausend wie die gute Dolores.« Bei diesen Worten fühlte es sich für Ray an, als hätte sein Junge wenigstens für eine Weile, auch wenn sie viel zu kurz gewesen war, eine gute Frau gehabt, die ihn glücklich gemacht hatte. »Was hältst du davon, Ray?«, begann

George, nachdem die beiden Männer für ein paar Minuten geschwiegen hatten. Jeder von beiden hatte auf seine Weise über Molly nachgedacht. George darüber, wie sehr sie ihn an Geny erinnerte, und Ray stellte sich unwillkürlich vor, einer kleinen Dolores mit kastanienbraunen Haaren zu begegnen. »Ich finde es noch etwas früh, dass du sie als ihr *Großvater* kennenlernst. Aber du kannst mich ja dabei beobachten, wie ich sie von der Schule abhole, okay?«

»Prima, Junge!« Ray strahlte vor Freude. »Du bist der Beste!«

»Ja, und, wenn dir das nicht zu blöd ist, dann ... ähm ... kannst du uns auch noch ein wenig auf dem Spielplatz *beobachten*.« George kam sich tatsächlich etwas blöd dabei vor, Ray so ein Arrangement anzubieten. Dennoch, sein alter Herr strahlte bis über beide Ohren und willigte erneut mit einem »Prima, Junge!« ein. »Das weiß ich sehr zu schätzen. Wirklich, sehr.«

Das tat Ray wirklich, dennoch konnte er sich zu besagtem Beobachtungstermin nur wenig bis gar nicht beherrschen. Was ihn letzten Endes dazu brachte, alles zu ruinieren. Alles, was er sich in den zwei Treffen zuvor hinsichtlich seines Sohnes mühsam aufgebaut hatte, zu ruinieren. Als George wie gewohnt auf Molly vor ihrer Schule wartete und sie dann in den Arm nahm, hatte Ray es noch geschafft, artig auf der anderen Straßenseite stehen zu bleiben und die beiden zu beobachten. Da war sie nun, seine kleine Enkeltochter. Durch die Entfernung konnte er lediglich die markanteren offensichtlicheren Merkmale ihres Aussehens sehen. Er konnte nicht so recht erkennen, wem sie nun alles ähnlich sah – George, Dolores oder Geny, oder allen dreien zusammen. In Dolores Wohnung hatte er neulich ein Foto von Geny und George entdeckt. Wie glücklich sein Sohn auf jenem Foto schaute, hatte Ray beinahe das Herz gebrochen, da George dieses Glück nicht wenig später wieder genommen wurde. Ob

vielleicht auch ein wenig von seinem Aussehen mitver-
erbt wurde? In Ray brodelte es vor lauter Freude. Das war
das allererste Mal, dass er Molly wirklich sah. Nicht nur
auf einem Foto. Er konnte sehen, wie sie sich bewegte, wie
sie auf George freudestrahlend zugerannt kam.

Als George in dem Alter war – kurz bevor Ray gegangen
war – hatte er sich zwar auch stets sichtlich über den Anblick seines Vaters gefreut. Aber er war deutlich verhalte-
ner gewesen. George hatte seinen Gefühlen nie so recht
Ausdruck verliehen. Es hatte sich für Ray immer so angefühlt, als würde sein kleiner Junge seine Gefühle ganz tief
in sich verstecken. Dort, wo niemand hinkommen würde,
um sie zu verletzen. Und er wusste ganz genau, warum
George dies tat. Wegen ihm. Weil Ray Dolores stets so verärgert, so verletzt hatte, dass sie nicht selten drohte, in ihren Gefühlen zu ertrinken. Ein Kind, egal wie alt, konnte
so etwas spüren. Zudem hatte er George nie irgendwelche
Regelmäßigkeiten, Strukturen, gegeben. Sie hatten stets
eine gute Zeit, wenn sie zusammen gewesen waren. Dennoch, der kleine George hatte sich nie darauf verlassen
können, wann das nächste Mal wieder so eine Zeit sein
würde. In Rays Vorstellung hatte George früh gelernt,
keine Erwartungen daran zu stellen, wann die nächste
schöne Zeit mit seinem Vater sein würde, um nicht verletzt zu werden. In seiner Vorstellung hatte George zudem früh gelernt, welches Gefühlschaos sein Vater bei
Dolores verursachen konnte. Er musste sehr früh für sich
entschieden haben, dass dies nicht gut für ihn war, und
begonnen haben, sich emotional zurückzuziehen.

Auf dem Spielplatz um die Ecke passierte es dann. Ray
konnte es nicht länger ertragen, nicht Teil des Geschehens
zu sein. Es war so herzerwärmend, George und Molly zusammen zu sehen. Sie wirkten so glücklich und innig. Ja,
auch ihn erinnerten sie ein wenig an Yogi Bär und Bubu.
Völlig überwältigt von seinen Gefühlen entschied er, zu

der Bank zu gehen, auf der George und Molly ihren Nachmittagssnack aßen. Als er sich den beiden näherte, sah er, dass George ihn bemerkt hatte. Zunächst schaute George ihn nur an. Er dachte wahrscheinlich, dass Ray sich auf den Heimweg machen wollte und nur einmal kurz an seiner Enkeltochter vorbeigehen wollte. Dann jedoch fiel George auf, wie sich Rays Blick auf den letzten Metern veränderte. Er schaute Molly nicht nur an. Nein, er schaute auch George an, und zwar auf eine Art, als wollte er gleich mit ihm reden. Und genau das tat er dann auch.

»Hallo George, altes Haus«, begann Ray und hielt seinem Sohn die rechte Hand zur Begrüßung hin. George war völlig perplex.

»Was wird das hier?«, murmelte er dezent in Richtung seines Vaters.

»Hallo, Kleine, ich bin ein Arbeitskollege von deinem Dad«, hörte George seinen Vater lügen und wie versteinert beobachtete er ihn dabei, wie er sich zu Molly herunterbeugte.

»Hallo, ich bin Molly. Wie heißt du denn?«, antwortet seine Tochter völlig unbefangen. *Sie ist ja wirklich wie Dolores*, dachte Ray augenblicklich und schmunzelte dabei in sich hinein. George auf der anderen Seite tobte innerlich vor Wut. Wie konnte er es wagen, sich über ihre Abmachung hinwegzusetzen? Was sollte er nun tun? Ray vor seiner Tochter enttarnen und am besten noch davonjagen? Oder die Scharade kurz mitspielen, aber Ray so schnell wie möglich loswerden?

»Ach, hey«, begann George plötzlich an zu stammeln. »Norbert. Mein Arbeitskollege, Nob. Was willst du denn hier?« George war ein verdammt schlechter Schauspieler, weshalb er in jenem Moment einfach nur unnatürlich und albern wirkte. Aber das war ihm fast egal. Er wollte einfach nur Ray so schnell wie möglich loswerden; ihm die Tour versauen. Er schaute Ray mit einem Blick an, der ihn locker hätte töten können, und dann fiel es ihm ein. George fiel ein, wie er Ray jetzt elegant vertreiben könnte. Ohne seinen Vater aus den Augen zu verlieren, griff er in seine Hosentasche, in der er Gott sei Dank ein paar Pfund fand.

»Molly, dein Dad muss kurz was besprechen. Willst du uns vielleicht mal ein Eis holen, Süße«, sagte er Molly und wedelte dabei mit einer Fünfpfundnote. »Sag mal, du bist ja wie ein kleines Kind, das die Zeit nicht abwarten kann«, brüllte George seinen Vater schon fast an, nachdem Molly sich das Geld geschnappt hatte und wie scheinbar völlig ausgehungert in Richtung des Kiosks gelaufen war. »Hast du denn gar keine Kontrolle über deine Bedürfnisse? Ach, was frage ich überhaupt. Natürlich hast du die nicht. Sonst hättest du Mom ja auch nicht so oft betrogen.« Das hatte gesessen. Das hatte George also all die Jahre über ihn gedacht. Dass er Dolores ständig betrogen und dann wahrscheinlich noch für eine andere sitzen gelassen hatte. Ray war am Boden zerstört.

»Hau ab, Ray!« George hatte plötzlich seine Hand gegen Rays Brust gedrückt, um ihn wegzustoßen. »Hau ab! Du hast überhaupt nichts verstanden. Und überhaupt, du bist kein Stück vertrauenswürdig und wirst es wohl auch niemals sein.«

»George, bitte!«

»Hau ab, du Arschloch!« Georges Blick machte Ray nun aufrichtig Angst. Er sah wie ein Mann aus, der sich kurz vor einem Kampf mental noch einmal richtig gepusht hat. Sein Kopf war rot, er presste seine Zähne zusammen und ballte seine Fäuste. Das war nicht der George, der seine Gefühle tief drinnen versteckte. Seine Gefühle schienen kurz vor ihrem Ausbruch zu stehen.

»Oh, Ray, du Idiot!« Nach der Szene im Park hatte er sofort Dolores angerufen, um ihr von seiner *tollen* Aktion zu erzählen und sich bei ihr auszuheulen.

»D, ich habe alles versaut.«

»Jetzt warte es erst einmal ab, Ray«, versuchte Dolores ihn zu beschwichtigen.

»Nein, nein. Du hättest ihn mal sehen müssen. Er hat mir richtig Angst gemacht.«

»Oh, Ray«, plötzlich fiel Dolores die Sache mit Harry wieder ein. »Ray, du musst vorsichtig sein!«

»Wieso, wie meinst du das? Ich meine, dass er mich jetzt wieder verachtet, kann ich mir an meinen zehn Fingern abzählen.«

»Nein, ich meine, anders aufpassen. Kannst du dich noch an diese Wutausbrüche, die George früher ein paarmal hatte, erinnern?«

»Ähm, ja?« Natürlich konnte sich Ray noch sehr genau daran erinnern. In jenen Momenten war George nicht mehr wiederzuerkennen gewesen. Seine unkontrollierbare Wut hatte Ray auch damals schon Angst eingejagt.

»Ray, unser Junge kann sanftmütig sein, aber ... nun ja ... er kann auch zum ... wie soll ich sagen, ähm ... zum Hulk werden.«

»Wie meinst du das, D?« Und dann erzählte sie ihm die Geschichte von ihr und Harry. Und von Harry und George. Und wie George Harry in einem unkontrollierbaren Wutanfall die Nase gebrochen hatte. Und wie Harry letzten Endes vor lauter Angst vor George ausgezogen war. »Oh, D«, hauchte Ray am Ende der Geschichte nur.

»Ich weiß, ich weiß. Du musst ihm jetzt Zeit geben, Ray.«

»Ach, D. Aber ich ...«

»Warte!« Dolores zögerte einen Moment, bevor sie sich dazu entschied, ihren nächsten Gedanken wirklich auszusprechen.

»Dolores?«

»Ja, ich bin noch hier. Versprichst du mir, ihn jetzt mal für eine Weile in Ruhe zu lassen, wenn ich dafür ...«, *ach verdammt*, dachte sich Dolores. *Jetzt muss ich mal wieder die*

Kohlen aus dem Feuer holen. »Wenn ich dafür mal mit ihm rede?« Dolores seufzte. Aber Ray hörte es nicht einmal.

»Oh prima, mein Schatz! Du bist die Beste!«, jaulte Ray erleichtert in den Telefonhörer.

»Und die Dümmste«, flüsterte Dolores zu sich selbst.

Kapitel 43

»Man hat mir berichtet, dass Sie eine Auseinandersetzung mit einem der anderen Insassen hatten, George. Darf ich fragen, worum es in dieser Auseinandersetzung ging?« Dr. Manville hatte lange mit sich gerungen, ob sie George auf seinen Streit mit Ron ansprechen sollte. Zum Ende ihrer letzten Sitzung hatte sie das erste Mal tatsächlich etwas Angst vor George bekommen. Ungewollt hatte sie ihn scheinbar stark gereizt gehabt, wofür er sie mit einem Blick versehen hatte, der ihr eine Gänsehaut über den ganzen Körper gejagt hatte. Da der Streit zwischen den zwei Männern jedoch kurzzeitig gedroht hatte, zu eskalieren, konnte sie ihn nicht einfach ignorieren und musste ihn zur Sprache bringen.

»Warum wollen Sie das wissen?«, grummelte George, obwohl er die Antwort ganz genau wusste. Ihm war durchaus klar, dass es nun einmal ihre Aufgabe war, ihn auf Situationen anzusprechen, in denen er im Zuge einer Auseinandersetzung einen Stuhl angehoben hatte, um ihn als Drohgebärde zu benutzen. »Das war übrigens keine *Drohgebärde*«, antwortete er abfällig auf die Erklärung seiner Therapeutin. »Ich hätte ihm das Teil schon durchaus über seinen scheiß Schädel gezogen.« George klang bestimmt, als er das sagte, woraufhin sich Dr. Manville kurz weiter in ihren Sessel drückte.

»Was hat Sie abgehalten?«, fragte sie dennoch. *Job ist Job*, dachte sie sich. Außerdem hatte sie sich ins Gedächtnis gerufen, dass ihr Patient bisher nur Männern gegenüber gewalttätig geworden war. Ja, vor ihr saß ein Mörder und dazu noch einer, der erst gestern einen Wutausbruch gehabt hatte. Dennoch, mal abgesehen von den Wärtern, die direkt vor ihrer Bürotür standen, wusste sie tief drinnen, dass George Sugarman nicht die Sorte Mann war, die sich an Frauen vergriff. In Anbetracht seiner Akte und insbesondere der Gründe für seine Ausbrüche wurde schnell klar, dass er vielmehr die Sorte Mann war, die Ungerechtigkeiten gegenüber Frauen nicht ertragen konnte.

»Ein Wärter«, grummelte George. »So ein dämlicher Wärter hat mich abgehalten.«

»Okay. George, ähm, sehe ich das richtig, dass Sie diesen Streit mit Ron Miller hatten?«

»Ja.«

»Okay, und waren Sie nicht kurz vorher noch mit diesem Ron Miller, nun ja, befreundet?«

»Ja«, presste George durch seine Zähne. »Ja, ich hatte gedacht, in diesem Abschaum einen Freund gefunden zu haben. Aber er hat mich reingelegt. Dieses Arschloch hat mich reingelegt, damit ich mich mit so einem Abschaum wie ihm *anfreunde*.« George kochte vor Wut. Er hatte wieder seine Fäuste geballt.

»George, bitte, Sie machen mir ein wenig Angst«, hörte sich Dr. Manville plötzlich selbst sagen. Aber dann sah sie Georges Blick und ihre Angst fing an, sich aufzulösen.

»Dr. Manville. Nein, bitte«, begann er nun beinahe sanft auf sie einzureden. »Sie sind doch eine Frau und deshalb ...«

»Ich weiß, George. Ich habe auch keine Angst davor, dass Sie *mich* angreifen.«

»Denn das würde ich niemals tun!«

»Ich weiß doch, George. Aber Sie könnten ja auch ihre Wut an meinem Mobiliar auslassen, wobei ich in Mitleidenschaft gezogen würde. Okay?« Er hatte verstanden. George tat es leid, Dr. Manville verängstigt zu haben, und gelobte, sich nun wieder zu beruhigen.

»Danke, George! Gut. Da ich nun aber ganz deutlich hören konnte, dass Sie sich von Mr Miller hintergangen fühlen, würde ich gerne etwas genauer darauf eingehen. Wenn das okay ist. Oder ist es vielleicht sogar etwas, dass wir der Leitung melden sollten?«

»Nein, es ist nur zwischen ihm und mir.«

Auch wenn George ein schlechtes Gewissen gegenüber seiner Therapeutin hatte, entschied er sich dennoch, kein Sterbenswörtchen davon zu erzählen, wie es dazu kam, dass er Ron beinahe einen Stuhl über den Schädel gezogen hatte. Es war einfach alles zu viel für ihn gewesen. Erst das Drama mit Molly und dann erzählte ihm dieses Arschloch auch noch von seiner *Tochter*. Konnte das wirklich sein? Konnte diese Parallele wirklich bestehen? Georges Gedanken an Lizzy im Anschluss an Rons Enthüllung hatten ihn schier zerfressen. Als Molly am nächsten Tag für ihren Geburtstag zu ihm gekommen war, hatte er sich immer wieder vorstellen müssen, wie seinem kleinen Mädchen so ein Schicksal widerfahren würde. Es brach ihm das Herz. Diese Gedanken an Lizzys Kindheit und Jugend, die sich immer wieder mit der Vorstellung von Molly mit einem ähnlichen Schicksal abwechselten, brachten ihn um den Verstand. Den ganzen Besuch über hatte George mit den Tränen kämpfen müssen. Sogar als Molly einmal einen Tobsuchtsanfall bekommen hatte, weil der Geburtstagskuchen das falsche Icing hatte. Ganz zu Dolores Erleichterung hatte er den kleinen Giftzwerg einfach genommen, an sich gedrückt und ihr immer wieder auf die Stirn geküsst. Irgendwann hatte sich Molly scheinbar vor lauter Irritation über das Verhalten ihres Dads wieder beruhigt. Aber wütende, tobende Kinder wollen in den meisten Fällen ohnehin nur in den Arm genommen werden.

»Hey, mein Freund!«, hatte Ron George einen Tag später im Aufenthaltsraum angesprochen. »Wie geht es dir?«, hatte er vorsichtig gefragt. Ihm war klar gewesen, dass seine letzte Enthüllung so einige Menschen dazu gebracht hatte, ihn zu verachten. Ihm war jedoch nicht klar, in welcher Verbindung George zu seiner Geschichte stand. Ron war einfach nicht klar, *was* für eine Geschichte er George da erzählt hatte.

»Verpiss dich!«, hatte George ihn angeranzt.

»Was?« Ron schien dennoch recht perplex aufgrund von Georges Reaktion gewesen zu sein.

»Hör mal. Ich weiß ja, dass diese Geschichte nicht gerade schön war, aber wir waren doch Freunde, George.«

»Jetzt hör du mir mal zu«, sagte George zu Ron und kam ihm dabei bedrohlich nahe. »Du hast scheinbar gar keine Ahnung, was dein Handeln für Konsequenzen hat.« Jetzt hatte er Ron am Schlafittchen gepackt. »Führst dich auf wie ein Kind im Spielwarenladen.«

»Lass mich los, du Prolet!«, schrie Ron George nun an und versuchte, sich aus Georges Griff zu befreien. »Ich dachte, ich könnte dir vertrauen«, sagte Ron plötzlich. »Ich dachte, ich könnte dir diese Geschichte anvertrauen, weil du mein Freund bist.« Das brachte George so richtig in Rage. Was hatte das bitte mit Vertrauen zu tun? Sollte George jetzt sein Beichtvater sein, weil sich die beiden gut verstanden hatten? Weil Ron ihm witzige Räuberanekdoten erzählt hatte? Es war schlimm genug, Menschen etwas zu stehlen, das sie sich erarbeitet hatten. Es war schlimm genug, jemanden zu töten, weil einem der andere etwas Furchtbares angetan hatte oder weil beide Gauner waren und einer der beiden die Knarre nun einmal schneller gezückt hatte. Aber eine Frau und ihre Tochter über Jahre hinweg emotional so zu missbrauchen, dass sich die Frau früher oder später umbrachte, das war etwas völlig anderes.

»Benutz noch einmal das Wort ‚Freund‘ im Zusammenhang mit dir und mir und ich mache dich fertig«, sagte George und hob dabei mit einer Hand einen Stuhl hoch. Das war der Moment, als einer der Wärter einschritt und George überwältigte. »Geh mir lieber aus den Augen«, schrie George immer wieder, als er bereits auf dem Boden lag und der Wärter ihm die Hände auf dem Rücken fesselte. »Du bist Abschaum. Wie konntest du so etwas nur tun?«, kreischte George nun fast, bis ihm die Stimme versagte. Im Aufenthaltsraum herrschte plötzlich eine Stille, die man schneiden konnte. Alle, die das Spektakel miterleben mussten, waren nun völlig verstummt und auch ein wenig betroffen; sogar der Wärter, der sich um ihn kümmern musste. Sie sahen den weinenden und schreienden George auf dem Boden liegen und wie er immer wieder wimmerte: »Wie konntest du ihr das nur antun? Wie konntest du ihr das nur antun?«

Kapitel 44

Es war schon erstaunlich, wie Dolores Sugarman diese ganze vertrackte Situation nach wie vor mit Fassung zu tragen schien. Wie sie da saß, aufrecht mit erhobenem Kopf. Natürlich waren ihren Augen die Ereignisse der letzten Wochen, ja Monate, anzusehen. Sie hatte den Mann, den sie seit 35 Jahren geliebt hatte, verloren und dazu noch durch die Hand ihres gemeinsamen Sohnes, der nun auf unbestimmte Zeit in der Gefängnispsychiatrie saß. Die Krönung des Ganzen war, dass sie obendrein ihren Schmerz hatte zur Seite schieben müssen, um ihrer Enkeltochter eine Stütze zu sein. Dolores hatte in all dieser Zeit nichts von ihrem Glanz, ihrer Würde, eingebüßt. Doch auch ihre Stärke war begrenzt und somit verrieten zumindest ihre Augen, wie sehr auch sie litt.

»Ihr Sohn hat mir erzählt, dass Sie notgedrungen in Mr Susniaks alte Wohnung einziehen mussten«, begann Dr. Manville ihr Treffen mit Georges Mutter.

»Allerdings«, antwortete Dolores knapp, denn es hatte sich augenblicklich ein Kloß in ihrem Hals gebildet. Der Einzug in Rays Wohnung war der Punkt gewesen, an dem sie gemerkt hatte, dass sie am Ende ihrer Kräfte angekommen war. Hier wurde sie mit so Vielem konfrontiert; Erinnerungen an ihre letzten Tage mit Ray sowie seines endgültigen, unumkehrbaren Wegseins. Nach fast 30 Jahren hatte sie den Mann, der nun einmal die Liebe ihres Lebens gewesen war, wiedergetroffen. Die beiden waren sofort wieder ineinander verschossen gewesen wie zwei Teenies und dann passierte es – Ray starb. In dem Moment, als ihre Liebe so rein und schön gewesen war, musste er für immer gehen, und das, ohne dass sich die beiden voneinander verabschieden konnten.

»Wie geht es Ihnen damit, Dolores? Ich meine, das kann ja auch kein Dauerzustand sein.«

»Nein, allerdings nicht. Wissen Sie, Dr. Manville, ich bin an einem Punkt angekommen, an dem ich mir ohne Umschweife eingestehen muss, dass ich vielleicht doch auch Hilfe brauche.«

»Sehr gut, Dolores! Ich bin sehr erleichtert, dass Sie es selbst zur Sprache bringen. Ich habe einen Kollegen, den ich Ihnen ...«

»Wissen Sie«, unterbrach Dolores die Therapeutin und fing dabei an, zu weinen. »Wissen Sie, das letzte Mal, als Ray und ich zusammen waren, haben wir noch Pläne für die Zukunft geschmiedet, und dann war noch am selben Tag plötzlich alles vorbei.«

»Ich verstehe ...«

»Wir lagen zusammen in dem Bett, in dem ich nun jede Nacht allein *schlafen* muss. Ich meine, als ob ich in letzter Zeit wirklich Schlaf finden würde.« Und dann bekam Dolores einen heftigen Weinanfall. Er war bitternötig und schon lange überfällig gewesen, weshalb es sich für sie auch anfühlte, als würde ein Tsunami der Gefühle aus ihr herausbrechen.

»Ach, D, du riechst immer so gut«, sagte Ray und legte seinen Kopf auf ihren Bauch. »Und du hast so schöne weiche Haut. Ach, ich könnte in dir versinken, meine Süße.«

»Aber das bist du doch gerade auch«, kicherte Dolores.

»Nein, anders, D. Von nun an will ich nie wieder von dir getrennt sein.« Als Ray das sagte, klang er ein wenig so, als wäre er ein kleiner Junge, der ganz aufrichtig seine tiefe Zuneigung einem geliebten Haustier gegenüber verkündete, und genauso, wie ein Kind einem treuen Freund die Arme um den Hals legen würde, drückte sich Ray noch ein wenig fester an Dolores. »Was hältst du davon, Liebes?«

»Von mir aus gerne, aber du vergisst da etwas.«

»Ich weiß«, antworte er traurig. Seit der Sache auf dem Spielplatz hatte sich George strikt geweigert, Ray noch einmal die Tür aufzumachen. Geschweige denn ihm zuzuhören, als Ray mal wieder vor seiner Haustür auf ihn gewartet hatte.

»Wie versprochen habe ich ihn auch erst einmal in Ruhe gelassen, D.«

»Ja, aber auch nur zwei Tage. Wenn es hochkommt, Ray.«

Er hatte es nicht abwarten können. Ray wollte sich unbedingt bei seinem Sohn entschuldigen, sich erklären. Diese zwei Tage hatten sich wie eine Ewigkeit angefühlt. Bereits am dritten Tag nach Spielplatz-Gate war Ray ganz früh aufgestanden, um sich nach seinem ausgiebigen Frühstück auf den Weg zu seinem Jungen zu machen. Als George um 07:00 Uhr morgens mit Molly auf dem Arm das Haus verlassen wollte, sah er, wie sein Vater auf der anderen Straßenseite stand und auf die beiden zu warten schien.

»Warte hier mal kurz, Molly.« George stellte die immer noch halb schlafende Molly im Hausflur bei der Treppe ab und ging dann wutentbrannt über die Straße. In ihm tobte es. Als er bei Ray angekommen war, musste er sich wirklich schwer zusammenreißen, um ihm nicht direkt eine reinzuhauen.

»Du wagst es, hierherzukommen? Obwohl ich dir ganz deutlich gesagt hatte, dass du hier nicht mehr erwünscht bist?«

»Junge, es tut mir doch auch leid.«

»Scheiß drauf, Ray. Alles, verdammt noch mal alles, tut dir immer irgendwann leid. Warum machst du dann erst diese Dinge, wenn sie dir dann im Nachhinein doch leidtun, hä?« George musste sich zusammenreißen. Er merkte, wie die Wut in ihm immer höher stieg und er nur noch schwer die Kontrolle über sein Temperament bewahren konnte.

»George, bitte beruhige dich«, versuchte Ray ihn zu beschwichtigen, denn auch er hatte gemerkt, was gerade in seinem Sohn vorging.

»Sag du mir nicht, was ich tun soll«, fauchte George nun. »Hau verdammt noch mal ab!« Er sah seinen Vater noch einmal eindringlich an und dann drehte er sich um, um wieder zurück zu Molly zu gehen. Ray blieb zurück; starr wie eine Salzsäule und mit einer Gänsehaut, die über seinen ganzen Körper ging. Der Anblick seines Sohnes hatte ihn erschreckt. Als George wieder im Hausflur war, sah er, wie Molly schlafend auf der Treppe saß. Seine Kleine sah so friedlich aus, dass der Anblick ihn letzten Endes wieder langsam zur Ruhe brachte.

»Gib ihm noch mehr Zeit, hörst du?«

»Ja. Alles, was du willst, Liebes. Alles, was du willst«, antworte Ray gehorsam und küsste ihren Bauch.

»Ray, ich muss es dir noch einmal sagen: George hat sich in letzter Zeit ... nun ja ... irgendwie verändert.«

»D, ich habe beide Male richtig Angst vor ihm gehabt.«

»Du verstehst mich also?«

»Glaub es mir, Liebes! Er sah nicht nur einfach sehr sauer und leider auch enttäuscht aus. Nein, er sah wirklich furchteinflößend, ja irgendwie auch unberechenbar aus.«

»Oh, Ray, das tut mir alles so leid. Dass es ihm in den letzten Wochen so schlecht gegangen ist. Ich meine, dass er so wütend werden kann, zeigt ja nur, dass es ihm schlecht geht.«

»Es ist alles meine Schuld.« Ray setzte sich nun im Bett neben Dolores auf. Sein Kopf lag in seinen Händen und seine Knie stützten seine Ellenbogen. Dolores wusste nicht so recht, was sie sagen sollte. Entsprach es doch tatsächlich der Wahrheit. Georges Kindheit mit seinen zwei temperamentvollen Eltern und dazu noch Rays Weggang mussten ihren Jungen doch tief greifend traumatisiert haben. Daran bestand für beide kein Zweifel.

»Ray«, begann sie irgendwann ganz vorsichtig, nachdem sie lange darüber nachgedacht hatte, was sie sagen sollte. »Ray, du musst jetzt wirklich ganz gewissenhaft an die Sache rangehen. George ist zwar ein erwachsener Mann, der nun auch selbst Vater ist. Dennoch braucht auch er von seinen Eltern eine gewisse Stabilität, Kontinuität. Er muss sich auf bestimmte Dinge verlassen können.«

»Wie zum Beispiel, sich an Absprachen zu halten«, beendete Ray Dolores Satz in einem demütigen, aber auch verunsicherten Tonfall.

»Ganz richtig, Ray. Und falls wir es noch einmal schaffen sollten, dass er sich dir wieder öffnet, musst du dir alles, was du tust, zweimal, nein, besser noch dreimal überlegen. Du darfst sein Vertrauen nicht mehr missbrauchen. Er muss merken können, dass er sich auf dich verlassen kann. Hast du mich verstanden, Ray?«

»Ja, Liebes«, beteuerte er.

»Ich meine, hast du das, was ich gerade gesagt habe, wirklich *verstanden*? Hast du es *verinnerlicht*?« Dolores schaute ihrem geliebten Ray tief in die Augen mit einem Blick, der Dringlichkeit neu zu definieren schien. Er hatte verstanden. Er hatte es verinnerlicht und deshalb erwiderte er ihren Blick.

Gerade als Dolores anfing, Ray aufrichtig zu glauben und sich wieder zu entspannen, hämmerte es heftig an seiner Wohnungstür.

»Erwartest du jemanden?«

»Nein, und für den Postboten ist es ja wohl auch ein wenig spät«, scherzte Ray noch. Doch dann wurde das Hämmern heftiger und die Person vor der Tür schien nun auch gegen die Tür zu treten.

»Mach die Tür auf!« Es war Georges Stimme und er klang äußerst wütend. Dolores standen die Haare zu Berge. Sie klammerte sich an Rays Arm. »Ich weiß ganz genau, was du getan hast. Mach die Tür auf, du Arschloch«, schrie George und hämmerte dann weiter auf die Tür ein. »Wie konntest du ihr und mir das bloß antun, hä?«

»D., zieh dich an. Schnell!« Ray sprang aus dem Bett und zog sich so schnell er konnte an. Nun war es so weit; George hatte es herausgefunden. Jetzt würde er seinen Vater büßen lassen.

»Ray, nein! Öffne ihm nicht die Tür.«

»D., er ist doch unser Junge.«

»Scheiß drauf, Ray! Ernsthaft! Er ist gerade wirklich wütend und er macht mir Angst.« Auch Ray machte er Angst, und zwar so richtig. Er wusste, was ihn hinter der Tür erwarten würde. Er wusste, dass George über jenes Geheimnis nicht erfreut sein würde. Am liebsten hätte er seine Wohnungstür verbarrikadiert. Aber hatte er nicht gerade hoch und heilig geschworen, nie wieder Georges Vertrauen zu brechen? Dazu gehörte nun einmal auch, ehrlich zu ihm zu sein. Sich seinen Fehlern, die George betrafen, zu stellen.

»George, ich öffne jetzt die Tür. Aber du musst dich vorher beruhigen«, sagte Ray, nachdem er sich angezogen hatte und zur Tür gegangen war. *Einen Scheiß werde ich tun*, dachte sich George. Aber er blieb stumm, damit sein Vater die Tür öffnete. »Okay, ich mach sie jetzt auf, okay?« Ray drehte den Schlüssel um und wollte langsam die Tür öffnen. George jedoch drückte die Tür und sich selbst gewaltsam in die Wohnung.

»Du Arschloch, ich mach dich fertig.« Er packte seinen Vater an der Gurgel und schmiss die Tür hinter sich zu. In seiner Wut schien George unendlich stark zu sein. »Wie zum Teufel konntest du ihr das nur antun?«

»George, bitte«, keuchte Ray unter Georges Griff. Währenddessen kauerte Dolores angsterfüllt hinter der Schlafzimmertür. Ray hatte ihr befohlen, dort zu bleiben;

in Sicherheit. Sie hatte nicht damit gerechnet, dass George begeistert davon sein würde, dass sie und Ray wieder ein Liebespaar geworden waren. Sie hatte vielmehr mit einem heftigen Streit und einem kurzfristigen Kontaktabbruch seinerseits gerechnet. Mit solch einem Wutanfall hatte sie jedoch nicht gerechnet. Obwohl sie nach den jüngsten Entwicklungen doch damit hätte rechnen müssen. Dolores hatte Angst, große Angst. Als sie jedoch hörte, wie jemand scheinbar auf einen Tisch geworfen wurde, verließ sie ihr sicheres Versteck.

»Ray, du bist Abschaum. Weißt du überhaupt jemals, was du tust? Was du den Menschen antust? Durch deinen Egoismus?« Als Dolores in Rays Wohnzimmer kam, erblickte sie George, wie er über seinem Vater stand, der auf einem kaputten Tisch lag. In seiner Wut bemerkte er gar nicht, wie seine Mutter das Wohnzimmer betrat. George beugte sich blitzartig runter und brach Ray mit einem Hieb die Nase.

»George! George, hör sofort auf«, schrie Dolores und sprang dabei halb auf George. Sie schaffte es zunächst, ihn wieder hochzureißen. »George! Es war ganz allein meine Entscheidung. Meine freie Entscheidung.« Dolores ging runter auf die Knie und legte Rays Kopf in ihre Hände. Dabei fiel ihr Georges völlig entgeisterter Blick nicht auf.

»Was zum Teufel?«, keuchte er. »Was zum Teufel machst du hier?«

»Na, was wohl?«, schnauzte sie ihn nun an. »Weil wir doch nun wieder ein Paar sind. Deshalb bist du doch hier.« Dolores packte Rays Arm und versuchte, ihm hoch zu helfen.

»Na, das wird ja immer besser. Aber nein, ich bin nicht wegen dir hier.« Aber Dolores hörte nicht, was er eben zu ihr gesagt hatte. Sie war zu sehr damit beschäftigt, Ray auf einen Stuhl zu setzen. »Hörst du mich, Mutter?«

»George, ich bin jetzt wirklich alt genug. Du musst dir um mich keine Sorgen machen.«

»Wusstest du es?«

»Dass ihr wieder Kontakt habt? Oder von Rays bescheuerter Aktion auf dem Spielplatz? Ja, ich wusste beides. Jetzt beruhige dich bitte, bevor die Nachbarn die Polizei rufen.« *Hätte doch nur jemand die Polizei gerufen*, dachte Dolores später am Tag. Hätte doch nur jemand sofort die Polizei gerufen, als George auf die Tür eingehämmert und getreten hatte. Dann wäre Ray vielleicht noch am Leben.

»Du weißt es nicht, oder?«

»Was, was meinst du denn?« Nun wurde Dolores hellhörig.

»Du warst nicht die Einzige. Wir waren nicht die Einzigen. Oder Ray, willst du es ihr erzählen?«

»Liebes, er hat recht«, begann Ray, während er versuchte, sich aufzurichten. »Oh Gott, es ist so furchtbar, aber ich muss es dir jetzt erzählen. Auch wenn du mich dafür verachten wirst. Vergiss bitte nicht, wie sehr ich dich liebe, D.!« Während sein Vater versuchte, Dolores schon einmal präventiv zu beschwichtigen, zog George langsam seine Jacke aus. Jedoch ließ er Ray nicht zu Ende reden. Er wollte ihn überhaupt nicht mehr reden hören – nie wieder. George visierte seinen Vater an und dann ging er blitzschnell auf Ray zu. Er packte ihn wieder am Hals und drückte ihn diesmal zu Boden.

»George! George, hör auf«, schrie Dolores in Panik. »Du bringst ihn um.«

»Ganz genau«, stöhnte George, während er immer fester zudrückte.

»George, lass ihn sofort los!« Dolores wurde immer panischer. Sie riss an George herum, aber seine Kräfte schienen endlos zu sein. In ihrer Hilflosigkeit lief sie in den Hausflur und schrie verzweifelt nach Hilfe. »George, bitte! Lass ihn endlich los. Bitte, bitte«, jammerte Dolores. Immer wieder riss sie an George herum, während sie Ray zurief, er solle durchhalten. In ihrer Panik zerschmetterte sie sogar einen Stuhl auf dem Kopf und Rücken ihres gemeinsamen Sohnes. Doch es half nichts. Als endlich einer der Nachbarn in die Wohnung gestürmt kam, war Ray bereits tot. Seine leblosen Augen starrten ins Nichts. George saß neben ihm und auch seine Augen schienen leblos ins Nichts zu starren. Aber er hatte seinen Vater in vollem Bewusstsein umgebracht. Daran bestand kein Zweifel, und jedes Mal, wenn sich Dolores in den letzten Tagen in Rays Bett gelegt hatte, und jedes Mal, wenn sie zunächst das Glück hatte, endlich eingeschlafen zu sein, dann träumte sie jedes Mal zunächst davon, wie sich Ray liebevoll an sie gekuschelt hatte. Jedes Mal jedoch endete jener Traum mit dem Anblick des toten Rays, der neben seinem Mörder lag – ihrem gemeinsamen Sohn George.

KAPITEL 45

Es war um ihn geschehen. Sie hatte etwas Warmes, etwas Anmutiges, etwas Gütiges, etwas ganz Besonderes an sich. Von nun an würde er dieser Frau hoffnungslos verfallen sein. Von nun an würde er sehr vielen Menschen sehr weh tun. Einfach, weil er sie doch so sehr liebte.

Dolores hatte ihm das Herz gestohlen. Daran bestand für Ray keinerlei Zweifel. Dennoch, er musste es unterdrücken; es durfte einfach nicht sein. Als er sich in jener Nacht gegen 02:00 Uhr morgens zu Tanja ins Bett legte, nachdem er noch einen Blick in das Zimmer seiner zweijährigen Tochter Lizzy geworfen hatte, fand er nur mühsam Schlaf. Was sollte er jetzt bloß tun? Die letzten drei Jahre, seit Tanja ihm ihre Schwangerschaft verkündet hatte, hatte sich Ray fortwährend zusammengerissen und versucht, den Schein zu wahren. Tanja war unberechenbar auf ihre verletzliche und somit auch erpresserische Art. Wie konnte er ein Kind, sein Kind, mit solch einer Frau allein lassen? Eine Abtreibung hatte er nie gewollt. Wie hätte er Tanja dazu raten sollen, ein, wenn auch noch so kleines, Leben zu beenden? Er hatte nie daran gezweifelt, dass es für ihn keine Alternativen gab. Er hatte diese Frau geschwängert und nun musste er die Konsequenzen bestmöglich tragen.

Der nächste Morgen war furchtbar. Ray hatte die ganze restliche Nacht schlaflos neben Tanja, die nach Alkohol gerochen hatte, gelegen und an diese Frau gedacht; Dolores. Kein Auge hatte er zugetan, und als er um 07:00 Uhr hörte, wie sich die kleine Lizzy immer und immer wieder herumdrehte, ging er zu ihr und nahm sie aus ihrem Bettchen. Ihre goldenen Locken leuchteten durch das Sonnenlicht, das durch ihr Fenster schien. Ray drückte sie fest an sich, während er sie in die Küche trug.

»Darf ich fragen, wie viel Geld du gestern wieder versoffen hast?«, grummelte Tanja plötzlich hinter ihm.

»Da war ich wohl nicht der Einzige hier«, erwiderte Ray leise. »Ich kann nur hoffen, dass du dich erst besoffen hast, als Lizzy schon geschlafen hat.«

»Du Arschloch«, schrie ihn Tanja an. »Immer lässt du mich hier allein zurück, während du da draußen um die Häuser ziehst.«

»Du weißt genau, dass ich gestern auf Leonhards Geburtstag war. Und wenn du dich nicht immer so zulaufen lassen würdest, hätte ich dich auch mitgenommen.«

»Oh, der feine Herr Susniak. Zum Vorzeigen reiche ich dir nicht mehr. Aber mit deinem Kind kannst du mich *so zugelaufen* alleine lassen, hä?« Der hatte gesessen, denn Ray wusste, dass sie recht hatte. Die beiden länger allein zu lassen, besonders, abends war unverantwortlich gewesen. »Du Vater des Jahres«, fauchte Tanja noch hinterher und dann fing Lizzy an, zu weinen. Tanjas Kommentar und der Anblick seiner weinenden Tochter brachten Ray dazu, in den nächsten Wochen jeden Abend brav neben Tanja auf der Couch zu verbringen. Es verlangte ihm viel ab, da er sie doch tief drinnen verachtete. Doch er schob dieses Gefühl, sobald es nur an der Oberfläche kratzte, schnellstmöglich beiseite. Er musste um Lizzys willen all seine Abscheu gegen ihre Mutter verdrängen, und noch etwas versuchte er um Lizzy willen zu verdrängen: seine Gedanken an Dolores. Aber er schaffte es nicht. Lenkten sie ihn doch auch viel zu gut von seinem Groll gegen Tanja ab.

Seine nächste Begegnung mit Dolores war wahrhaftig ungeplant, wie auch gleichermaßen unerwartet. Durch seine derzeitige Tätigkeit als Hilfsarbeiter bei einer Baufirma begegnete Ray Susniak der Immobilienmaklerin Dolores Sugarman, als sich die Bauarbeiten der wunderschönen Stadtvilla dem Ende zuneigten und der Bauherr erste Treffen mit Kleinman's Real Estate, für die Rays Angebetete arbeitete, arrangiert hatte. Beide hatte es wie ein Schlag getroffen, sich so wiederzusehen. Auch Dolores war es in den letzten Wochen in keiner Weise anders als Ray ergangen. Jeden Samstag war sie zu diesem Club zurückgegangen, in der Hoffnung, Ray dort wiederzutreffen. Anstelle von Ray hatten sie jedoch nur irgendwelche halb betrunkenen, an maßloser Selbstüberschätzung leidenden, aalglatten Idioten angesprochen. Alle waren sie plump und arrogant gewesen. Alle waren sie die Sorte Männer gewesen, die Dolores als eine Art Trophäe gesehen hatten. So etwas brauchte sie nicht. Mit solchen Männern hatte sie nicht einmal Lust gehabt, Sex zu haben. Egoistischer, wenig befriedigender Sex.

Aber nun stand Ray vor ihr. Dolores hatte die wunderschöne Villa im viktorianischen Stil betreten und mehrmals »Hallo« in das leere Haus gerufen. Bevor ihr jemand antwortete, stand er jedoch schon vor ihr. Er sah gut aus, wie er da so stand, ein wenig mit Baustaub bedeckt. Keiner von beiden wusste so recht, was er oder sie tun sollte. Ray wusste nicht, was er tun sollte, weil er sie wollte, aber eigentlich nicht haben durfte. Dolores wusste nicht, was sie tun sollte, weil Ray nach jenem Abend nie wieder aufgekreuzt war. Das hatte sie natürlich verunsichert.

»Dolores«, hauchte er verblüffte. »Dolores, was machst du denn hier?« Ray konnte nicht anders, als sie anzustrahlen.

»Nun ja«, begann Dolores mit einem charmanten Lächeln auf den Lippen. »Ich würde sagen, das Gleiche wie du: arbeiten.«

»Ja, richtig«, lachte Ray. »Arbeitest du für Kleinman's?«

»Ja, genau.« Und dann standen sie wieder da und lächelten sich ein wenig verschämt an, bis der Moment vom Eintreffen des Bauherrn unterbrochen wurde. »Ah, Herr Susniak!«, begann dieser. »Ich hoffe, Sie haben sich gut um die liebe Frau Sugarman gekümmert. Na, dann wollen wir Ihnen mal das Schmuckstück zeigen!«

Ein kleines unschuldiges Mittagessen, was wäre schon dabei? Nachdem der Termin abgearbeitet war, konnte sich Ray nicht zusammenreißen und fragte Dolores deshalb, ob sie nicht Lust habe, ihre Mittagspause mit ihm zu verbringen. Nach kurzem Zögern willigte sie ein. *Warum lud er sie jetzt zum Mittag ein, wenn er doch nicht mehr im Club aufgetaucht war? fragte sie sich berechtigterweise. Wollte er sich vielleicht noch ein wenig Spaß bei ihr abholen?*

Wenn es nur das gewesen wäre. Dann wäre alles nicht so geworden, wie es war. Aber dann hätte es auch den guten George sowie diese Geschichte nicht gegeben.

Aus dem unschuldigen Essen wurden mehrere, immer öfter werdende, intensivere Treffen. Bis zu jenem Zeitpunkt, als sie merkte, dass sie ein Kind von ihm erwartete. Bis zu jenem Zeitpunkt, als Dolores eigentlich davon ausgegangen war, dass Ray bei ihr eingezogen war. Und von jenem Zeitpunkt an, als George unterwegs in diese Welt war, wurde es für Ray natürlich immer schwieriger, sein Doppelleben zu führen. Nun gab es da zwei Kinder, die auf ihren Vater angewiesen waren. Neben den zwei Frauen, von denen jede dachte, Ray würde nur ihr gehören.

Während Ray Susniak in den nächsten sieben Jahren versuchte, seine Zeit gleichmäßig zwischen seinen zwei Familien aufzuteilen und nebenbei zwei Jobs hatte, um alle sattzubekommen, musste er sich sieben Jahre lang von Dolores und Tanja anhören, dass er ihr Geld verzocken würde oder es für andere Frauen ausgab. Wobei Letzteres sogar der Wahrheit entsprach. Aber es war ihm die Sache wert. Natürlich, weil er so bei beiden Kindern sein konnte, und natürlich, weil er so die Hälfte der Nächte neben seiner geliebten Dolores einschlafen konnte, nachdem sie sich geliebt hatten. Um sich dann mitten in der Nacht aus ihrem Bett, ihrer Wohnung, zu schleichen und um sich dann traurig neben Tanja zu legen. Durch eine gewitzte Lüge ging dieses Spielchen sogar erstaunlich lange gut. Dolores erzählte Ray, er würde in einer Bäckerei aushelfen, weshalb er sehr früh aufstehen müsse. Tanja erzählte Ray, er würde in einem Pub aushelfen. Wobei Tanja diese Entschuldigung nur sehr widerwillig und mit berechtigter Skepsis hinnahm.

Wie nur erklärte er beiden Frauen dann, was er in der Zeit tat, als er tatsächlich arbeitete? Dies war stets ein fragiles Netzwerk aus ständig wechselnden Lügen, das in regelmäßigen Abständen zu großen Streitereien geführt hatte. Solange, bis diese Streitereien untragbar wurden und auch Ray endlich einsehen musste, dass es ein Ende haben musste.

Aber warum nur hatte er Dolores verlassen, die er doch so sehr liebte? Weil er dieses Doppelleben nicht länger aufrecht halten konnte. Menschen blieben dabei auf der Strecke und in erster Linie seine geliebten Kinder. Also musste er sich entscheiden. Ray musste sich für ein Kind entscheiden, und es war nun einmal Lizzy, die ihn mehr gebraucht hatte. George zurückzulassen, brach ihm das Herz. Es brach ihn, Ray, in zwei Hälften. Dennoch, der Junge hatte eine wunderbare Mutter. Keine bessere Mutter hätte sich Ray für ein Kind wünschen können. Auch dafür hatte er sie immer angebetet. Wie oft hatte Ray davon geträumt, wie er, Dolores, George und Lizzy eine Familie wären. Eine glückliche Familie, die sich streitet, aber im Großen und Ganzen glücklich miteinander sein würde. Aber hätte er allen Ernstes auch nur einer der beiden Frauen erst sein Doppelleben beichten sollen und ihnen dann auch noch seine sehnlichste Vorstellung von einer Familie zu viert – ohne Tanja – unterbreiten sollen? Ray hatte sich nicht einmal getraut, diese Variante auch nur in Erwägung zu ziehen. Nein, er traf diese Entscheidung, dass seine geliebte Dolores, die bessere Mutter, ohne ihn leben musste. Und, um dem Ganzen noch die Krone aufzusetzen; ohne eine Erklärung nach dem »warum«. An jenem Tag, als er um drei Uhr morgens ganz leise seine Sachen packte und Dolores Wohnung für immer verließ, starb etwas in ihm. Vielmehr erstickte er es, in dem er sein Bestes gab, um es nie wieder spüren zu müssen. Er wollte nie wieder Liebe für eine Frau empfinden müssen. Wenn er jetzt zu Tanja und Lizzy ging und dort den Familien-vater spielte, müsste das wenigstens solange anhalten, bis Lizzy erwachsen sein würde. Das zumindest war sein frommer Wunsch gewesen. Außerdem wollte er sich nie wieder in eine Frau verlieben, weil er es, seines Erachtens, nicht verdient hatte. Ray Susniak konnte sich ohnehin nie wieder in eine Frau verlieben. Wie auch, ohne Herz? Denn das hatte ja immer noch Dolores Sugarman.

Aber da waren ja immer noch seine Kinder, George und Lizzy, die sich verlieben konnten. Nie im Leben hatte Ray damit gerechnet, dass sie sich ausgerechnet ineinander verlieben würden. Der Tag, an dem er Lizzy erzählen musste, dass sie ihren Halbbruder liebte, so wie es nicht sein durfte, war noch viel schlimmer gewesen als jener Tag, an dem er Dolores und George zurückgelassen hatte.

Kapitel 46

»Ich musste dich noch wissen lassen, warum ich einfach so verschwunden bin.« Lizzy saß nun wahrhaftig an seinem Küchentisch. Es war kein Traum. Als George sie vor seiner Tür hatte stehen sehen, traf ihn der Schlag. Wie gerne hätte er von ihr die Worte gehört, »Wir sollten eine Familie sein, eine richtige Familie.« So wie Lizzy es in seinem Traum getan hatte. Aber stattdessen waren ihre ersten Worte: »Wir sollten reingehen, denn du solltest dich hinsetzen.« Da Georges erster Gedanke war, dass Lizzy vielleicht schwanger sein könnte – immerhin hatte er solch eine Situation schon einmal erlebt – stieg zunächst sogar Freude in ihm auf.

»Möchtest du etwas trinken?«, fragte er sie zunächst vorsichtig.

»Vielleicht etwas Alkohol?« Lizzy schien ihre Antwort ernst zu meinen, weshalb George die Wahrscheinlichkeit einer Schwangerschaft wieder beiseiteschob.

»George, hör zu«, begann sie zu stammeln. »Oh, mein Gott, ich weiß gar nicht, wie ich anfangen soll.« Lizzy fing an, zu weinen, aber als George seine Hand auf ihren Rücken legen wollte, entzog sie sich seiner Berührung.

»Bitte, bitte fass mich nicht mehr an«, wimmert sie.

»Lizzy, bitte. Hast du mit einem anderen geschlafen? Scheiße verdammt, ich verzeihe dir.« Aber nun fing sie erst richtig an, zu weinen.

»George, ich sage es jetzt einfach gerade heraus. Sonst schaffe ich es nicht mehr.« Dann nahm Lizzy die Whiskeyflasche, schenkte sich ein großes Glas ein und leerte es in einem Zug.

»Mein Nachname ist Cook. Das weißt du ja.«

»Richtig?«

»Nun, wie du ja auch trage ich den Nachnamen meiner Mutter.«

»Ja?« Nun war George irritiert. Worauf wollte Lizzy denn hinaus? Was um Himmels willen hatte sie so traurig gemacht? Und was hatte das alles mit ihrem Verschwinden zu tun?

»George«, begann sie und dabei zitterte ihre Stimme. »George, wie heißt dein Vater mit Nachnamen?« Langsam schwante George Böses. Ihm steckte ein dicker Kloß im Hals.

»Susniak«, antwortete Lizzy für ihn. »Dein Vater heißt Ray Susniak. Genauso wie mein Vater, George.« Dann nahm Lizzy erneut die Flasche, goss sich das Glas voll und leerte es in einem Zug.

»Das würde ja bedeuten? Jetzt warte mal! Das kann doch auch nur ein Zufall sein«, stammelte George ungläubig. Aber Lizzy sagte kein Wort mehr. Sie zückte nur ihr Smartphone und präsentierte George ein Foto von sich und ihrem Vater. George war wie versteinert, er konnte es einfach nicht fassen.

»Ich musste es dir persönlich sagen. Aber hiernach dürfen wir uns nie wiedersehen.« Lizzys Worte klangen zaghaft zu ihm durch. In Georges Kopf rauschte es.

»George, die Gefühle, die ich für dich habe, sind stark und aufrichtig. Deshalb werde ich fortgehen. Damit wir Frieden finden.«

»Wie?«, hauchte George plötzlich. »Wie hast du es herausgefunden?«

»Durch ihn. Er hat es mir erzählt, George.«

»Er weiß es. Er weiß es verdammt noch mal. Seit wann?«

»Na ja, mir hat er es an dem Tag nach unserem Streit erzählt. Deshalb bin ich noch am selben Tag abgehauen, verstehst du?«

»Er wusste es also die ganze Zeit. Lässt mich erst noch Zeit mit diesem Sack verbringen ...«

»Äh, was?«

»Und dann hat er die Frechheit, einfach Molly anzusprechen ...«

»George! Bitte beruhige dich!« Lizzy bekam ein wenig Angst. Georges Blick glich dem eines Wahnsinnigen. Sie musste instinktiv wieder an die Nacht denken, in der George Harry im Hof verprügelt hatte.

»George, bitte! Was meinst du denn?«

»Dieser Bastard hat wieder Kontakt zu mir aufgenommen. Und zwar ziemlich genau, nachdem du verschwunden warst.«

»Oh, man.« Lizzy konnte es einfach nicht fassen. Ihr gemeinsamer Vater war seit einiger Zeit mit George in Kontakt gewesen, ohne ihr davon zu erzählen. Ohne George zu erzählen, dass Lizzy seine Halbschwester war. Und nun hatte sie durch den Feuerring springen müssen.

»Das ist so typisch für ihn«, sagte sie leise. »George, versteh das jetzt nicht falsch. Ich habe ihn selbst oft genug verflucht. Aber Ray ist tatsächlich jemand, der es immer allen recht machen möchte. Und dabei baut er so verdammt viel Scheiße.«

»Nimm ihn verdammt noch mal nicht in Schutz, hörst du! Er ist ein scheiß Riesenbaby«, brüllte George beinahe.

»Setz dich hin, George. Ich möchte dir die ganze Geschichte erzählen, okay?«

Dann erzählte Lizzy, wie Ray zufällig herausgefunden hatte, dass seine Tochter sich mit einem Mann eingelassen hatte, der ihn stark an George erinnert hatte. Dass er angefangen hatte, ihr so unglaublich viele Fragen zu stellen und dass er ihr spätestens beim Hören des Namens Sugarman reinen Wein eingeschenkt hatte.

»Kleines, er heißt Sugarman mit Nachnamen? Weißt du zufällig, wie seine Eltern heißen?« An diesem Punkt hatte Ray für seine Verhältnisse schnell reagiert. Ihm war klar gewesen, dass seine beiden Kinder ineinander verliebt waren und dass dies nun einmal nicht sein durfte.

»Am Morgen nach unserem Streit, George, war ich mit ihm zum Frühstück verabredet. Und da hat er mir dann alles erzählt. Es tut mir alles so leid.« Lizzy fing wieder ein wenig an, zu weinen.

»Warte mal! Heißt das, dass er zu dir immer Kontakt gehabt hatte?« Und dann erzählte sie ihm die ganze Geschichte. Diese ganze verzwickte Geschichte mit den zwei Frauen, den zwei Kindern und den zwei Leben. Wie er sieben Jahre ein Doppelleben geführt hatte.

»George, meine Mutter war eine Trinkerin und Drogenabhängige. Er wollte mich nicht mit ihr allein lassen. Er hat deine Mutter so unendlich geliebt. Und in seinen Augen war sie die perfekte Mutter. Tja, und das war nun leider auch ihr Fluch. Er wusste dich in guten Händen. Deshalb hatte er sich für mich und meine Mutter entschieden. Auch wenn er uns nach ein paar Jahren dann auch verlassen hat.« George hörte ihr aufmerksam zu und es schmerzte ihn tief, von ihrer Kindheit zu hören.

»Lizzy, es tut mir leid für dich. Eltern sollten so nicht sein«, sagte er unter Tränen. »Jetzt verstehe ich auch alles. Warum du so allergisch auf diese Kleine-Familien-Sache reagiert hast.« Lizzy nickte stumm und versuchte, ein erneutes Weinen zu unterdrücken. Für einen Moment saßen sie schweigend an seinem Küchentisch. So, wie er es erst kürzlich mit Ray getan hatte. George goss erst Lizzy und dann sich ein weiteres Glas Whiskey ein. Beide tranken es schweigend. Der Alkohol wärmte und lähmte ihre Körper auf eine angenehme Weise. Dann jedoch fiel es George wieder ein; was hatte Lizzy eben noch gesagt?

»Warte mal, Lizzy!«

»Ja?«

»Wann sagtest du, hat er euch verlassen?«

»Als ich fünfzehn war.«

»Ein Kind. Du warst ein Kind.«

»Ja, da hast du wohl recht.« Wie konnte er nur Dolores und ihn verlassen, wenn er Lizzy dann letzten Endes doch im Stich gelassen hatte, und dann hatte er sie auch noch mit ihrer kaputten Mutter allein zurückgelassen.

»Und wie ist deine Mutter damit umgegangen?« Er traute sich kaum, diese Frage auszusprechen.

»Noch ein paar Jahre«, begann Lizzy leise. »Und dann hatte sie es geschafft. Dann hatte sie sich eine Überdosis verpasst.« Als er das hörte, brach es aus ihm heraus. Nie zuvor hatte George so eine unendliche Wut gespürt. Es fühlte sich an, als würde ihn diese Wut jeden Moment zerreißen. George hatte nicht mehr länger die Kontrolle über sich. Ohne ein Wort zu sagen stürmte er aus der Wohnung. Er lief einfach los, in Richtung Rays Wohnung. Wie scheinbar von außen kontrolliert, machte er sich auf den Weg, um dem Ganzen endgültig ein Ende zu machen. In seinem Wahn gab es nur eine Möglichkeit, all das Leid und den Schmerz zu beenden. Nur eine einzige Möglichkeit.

Lizzy, die nicht im Entferntesten daran dachte, was George vorhatte, blieb weinend am Küchentisch sitzen. Sie dachte, dass George einfach *raus* musste. Einfach um den Block laufen, um den Kopf freizubekommen. Nach einer Weile ging sie in Mollys Zimmer, um sich Zettel und Stift zu holen. Dann ging sie zurück in die Küche, trank zwei Gläser Wasser und fing an, ihrem Bruder einen Abschiedsbrief zu schreiben.

Liebster George,

du bist neben meiner geliebten Tante Marianne der beste Mensch, den ich jemals getroffen habe. Nie habe ich mich vorher so geborgen und geliebt gefühlt. Für dich hätte ich all meine Mauern eingebrochen. Denn ich wollte dir so nah sein wie möglich – körperlich, seelisch, emotional. Welche Ironie, dass wir dies nun auf eine ganz andere Art sind. Ich werde um unserer selbst willen gehen.

Ich hoffe, dass du trotz deines Grolls gegen unseren Vater diese Chance ergreifst und ihn besser kennenlernen wirst. Du wirst sehen, dass er trotz allem ein guter Mensch ist. Er hat dich immer geliebt. Das weiß ich. Und ich weiß, dass er alles geben würde, um einige Dinge rückgängig zu machen. Alles, bis auf die Zeugung seiner beiden Kinder. Denn, glaube es oder nicht, wir sind ihm – auf seine verschrobene Art – immer am wichtigsten gewesen. Vertrau mir!

Deine dich immer liebende Lizzy.